Buch

Ein Begräbnis in der Vorweihnachtszeit. Schlimmer könnte es nicht kommen. Zumindest denkt sich das Luisa, bis sie nach der Beisetzung ihres verstorbenen Chefs mit ihren Kollegen noch ein letztes Mal im Stamm-Pub auf den Toten anstößt und mit einem Unbekannten im Bett landet. In einer Nacht- und Nebel-Aktion flüchtet Luisa aus der fremden Wohnung und ist sich sicher, den Mann nie wiederzusehen. Aber das Schicksal hat bereits andere Pläne mit der jungen Frau. Denn als Luisa nach einem Wochenende mit ihren Töchtern in die Anwaltskanzlei kommt, erwartet sie eine Überraschung: Ihr neuer Chef ist ausgerechnet der Mann, mit dem sie eine Nacht verbracht hat. Doch der scheint sich nicht an Luisa zu erinnern …

Autorin

Sabrina Hafenscher wurde am 15. Juni 1985 geboren und ist damit ein waschechter, schizophren veranlagter Zwilling. Nachdem es dem klassischen Wiener Grantler noch nicht gelungen ist, sie aus der Hauptstadt zu vertreiben, lebt sie derzeit in einem Reihenhaus in Wien.

Wenn sie nicht gerade wie aus dem Nichts zu tanzen und zu singen beginnt, dann nutzt sie die Zeit, um Feldforschung für ihre Romane zu betreiben und zu schreiben.

Sabrina Hafenscher

Engerl Bengerl

Roman

© 2024 Sabrina Hafenscher
Website: www.sabrinahafenscher.com

1. Auflage 2024

Lektorat: Dr. Sabine Schönfellner, www.buchfein.at
Covergrafik: www.canva.com

Verlagslabel: Unicornis

ISBN Softcover: 978-3-384-47386-8
ISBN E-Book: 978-3-384-47387-5

Druck und Distribution im Auftrag des Autors:
tredition GmbH, Heinz-Beusen-Stieg 5, 22926 Ahrensburg, Germany

Das Werk, einschließlich seiner Teile, ist urheberrechtlich geschützt. Für die Inhalte ist der Autor verantwortlich. Jede Verwertung ist ohne seine Zustimmung unzulässig. Die Publikation und Verbreitung erfolgen im Auftrag des Autors, zu erreichen unter: Sabrina Hafenscher, Brunnenhof 7, 1220 Wien, Austria.

Kontaktadresse nach EU-Produktsicherheitsverordnung: sabrina.hafenscher@gmail.com

Personen und Handlungen sind frei erfunden. Ähnlichkeiten mit lebenden oder verstorbenen Personen sind zufällig und nicht beabsichtigt. Die Meinungen und Einstellungen der Protagonisten müssen **nicht** mit **jenen** der Autorin identisch sein.

*Für meine Oma, Hedwig Hafenscher, die leider nicht
mehr bei uns sein kann.*

Kapitel 1

Verdammt! Wo bleibt Miriam bloß so lange? Eigentlich weiß sie doch, dass das Begräbnis in zehn Minuten beginnt. Und er war ja schließlich ihr Chef, ist ihr das nicht peinlich?

Ungeduldig versuche ich, meine verspätete Freundin inmitten des winterlichen Schneegestöbers auszumachen, bleibe jedoch erfolglos.

Manno, wieso bin ich ausgerechnet heute früher dran? An gewöhnlichen Tagen neige ich schließlich nicht zur Pünktlichkeit, sodass Miriam und ich bei Verabredungen dazu übergegangen sind, die jeweils andere wenigstens um eine Viertelstunde früher zum vereinbarten Treffpunkt zu bestellen. Das verringert die übliche Wartezeit von einer halben Stunde immerhin um die Hälfte.

Dummerweise ist heute rein gar nichts gewöhnlich. Es ist noch nicht einmal eine Woche her, dass mein Chef Dr. Dr. Mag. Franz Lang, immerhin Inhaber einer Wiener Anwaltskanzlei, unerwartet von einem Herzinfarkt aus dem Leben gerissen wurde.

Okay, ich will mal fair bleiben. Vollkommen unvorhergesehen ist nicht hundertprozentig korrekt.

Schließlich hat man den lebenslustigen Franz Lang nicht selten an seinem Stammtisch im *Green Leprechaun* Pub angetroffen, wo er nicht nur dem Kartenspiel, sondern auch dem Fast Food und Bier gefrönt hat.

Klingt verdächtig nach meinem eigenen Lebensstil – zumindest was Fast Food und kalten Hopfenblütentee betrifft – was impliziert, dass ich bereits mit einem Fuß im Jenseits stehe.

Ich muss schleunigst an etwas anderes denken, bevor ich wie ein aufgescheuchtes Huhn in Todesangst herumlaufe. Deshalb sehe ich mich ein weiteres Mal nach Miriam um. Vergeblich.

Manno! Ich stehe mit Sicherheit schon seit zwanzig Minuten in der Kälte und beobachte die Trauergäste und Erbschleicher dabei, wie sie tröpfchenweise an mir vorüberziehen. Einstweilen dringt die Feuchtigkeit des matschigen Schnees durch meine ungefütterten Stiefeletten. Wenn das so weitergeht, habe ich alsbald Frostbeulen an den Zehen.

Wo steckt Miriam denn, verdammt noch mal? Ich habe nicht die geringste Ahnung, was ich machen soll, wenn sie nicht mehr rechtzeitig auftaucht. Warte ich trotzdem vor dem Eingang der Aufbahrungshalle auf sie, oder tue ich es den anderen nach und gehe hinein, um der Familie des Verstorbenen mein Beileid auszusprechen? Und wenn ich beschließe, weiterhin in der Kälte auf sie zu warten, was mache ich, wenn sie gar nicht mehr auf dem Friedhof erscheint, weil ihr womöglich etwas zugestoßen ist? Ein Unfall in der U-Bahn. Vielleicht ist sie auf die Gleise gestürzt und überfahren worden.

Okay, es wird Zeit, dass ich an etwas Positives denke. Dummerweise funktioniert das wie üblich nicht. Eh klar. Jetzt stelle ich mir auch noch vor, wie Miriam auf der Notfallstation im Krankenhaus um ihr Überleben kämpft. Ein Moment der nach Katzenvideos auf Instagram schreit.

Mühsam fische ich mein Handy aus der Tasche, da spricht mich jemand übertrieben fröhlich an.

»Ah … Luisa, da bist du ja!«

Das war wieder einmal klar. Von allen Menschen, die mir in einem solchen Moment begegnen könnten, läuft mir als Erste ausgerechnet die selbstverliebte Johanna über den Weg.

Mit ausgebreiteten Armen stöckelt unsere arbeitsscheue, platinblonde Assistentin auf mich zu, kommt dabei aber aufgrund des knappen schwarzen Partykleids nur langsam voran. Indessen bemühe ich mich um ein Lächeln.

Einmal mehr stellt Johanna unter Beweis, dass es nur eine Sache gibt, die sie mehr liebt als sich selbst: die Anerkennung anderer Menschen.

An einem stinknormalen Arbeitstag würde ich mich über ihr für eine Trauerfeier unpassendes Outfit ärgern, aber heute hat Johannas Aufmachung beinahe etwas Tröstliches an sich, weil es mir vor Augen führt, dass es selbst an den entsetzlichsten Tagen Konstanten gibt.

»Mah … Du kannst dir nicht vorstellen, wie froh ich bin, endlich auf jemandem aus der Kanzlei zu stoßen. Von den anderen habe ich nämlich noch niemanden gesehen, obwohl doch alle gesagt haben, dass sie kommen. Aber jetzt bist du ja da und ich muss nicht alleine in die Aufbahrungshalle. Bei meiner Hochsensibilität würde ich das nämlich nie und nimmer durchstehen.«

Während mich meine verhasste Kollegin mit hollywoodreifem Schluchzen an sich drückt, dringt mir der süßliche Duft ihres Parfums in die Nase und raubt mir den Atem – und zwar im wahrsten Sinne des Wortes. Deshalb erwidere ich Johannas Begrüßung hustend und bin ehrlich erleichtert, als sie von mir ablässt, um sich mit einem Taschentuch theatralisch die Augen trockenzutupfen.

»Der arme Franz. Dabei war er doch immer so fröhlich und lebendig. Wer hätte gedacht, dass er uns so schnell wegstirbt? Ich kann das alles noch gar nicht fassen. Es kommt mir vor, als wäre es erst gestern gewesen, als wir zusammen einen Kaffee getrunken haben, und jetzt ist er tot. Einfach tot.« Die Blondine steckt ihr Taschentuch wieder zurück in ihre Designer-Handtasche und spricht dann weiter: »Bei all dem beginnt man damit, das eigene Leben infrage zu stellen. Macht man eigentlich das, was einem Spaß macht? Verbringt man es mit den Menschen, die einem wirklich wichtig sind? Hat man den richtigen Partner oder den richtigen Job und am allerschlimmsten: Wann, wie und wo wird es einen selbst erwischen?«

»Na ja ... Ich versuche eher nicht daran zu denken, wann es bei mir so weit sein könnte«, erwidere ich vorsichtig und verfluche Johanna innerlich für die Befeuerung meiner Ängste.

»Mah ... klar versuchst du nicht dran zu denken. Ich bemühe mich auch nach Kräften darum, nicht an den Tod zu denken, aber seit mein Zwerghamster vor einem Jahr gestorben ist, kann ich so gut nachvollziehen, wie es sich anfühlt, einen nahestehenden Menschen zu verlieren.«

»Ja, äh ... ich kann mir gut vorstellen, dass das nicht einfach für dich war.«

»Nicht einfach ist noch stark untertrieben. Es war der reinste Albtraum. Ich hab tagelang nichts gegessen. Meine Familie hat sich schon Sorgen um mich gemacht und gedacht, ich werde jetzt magersüchtig. Ich sags dir, damals hab ich mindestens eine Größe in einer Woche abgenommen. Ich muss wie ein Skelett ausgesehen haben.«

»Äh ... nun ja ... äh.«

»Warum stehst du eigentlich hier draußen in der Kälte? Warst du schon drinnen?«

Ich schüttle den Kopf: »Nein, eigentlich warte ich noch auf Miriam. Keine Ahnung, wo sie so lange bleibt.«

Johanna rollt effektheischend mit den Augen, unterlässt es allerdings, einen entsprechenden Kommentar abzugeben, sondern hakt sich kurzerhand bei mir unter, um mich mit sich zu zerren: »Komm, gehen wir hinein. Die Trauerfeier geht sicher gleich los.«

»Aber ...«, protestiere ich, doch ich werde unbarmherzig in das Innere der Aufbahrungshalle geschleift, in der die deprimierende Stimmung der trauernden Gäste durch die melancholische Musik im Hintergrund verstärkt wird. Im Gegensatz zu meiner Entführerin, die durch den Mittelgang stolziert, als handle es sich dabei um einen Laufsteg, lege ich nicht annähernd die gleiche Grazie an den Tag. Mit heißem Gesicht stolpere ich förmlich zum geöffneten Sarg und bemühe mich darum, den leblosen Körper von Franz zu ignorieren, indem ich versuche, die Texte auf den Trauerschleifen der Blumenkränze zu entziffern.

Schade, dass die Hinterbliebenen in ihren letzten Liebesbotschaften nicht ehrlicher sind, denn mit Texten wie »Warum hast du mich mit deiner Sekretärin betrogen« oder »Er hat lieber getrunken als Zeit mit seinen Kindern verbracht« würde der Unterhaltungswert von Begräbnissen mit Sicherheit steigen.

Obwohl ich mir fest vorgenommen habe, keinen Blick in den offenstehenden Sarg zu werfen, obsiegt meine Neugierde dann doch, und ich betrachte den blassen Leichnam meines Chefs im schummrigen Kerzenschein.

Wenn ich es nicht besser wüsste, würde ich glatt davon ausgehen, dass er friedlich schläft.

Johanna neben mir verfällt in rührseliges Schluchzen und schnappt nach Luft.

»Oh mein Gott, ich muss hier raus! Das ertrage ich nicht. Diese ganze Traurigkeit. Ich ... Ich bekomme keine Luft mehr.«

Weil ich nicht die geringste Ahnung habe, wie ich Beihilfe zur oscarreifen Darbietung meiner Kollegin leisten soll, lege ich ihr unbeholfen einen Arm um die Schulter und streichle sie sanft. Angesichts ihrer Verlogenheit fällt mir diese Anteilnahme nicht leicht, aber ich werde zu meinem Glück von Franz' besorgtem Sohn abgelöst.

»Ist alles in Ordnung mit dir, Johanna?«, fragt Pierre die Drama Queen.

Ein weiteres Mal ist es dieser blöden Kuh gelungen, die gesamte Aufmerksamkeit auf sich zu ziehen. Wie schafft sie das bloß immer? Und wo verdammt noch mal trainiert sie ihre Schauspielkünste? Ich meine, im engsten Kreis der Kollegen hat Johanna keine einzige Träne um Franz vergossen, sondern stattdessen die Frage nach einer Gehaltserhöhung in den Raum gestellt, und jetzt tut sie so, als sei sie seine Seelenverwandte gewesen.

»Ach ... Das alles hier nimmt mich einfach viel zu stark mit«, höre ich die Blondine schluchzen. »Ich kann halt noch immer nicht fassen, dass dein Vater nicht mehr lebt. Weißt, auch wenn er nur mein Chef war, hab ich ihm sehr nahegestanden. Er war so ein herzensguter und freundlicher Mensch und sein Tod ...« Sie schluchzt erneut. »Der kam so plötzlich.«

Er muss ein herzensguter Mensch gewesen sein, weil jeder andere Johanna aufgrund ihrer Inkompetenz und Faulheit längst gekündigt hätte.

»Ja, wem sagst du das«, stimmt ihr Pierre mit geröteten Augen zu. Dabei gelingt es ihm nicht, das einladend in Szene gesetzte Dekolleté zu ignorieren.

Meine Kollegin heuchelt indessen Unwissenheit und lamentiert weiter: »Aber was für einen jämmerlichen Anblick muss ich für dich abgeben? Für dich ist das alles bestimmt hundertmal schlimmer als für mich.« Sie tupft sich die Augen effektheischend mit einem Taschentuch ab. »Ich schäme mich ja so.«

Ich bin der festen Überzeugung, dass die Frau sich in ihrem ganzen Leben noch niemals geschämt hat. Wahrscheinlich kennt sie nicht einmal die Definition von Schamgefühl.

»Trauer ist nichts, wofür man sich schämen muss. Also mach dir bitte keinen Kopf«, bemüht sich ihr Retter darum, sie zu trösten.

»Oh danke. Das ist wirklich sehr lieb von dir, Pierre.«

»Da gibt es nichts zu danken.« Er mustert Johanna ein weiteres Mal mit eindeutig lüsternem Blick und gibt dann stotternd von sich: »Weißt du was, wenn dich das alles so mitnimmt, nimm doch einfach neben mir Platz.«

»Aber ist die erste Reihe nicht normalerweise für Familienangehörige reserviert?«, wende ich unbedacht ein und ernte einen vernichtenden Blick von Johanna und ihrem Verehrer.

»Normalerweise ja, aber bei Johanna können wir bestimmt eine Ausnahme machen.«

Gott sei Dank hat sich in der Zwischenzeit die Gattin des Verstorbenen zu uns gesellt. Mit verweinten Augen wendet sie sich ihrem Sohn zu: »Pierre Lucas, das ist eine Trauerfeier und kein Meet and Greet. Hab doch ein wenig Respekt.«

Peinlich berührt strecke ich der Frau meines Chefs die Hand entgegen: »Mein Beileid, Frau Lang.«

»Danke, Fräulein Luisa«, antwortet die Witwe und zieht mich dabei fest an sich. »Schön, dass Sie gekommen sind. Mein Franz hat so große Stücke auf Sie gehalten«, fügt sie schluchzend hinzu und sorgt dafür, dass ich mit den Tränen kämpfe.

Wir stehen eine Weile so da und umarmen einander still. Als mich Frau Lang loslässt, stelle ich voller Empörung fest, dass es sich Johanna bereits neben Pierre bequem gemacht hat. Frau Lang scheint von dieser Begebenheit ebenso wenig angetan zu sein, unterlässt es aber, sich zu beschweren. Stattdessen verabschiedet sie sich mit einem dankbaren Nicken bei mir und nimmt in einer würdevollen Haltung neben ihrem Sohn Platz.

Indessen begebe ich mich im Mittelgang nach hinten und lasse dabei den Blick verzweifelt über die zahlreichen fremden Gesichter wandern, in der Hoffnung auf ein bekanntes aus der Kanzlei zu stoßen. Dummerweise war mein verstorbener Chef viel zu kommunikativ und menschennah, weshalb es unmöglich ist, in der schieren Masse an Trauergästen jemanden zu entdecken, den ich kenne.

Na gut. Dann bleibt nur Miriam als meine letzte Hoffnung.

Resigniert seufzend lasse ich mich auf einem freien Stuhl in der letzten Reihe nieder und bereite mich innerlich auf die Blasenentzündung vor, die mich mit Sicherheit nach einer Stunde in dieser Gefrierbox ereilen wird. Indessen wird die Trauerfeier mit einem dramatischen Lied eingeleitet, auf das eine Rede des Bestatters mit den wichtigsten Eckdaten aus Franz Langs Leben folgt. Diese ist noch nicht vollendet, als die keuchende Stimme Miriams, die eilig auf dem freien Stuhl neben mir Platz nimmt, zu mir durchdringt: »Sorry für die Verspätung. Mein Göttergatte leidet an Männerschnupfen. Sehr dramatisch. Hab ich was verpasst?«

Ich schüttle den Kopf: »Nix Wesentliches. Die Johanna hat wie üblich ihre herausragenden schauspielerischen Fähigkeiten unter Beweis gestellt und es immerhin dazu gebracht, in der ersten Reihe sitzen zu dürfen.« Mit dem Zeigefinger deute ich nach vorne.

»Was für eine manipulative Bitch«, stellt Miriam etwas zu laut fest, sodass sich eine ältere Dame, die unmittelbar vor uns sitzt, mit einem Ausdruck der Empörung nach uns umdreht.

Meine Freundin schlägt sich mit der flachen Hand auf den dunkellila bemalten Mund: »Ups. Entschuldigung.«

Um nicht erneut Gefahr zu laufen, ermahnt zu werden, verbringen wir den Rest der ergreifenden Rede schweigend, bis sich Johanna erhebt und vor die Menge tritt. In der Hand hält sie einen winzigen zartrosa Zettel, von dem sie tränenreich abliest.

»Das darf doch nicht wahr sein. Die tut ja gerade so, als wäre sie Franz' Tochter gewesen und nicht bloß seine Assistentin. Sie bekommt nie genug Aufmerksamkeit, oder?«, echauffiert sich Miriam so leise wie nur irgendwie möglich, erregt mit ihren Worten aber dennoch die Dame vor uns, die sich ein weiteres Mal erbost zu uns umdreht, es jedoch bei einem verächtlichen Blick belässt.

Erst nachdem sich die furchteinflößende Frau wieder der Vortragenden zuwendet, wage ich es, das Wort zu ergreifen: »Keine Ahnung, warum dich das so überrascht. Du weißt doch, dass sie immer im Mittelpunkt stehen muss.«

»Ja, schon, aber ich bin halt der naiven Annahme nachgehangen, dass sie zumindest auf einem Begräbnis den notwendigen Anstand an den Tag legt und sich mit einer Nebenrolle zufriedengibt.«

»Geh bitte. Anstand ist für die ein Fremdwort, weil sie in ihrem ganzen Leben noch nie einen Blick in ein Wörterbuch geworfen hat«, entgegne ich und folge dann der an Dramatik kaum zu übertreffenden Rede Johannas stumm. Im Anschluss wird der Sarg endgültig verschlossen und begleitet von Georg Danzers »Weiße Pferde« hinaus in das Schneegestöber des Wiener Zentralfriedhofs getragen. Schweigend folgen die Trauergäste dem Sarg. Das Schlusslicht bilden Miriam und ich. Mit vor Wut zusammengekniffenen Augen mustert meine Freundin Johanna, die an der Spitze des Trauerzugs mit andächtiger Miene neben dem Sohn unseres verstorbenen Chefs durch den Schnee stöckelt, als wäre sie ein unverzichtbares Familienmitglied.

»Boah ... die Frau ist dermaßen ungeniert. Mir kommt das Kotzen«, gibt Miriam von sich. »Ich mein, genügt ihr ihr Freund nicht und muss sie sich deshalb noch den Sohn vom Chef angeln!?«

»Na ja, es gibt halt nur eine Sache, die sie mehr liebt als sich selbst.«

»Ja, Aufmerksamkeit und Geld«, antwortet meine Kollegin rasch.

»Das waren zwei Sachen«, korrigiere ich Miriam, die mich allerdings ignoriert und in sich hineinmurmelt: »Wenn die nur einen Cent wittert, benimmt sie sich wie eine rollige Katze.« Nach einer kurzen Unterbrechung fügt sie hinzu: »Vielleicht hätte ich mir etwas von ihr abschauen und mir einen gut aussehenden reichen Banker oder Unternehmer angeln sollen. Stattdessen bin ich mit einem mittellosen Musiker zusammen, der beim geringsten Anzeichen einer Erkältung in Todesangst verfällt.«

»Na ja, aber was nützt dir der ganze Reichtum, wenn du dich dann nicht mehr in den Spiegel schauen kannst, ohne dich zu hassen?«

»Also wenn ich reich bin und nicht mehr jeden Cent umdrehen muss, dann nehme ich den Selbsthass mit Leichtigkeit auf mich.«

Sie reckt ihren Hals, um über die Köpfe des Trauerzugs hinwegzusehen, und stellt dann enttäuscht fest: »Wo steckt eigentlich der Georgi? Ich könnt jetzt echt einen Schluck Whiskey vertragen, um mich ein bissi aufzuwärmen, und er hat doch fast immer seinen Flachmann dabei. Hast du ihn schon gesehen?«

Ich schüttle den Kopf: »Nope. Hab ich nicht. Aber er hat mir grundsätzlich versichert, dass er heute auch kommt.«

Um mich mit Miriam solidarisch zu zeigen, recke ich ebenfalls den Hals nach unserem vermissten Kollegen. Dabei bleibt mein Blick an der Spitze des Trauerzugs hängen, wo die Witwe Arm in Arm mit einem großen Mann über den schneebedeckten Weg trottet.

»Weißt du eigentlich, wer der Kerl da vorne neben der Frau Lang ist?«, frage ich meine Kollegin neugierig. Miriam folgt meinem Blick und bringt mit einem Kopfschütteln etwas Bewegung in ihre langen, zu Zöpfen geflochtenen, lila gefärbten Haare.

»Nein, keinen Plan. Noch nie gesehen, den Typen. Vielleicht ein verschollener Sohn oder ein entfernter Verwandter, auch wenn er nicht sehr entfernt wirkt.« Ich ziehe nach einem Geistesblitz scharf die Luft ein: »Oh mein Gott! Glaubst du, dass sie eine Affäre mit dem Kerl hat?«

»Na, wenn dem so ist, hat die Sugarmommy aber keinen schlechten Geschmack. Der Typ ist nämlich mit Sicherheit zwanzig Jahre jünger als sie. Zumindest soweit ich von hier aus sehen kann.«

»Ja, aber ich kann's mir trotzdem nicht vorstellen. Immerhin war der Franz ihr Ein und Alles. Das war kaum zu übersehen.«

»Na ja, stille Wasser sind bekanntlich tief. Ted Bundy hat man auch nicht angesehen, dass er ein Serienkiller war.«

»Vergleichst du die Frau Lang jetzt allen Ernstes mit einem Serienkiller?«

»Nope, tu ich nicht. Ich wollte damit lediglich zum Ausdruck bringen, dass man auch einer Ehebrecherin nicht ansieht, dass sie ihren Mann betrügt. Wer weiß, vielleicht betreibt sie neben ihrer Arbeit in der Kanzlei illegalen Menschenhandel.«

»Menschenhandel ist grundsätzlich illegal, Miriam.«

Sie wedelt mit der Hand: »Ja, ja. Schon klar. Siehst du, mit ein Grund, warum du endlich deine verdammte Anwaltsprüfung ablegen solltest.«

»Zu wissen, dass Menschenhandel illegal ist, befähigt mich noch lange nicht zur Ausübung einer Anwaltstätigkeit.«

»Da muss ich ihr ausnahmsweise mal Recht geben«, werden wir von unserem bisher verschollenen Kollegen unterbrochen, der offenbar noch weiter ins Abseits geraten ist, als Miriam und ich. »Obwohl ich – aus anderen Gründen versteht sich – der Meinung bin, dass du über eine Anwaltsprüfung nachdenken solltest.« Er zwinkert mir freundlich zu: »Du hast nämlich Grips.«

Gespielt theatralisch fasse ich mir an die Brust: »Ich glaube, damit bekommst du den Titel ›liebster Kollege des Jahres‹.«

»Darauf hatte ich es abgesehen.«

»Ein Schleimer, wie er im Buche steht«, stellt Miriam grinsend fest und fügt dann hinzu: »Wo hast du eigentlich so lange gesteckt und was sagst du zur grandiosen schauspielerischen Leistung unserer Johanna?«

»Na ja, ich musste dem Ruf der Natur folgen, wenn du verstehst, was ich meine und was Johanna betrifft, gibt es nur eines zu sagen: Spiel, Satz und Sieg. Sie hat ihre Chance gewittert und wahrgenommen. An der Börse wäre sie vermutlich ein genialer Trader. Aber ich kann jetzt nicht behaupten, dass mich das überraschen würd. Schließlich hat sie schon seit langem ein Auge auf Pierre geworfen«, antwortet Georgi und zieht dann aus der Tasche seines schwarzen Mantels einen Flachmann, um daran zu nippen und ihn mir im Anschluss weiterzureichen. Als ich zögere, fordert er mich auf: »Jetzt nimm schon einen Schluck! Auf den Chef!«

»Alles klar. Auf den Chef!«, stimme ich widerwillig zu und nehme einen Schluck von dem hochprozentigen Whiskey, der meine Speiseröhre brennend hinabrinnt und mich zu einem Husten veranlasst.

Nachdem es mir Miriam nachgetan hat, lässt Georgi das mitgebrachte Getränk wieder in seiner Manteltasche verschwinden. Gerade rechtzeitig, denn der stockende Trauerzug kündigt unsere Ankunft an Franz Langs letzter Ruhestätte an.

Die Grabsegnung nimmt nicht viel Zeit in Anspruch und als ich mit mulmigem Gefühl im Magen dabei zusehe, wie der auf Hochglanz polierte Sarg in sein feuchtes Bett hinabgelassen wird, höre ich Miriam in sich grummeln: »Was für eine Vorstellung, da unten in der Erde von Würmern gefressen zu werden.«

»Ich glaub, bis dahin wirst du nicht mehr viel davon mitbekommen«, halte ich trocken fest.

»Na hoffentlich. Stell dir mal vor, man wird irrtümlich lebendig begraben. Erst vor ein paar Wochen habe ich von einer Frau in der Zeitung gelesen, die in der Kühlkammer aufgewacht ist«, mischt sich Georgi in das Gespräch ein.

»Wo hast du das gelesen? Auf Telegram?«

»Unsinn. Das hab ich aus einer renommierten Tageszeitung«, verteidigt sich mein Kollege. »Hat mir
einmal mehr in Erinnerung gerufen, warum ich mein
eigenes Mausoleum mit Stromversorgung und Smartphone haben will. Dann kann ich, wenn ich aus meinem Scheintod erwache, wenigstens um Hilfe rufen.«

»Aber ist das nicht teuer?«

»Keine Ahnung. Aber irgendeinen Sinn muss es ja
haben, dass ich Unmengen an Geld mit Kryptowäh-
rung verdient hab.«

»Ich möchte mal so ein klassisches Wikinger-Be-
gräbnis, bei dem ich auf einem Boot mit einem brennenden Pfeil zu Asche verbrannt werde«, sinniere ich.

Miriam zeigt sich verwirrt: »Und das ist weniger
teuer?«

»Na ja, man braucht nur ein Boot und Pfeil und Bo-
gen.«

»Wenn du meinst. Aber dann bleibt ja gar nichts
von dir übrig.«

»Soll es ja auch nicht. Ich will nach meinem Tod
wieder eins mit der Welt werden.«

»Aber das wirst du doch auch, wenn du in der Erde
von Würmern gefressen wirst«, gibt mir Georgi zu bedenken.

»Geh bitte, dafür ist die Luisa viel zu hübsch. Das
wär doch die totale Verschwendung, wenn ihr Körper
in Wurmmägen landet«, verteidigt mich Miriam.
»Deshalb will ich auch mal wie Schneewittchen in einem gläsernen Sarg bestattet werden.«

»Damit dann jeder zusehen kann, wie dein Körper
langsam verwest.«

»Geh bitte, Georgi, musst du immer so negativ sein. Bis ich sterbe, gibt es bestimmt schon super Möglichkeiten zur Konservierung von Leichen. Wer weiß, vielleicht lassen sich unsere Körper sogar nach dem Tod wieder verjüngen.«

»Wunderbar. Ich wüsste nicht, was mir postmortale Verjüngung bringen soll.«

»Ihr müsst einem aber auch alles vermiesen.«

Georgi gibt sich geschlagen und klopft Miriam zum Trost auf die Schulter: »Also gut. Wir nehmen deinen Wunsch ernst und zum Beweis dafür organisiere ich dir sieben Zwerge als Sargträger.«

»Zwerge sind nicht so meins. Aber mit sieben Bergarbeitern könnte ich leben.«

»Äh... Darf ich euch darüber in Kenntnis setzen, dass der Begriff Zwerg politisch nicht korrekt ist.«

Meine Kollegin verdreht ihre Augen genervt, kommt allerdings nicht mehr dazu, etwas zu erwidern, weil der Sarg bereits den Erdboden erreicht hat und die Trauergäste sich nun anstellen, um sich von dem Verstorbenen zu verabschieden.

Als ich an der Reihe bin, nähere ich mich dem offenen Grab mit gesenktem Kopf und werfe eine Handvoll Erde auf den Sarg. Danach bekunde ich Frau Lang und ihrem Sohn mein Beileid und ärgere mich über Johanna, die dazu übergegangen ist, ebenfalls Beileidsbekundungen entgegenzunehmen. Ich erfülle ihr ihren Wunsch nicht und geselle mich stattdessen zu meinen Kollegen, die sich unter einem nahestehenden kahlen Baum gestellt haben.

Miriam bombardiert mich sogleich mit einer Frage: »Du, der Georgi hat gerade vorgeschlagen, dass wir noch gemeinsam ins *Green Leprechaun* schauen und auf den Franz anstoßen. Du bist eh dabei, oder!?«

Ich werfe einen zweifelnden Blick auf die Uhr, ehe ich antworte: »Ich weiß nicht. Die Mädchen sind heute zwar bei ihrem Papa, aber der hat mich gebeten, die beiden morgen Vormittag abzuholen, weil er seine Liebste zu einem Geburtsvorbereitungskurs begleiten muss.«

»Ach komm schon. Das schaffst du doch locker. Nur ein oder zwei Cider.«

Kapitel 2

ua! Ich wusste, es war eine saublöde Idee mitzukommen. Nicht nur, dass sich die zwei Gläser Cider auf wundersame Weise verdoppelt haben, es sind noch mindestens drei Runden Tequila und zwei Runden Jägermeister dazugekommen, sodass sich mein Kopf anfühlt, als würde er jeden Moment bersten. Und dann ist da noch diese kleine fiese innere Stimme, die bei der dumpfen Erinnerung an einen fremden Mann höhnisch lacht.

Scheiße! Was habe ich getan?

Mit klopfendem Herzen öffne ich meine Augen und blinzle in lediglich vom silbrigen Mondlicht durchbrochene Dunkelheit.

Oh mein Gott! Wo bin ich? Was ist mit mir passiert? Bin ich etwa im Keller eines Verrückten gelandet, der mich den Rest meines Lebens hier einschließt, um mit mir zwanzig Kinder zu zeugen?

Denk nach, Luisa, denk nach!

Ich schließe meine Augen und bemühe mich darum, den vergangenen Abend zu rekapitulieren.

Alles klar. Ich war nach dem Begräbnis meines Chefs mit Miriam und Georgi in unserem Stamm-Pub, um an der Bar einen Cider zu kippen und im Anschluss daran nach Hause zu fahren. Wie üblich ist dem ersten Getränk ein zweites gefolgt, woran per se noch nichts Ungewöhnliches ist. Dann hat Miriam einen Anruf von ihrem ernsthaft erkrankten Freund erhalten und sich schweren Herzens von mir und Georgi verabschiedet. Mein verbliebener Kollege und ich haben uns daraufhin auf einen Absacker geeinigt, der vom Auftauchen eines Objekts von Georgis Begierde unterbrochen wurde. Um das weibliche Wesen von seiner unbändigen Manneskraft zu überzeugen, hat mich Georgi beinhart alleine an der Bar zurückgelassen und mich damit zum Freiwild verdammt. Denn es hat nicht lange gedauert, bis mich ein Mann angesprochen und mir nicht nur ein Getränk, sondern auch einige Runden Hochprozentiges spendiert hat. Und jeder der mich kennt, weiß, dass ich Schnäpse jedweder Art nicht vertrage. Deshalb habe ich zu späterer Stunde die Musik im Pub mit meinem Gesang untermalt. Den stark illuminierten Fremdling hat meine Darbietung derartig beeindruckt, dass er mich vollkommen unerwartet und vor allem äußerst ungeschickt geküsst hat. Aber hey, Alkohol lässt Menschen nicht nur schöner, sondern auch wesentlich talentierter erscheinen. Deshalb – und ich gebe es nur ungern zu – bin ich auf den Annäherungsversuch des Fremden eingestiegen und irgendwann in seiner Wohnung gelandet. Scheiße, Scheiße, Scheiße!

Vor meinem inneren Auge tauchen Erinnerungsfetzen an die Fahrt mit dem *Uber* auf, die vor allem durch wildes Knutschen und Fummeln auf der Rückbank geprägt war.

Manno, was hat sich der Fahrer bloß über mich gedacht? Schließlich bin ich Mutter zweier Kinder, sollte mich verantwortungsbewusster zeigen und keine wildfremden Männer, die ich in einer Bar kennengelernt habe, nach Hause begleiten.

Ein lautstarkes Schnarchen reißt mich aus meiner Selbstverurteilung und sorgt dafür, dass ich mich auf dem gemütlichen Bett umwälze. Der Fremdling aus der Bar streckt mir sein nacktes Gesäß entgegen, während sein Kopf in mindervorteilhafter Pose über den Bettrand hängt. Ein weiteres lautstarkes Schnarchen verrät mir, dass er tief und fest schläft. Erleichtert atme ich auf.

Juhu ... Ich kann unbemerkt und ohne peinliche After-Sex-Gespräche die Flucht ergreifen.

So leise wie möglich wende ich meinem Bettgefährten wieder den Rücken zu und setze mich langsam auf. Als ich den flauschigen Bettvorleger mit meinen nackten Fußsohlen berühre, dreht sich der Fremde so geräuschvoll wie ein Orcawal um und verpasst mir dabei einen schmerzvollen Schlag mit dem Arm.

»Aua«, gebe ich beinahe tonlos von mir und reibe mir über die getroffene Stelle. Dabei starre ich wie gebannt auf den Mann, als könne er sich jeden Moment in ein furchteinflößendes Monster verwandeln, das mich mit seinen Klauen am Verlassen seiner Wohnung hindert. Stattdessen schläft der Fremde weiter seinen Rausch aus, was ich schon nahezu als enttäuschend langweilig empfinde.

Nachdem ich mich vergewissert habe, dass der Unbekannte nicht aus seinem Jägermeisterschlaf erwacht, lasse ich mein nacktes Hinterteil vom Bettrand gleiten und versuche mich im Schlafzimmer zur orientieren.

Neben der geschlossenen Tür steht ein riesiger Kleiderschrank, auf dessen Griff ich meine Strumpfhose und meinen BH entdecke. Mein Blick gleitet auf den Parkettboden, auf dem zahlreiche Kleidungsstücke verstreut liegen. Ich bücke mich, um diese nach meinem Slip zu durchwühlen. Da ist ein Pullover, eine Jeans, Boxershorts und ein nach Schweiß riechendes T-Shirt. Aber wo verdammt nochmal ist mein Slip?

Ein weiteres Mal wühle ich in den Kleidungsstücken nach meinem Höschen, kann dieses jedoch nicht ausfindig machen.

Scheiße, Scheiße, Scheiße! Was mache ich denn jetzt? Ich muss die Mädels spätestens zu Mittag von meinem Exmann abholen. Insofern könnte ich einfach ohne Slip nach Hause fahren, um mich dort unter der Dusche von den Speichelrückständen des Fremden zu befreien.

Während ich mir bereits ausmale, wie ich dem Vorbild Sharon Stones in *Basic Instinct* folgend in der U-Bahn die Beine übereinanderschlage, höre ich ein Kratzen und Winseln vor der Tür zum Schlafzimmer.

Oh mein Gott! Hat der Typ etwa einen Hund? Super, ganz toll. Bei meinem Glück ist das Tier scharf abgerichtet und springt mir an die Kehle, sobald ich das Schlafzimmer verlasse. Die Schlagzeile zu meinem Ableben ist dann an Peinlichkeit kaum zu übertreffen: *Exhibitionistisch veranlagte Frau nach One Night Stand von Hund zu Tode gebissen!*

Dem schlafenden Besitzer scheint das Winseln seines Haustieres ebenso wenig zu entgehen, denn er meldet sich zu meinem Schreck im Halbschlaf zu Wort. »Alles gut, Rocky! Lass mich noch ein bissi schlafen.«

Hab ich das richtig verstanden? Der Hund heißt Rocky? Rocky!? Das war's. Mein Leben ist vorbei. Sobald ich diese Tür öffne, wird sich der Kampfhund Rocky zähnefletschend auf mich stürzen und mich totbeißen. In diesem Fall bleiben mir nur zwei Optionen: hierbleiben und warten bis der Fremdling, der bestimmt ein rechtspopulistischer Psychopath mit ausgewachsenem Ödipuskomplex ist, erwacht und mich in seinen Keller steckt, oder alle Kräfte, die noch irgendwie in mir wohnen zu sammeln und einfach loszulaufen, damit Rocky meiner nicht habhaft wird. Was für ein beschissener Tag!

Als wolle er mich bestätigen, dreht sich der Hundebesitzer schmatzend auf die andere Seite des Doppelbettes.

Wahrscheinlich träumt er davon, mich zu verspeisen oder ich sollte endlich damit aufhören, mir regelmäßig diese True Crime Storys auf diversen Streamingdiensten anzusehen.

Ich warte einen Augenblick ab, bis ich sichergehen kann, dass der Fremdling nicht erwacht, und schleiche dann auf Zehenspitzen zur Tür, hinter der mein sicherer Tod lauert. Ich bin soeben im Begriff, die Türklinke hinunterzudrücken, als mein Bettgefährte murmelt: »Nein, Mama. Ich will das nicht essen.«

Holy shit! Bestimmt will er das nicht essen, weil er lieber Menschenfleisch verzehren würde. Mein Menschenfleisch!

Memo an mich: Nicht nur den Konsum von True Crime Storys reduzieren, sondern auch jenen von Thrillern und Horrorfilmen.

Ich atme einmal tief durch, schließe meine Augen und drücke dann mit zitternder Hand die Türklinke hinunter, darauf vorbereitet, jeden Moment von Rocky zerfleischt zu werden. Tatsächlich stürzt sich ein Ungetüm auf mich und bringt mich mit seinem Körpergewicht schmerzhaft zu Fall ...

... um mir das Gesicht in heller Freude über meine Anwesenheit abzulecken?

Alles klar, in Sachen Liebesbekundungen war das Tier der Lehrmeister seines Herrchens.

»Nein, Rocky. Brav sein. Sitz, Platz!«, gebe ich alle Hundekommandos wieder, die mir in meiner nächtlichen Apathie einfallen und irgendwie gelingt es mir, das vor Freude grunzende Ungetüm dazu zu bewegen, von mir abzulassen und sich hinzusetzen. Ächzend rapple ich mich wieder vom Boden auf und tätschle den Kopf des schokobraunen Retrievers mit dem zotteligen Fell. Dabei fällt mein Blick auf ein Stück Stoff, das mir merkwürdig bekannt vorkommt.

OMG! *Da* ist mein Slip! Zweckentfremdet als Halsband!

Voller Mitgefühl für die missliche Lage des Haustieres – Wie ist der Slip nur an den Hals gelangt? – befreie ich den Vierbeiner von meiner Unterwäsche und stelle fest, dass ich nach wie vor nackt im Flur stehe. Deswegen schlüpfe ich rasch und unter den prüfenden Blicken des Haustieres in meine Kleidung und werfe einen Blick ins Schlafzimmer.

Alles klar. Der Fremdling schläft. Das heißt, dass ich unbemerkt von dannen ziehen kann, um diese Nacht möglichst schnell aus meinem Gedächtnis zu streichen.

Dummerweise durchkreuzt Rocky meinen ausgeklügelten Fluchtplan, denn als ich mich an ihm vorbeidrücken will, weicht er keinen Millimeter zur Seite, was mich angesichts seiner überdimensionalen Größe vor ein nahezu unlösbares Problem stellt.

»Was willst du denn, Rocky?«, höre ich mich das Tier im Flüsterton fragen. »Ich hab dich doch schon von meinem Slip befreit. Mehr kannst du von mir nicht erwarten.«

Kurzentschlossen gibt der Hund ein Brummen von sich und schnappt daraufhin vorsichtig mit seinem Maul nach meinem Unterarm, um mich mit sich in einen großen, gemütlichen Wohnraum zu ziehen, der mich ein kleines Bisschen an ein New Yorker Loft erinnert. Vor einem blitzblanken Futternapf in der offenen Küche hält das Haustier an und löst sich von mir, um sich unmittelbar neben der Schüssel niederzulassen und mich aus erwartungsvollen braunen Hundeaugen anzustarren.

»Oh, jetzt verstehe ich. Du willst etwas fressen. Aber ich hab doch nicht die geringste Ahnung, wo dein Herrchen dein Futter aufbewahrt«, erkläre ich, ehe ich nach einem Lichtschalter suche, um mich in der Küche besser orientieren zu können. Erstaunt stelle ich fest, dass die Oberflächen so aussehen, als wären sie Ausstellungsstücke in einem Möbelhaus. Ein dekorativer Messerblock da, ein Glas mit Nudeln dort und eine hübsche zur Küche passende Kaffeemaschine, sowie ein Brotkorb, der so aussieht, als wäre er noch nie benutzt worden.

Verglichen mit diesem Fremdling fühle ich mich, als würde ich im Dreck hausen! Andererseits, wer weiß, wieso er seine Küche so sauber hält. Unter Umständen zerlegt er hier die vorher in seinem Keller getöteten Menschen und damit ihm niemand auf die Schliche kommt, verwendet er Nächte darauf, sauberzumachen. Kein American sondern ein Austrian Psycho.

So leise wie möglich öffne ich eine Schublade nach der anderen in der Erwartung, jeden Moment auf menschliche Knochen zu stoßen. Doch ich finde nichts Ungewöhnliches.

OH MEIN GOTT! Womöglich verfüttert der Fremdling die menschlichen Überreste an seinen Hund!

Okay, beruhige dich, Luisa! Das ist lediglich ein Konstrukt deiner Fantasie, mehr nicht.

In meiner Panik fällt mein Blick auf eine dekorative Dose neben dem Kühlschrank, auf der ein Etikett mit der Aufschrift *Rockys Delikatessen* klebt.

»Alles klar. Ich glaube, ich hab dein Futter gefunden.«

Etwas zögerlich sehe ich von dem sabbernden Vierbeiner zu der Dose und wieder zurück zu dem Tier und entschließe mich dazu, den hungernden Hund zu füttern.

Eine Weile sehe ich dem Tier zufrieden dabei zu, wie es das Trockenfutter schmatzend hinunterschlingt. Dann will ich meine Flucht fortsetzen, doch der Rüde folgt mir und versperrt mir im Flur erneut den Weg.

»Sorry, Rocky, aber ich muss jetzt gehen. Mein pedantischer Exmann würde es mir nicht verzeihen, wenn ich unsere Mädels zu spät abhole«, erkläre ich dem Tier wohlwissend, dass es mich nicht versteht, und ziehe dabei meine Schuhe an. Rocky betrachtet mich mit seinen traurigen Hundeaugen, sodass ich den Vierbeiner noch einmal an mich drücke.

»Ein Jammer, dass wir beide uns nicht mehr sehen werden. Meine Mädels hätten dich mit Sicherheit gemocht, aber leider wäre es Diebstahl, wenn ich dich mitnehmen würde.«

Der Hund jault kaum hörbar, hebt dann widerwillig sein Hinterteil und gibt mir den Weg frei. Ich zögere nicht lange, schnappe mir meinen Mantel und meine Handtasche und verlasse die Wohnung.

Auf Nimmerwiedersehen, Mister Strange!

Kapitel 3

ist, Mist, Mist! Ich bin viel zu spät dran!

Gehetzt und restlos verschwitzt renne ich auf den Eingang des riesigen Gebäudes zu, in dem Richard und Hannah wohnen. Das Haus erinnert mich jedes Mal an ein gestrandetes Kreuzfahrtschiff. Hastig tippe ich an der Gegensprechanlage auf »Hinterndorfer«. Nein, kein Kichern. Bloß kein Kichern. Das ist vollkommen unangebracht, wenn man sogleich um sein Leben betteln muss, weil man eine Stunde später als zur vereinbarten Abholzeit der gemeinsamen Kinder erscheint. Aber was kann ich dafür, dass mich meine Kollegen zum Ausgehen genötigt haben und ich an einen Mann mit Haustier geraten bin, vor dem ich mitten in der Nacht flüchten musste, um dem peinlichen Schweigen in der Früh zu entgehen?

Es dauert nicht lange, bis die gestrenge Stimme meiner Schwiegermutter mit einem knappen »Ja« aus der Gegensprechanlage ertönt. Nachdem ich mich zu erkennen gegeben habe, öffnet sich die Eingangstür zur Wohnhausanlage mit einem elektronischen Knacken und ich trete in das mit kalten Energiesparlampen ausgeleuchtete Erdgeschoss, das den Charme einer Justizvollzugsanstalt ausstrahlt. Wie Indiana Jones schlüpfe ich gerade rechtzeitig durch die sich schließenden Fahrstuhltüren und starre in das verstörte blasse Gesicht eines rundlichen älteren Mannes, der einen Malteser im karierten Wintermäntelchen in den Armen hält. Entschuldigend lächle ich dem Herrn zu und tippe mit meinem schweißfeuchten Zeigefinger das Stockwerk ein. Danach stehe ich mit wachsender Ungeduld in der viel zu langsam nach oben kriechenden Kabine und frage mich einmal mehr, wieso es mir nicht gelingt, »nein« zu sagen. Ich meine, ist es denn zu viel verlangt, dass Hannah die Geburtsvorbereitungskurse terminlich so legt, dass sie nicht gerade auf die Wochenenden fallen, an denen Bettina und Charlotte bei ihrem Vater sind? Schließlich habe ich auch ein Recht auf einen samstäglichen Serienmarathon auf Netflix und Co., während ich mir mit einer Tafel Schokolade und Fast Food einen wärmenden Winterspeck anesse und damit wertvolle Energiekosten spare. Typisch Richard. Hat nur seinen Job und seine Patienten im Kopf. Als würde mich das großartig überraschen. Immerhin ist ihm, auch als wir noch verheiratet waren, permanent ein Termin im Krankenhaus dazwischengekommen.

Zu meinem Glück hält der Fahrstuhl im vierten Stock an und mich davon ab, in nagenden Selbstzweifeln über meinen Wert zu verfallen. Der Fremde watschelt mit seinem Hund im Arm gemächlich auf den offenstehenden Ausgang zu, um seinen Malteser schließlich mitten im Türrahmen abzusetzen und damit die Lifttür zu blockieren. Als hätte der Mann alle Zeit der Welt, streichelt er sein Hündchen.

»Na das war jetzt ein schöner Spaziergang, gell Flocki!?«

Das Haustier sieht sein Herrchen lediglich verständnislos an und zittert dabei wie Espenlaub.

»Na geh, ist dir etwa kalt? Armer Flocki. Da werden wir dir gleich ein gutes Papperl machen, gell.«

Bei diesen erfreulichen Aussichten wedelt der Malteser mit dem Schwanz und leckt dabei die Hand seines Besitzers ab.

»Ja, braver Bub. So ein braver Bub!«

Langsam, wirklich sehr, sehr langsam erhebt sich der ältere Herr wieder. Ein deutliches Ächzen begleitet das Knacken seiner Wirbelsäule.

»Au au au ... Ich sag's Ihnen, junges Fräulein. Alt darf man nicht werden.«

Ich lächle verhalten. Schließlich kann ich ihm ja schlecht mitteilen, dass ich ihn am liebsten anschieben würde, um schneller ins achte Stockwerk zu gelangen.

Nach einer gefühlten Unendlichkeit zieht der Mann von dannen und der Fahrstuhl setzt seinen Weg nach oben fort. Als der Fahrstuhl sein Ziel erreicht, verlasse ich die Kabine gehetzt und eile auf die offenstehende Wohnungstür zu, in der ich von meiner Schwiegermutter erwartet werde. Mit vor der Brust verschränkten Armen und missbilligendem Blick mustert sie mich. Ihre mit Botox aufgespritzten, grell bemalten Lippen hat sie dabei fest aneinandergepresst.

»Schön, dass sich Madame endlich zu uns gesellt«, stellt Ingeborg bissig fest, als ich die Eingangstür vollkommen verschwitzt erreiche.

»Sorry, aber ich hatte heute Morgen echt üble Kopfschmerzen und bin deshalb kaum aus dem Bett gekommen«, entschuldige ich mich, während Ingeborg mich anstiert wie ein lästiges Insekt, als ich ihr aus reiner Höflichkeit einen Kuss links und rechts auf die dick mit Make-up bemalten Wangen hauche.

»Zu meiner Zeit hat man einfach ein Ibuprofen genommen. Zu spät kommen gab's nicht. Nicht für mich als Mutter. Das hätt' ich dem Richard und dem Bertram nie angetan. Die beiden haben ohnehin schon so gelitten, wenn jemand anderer außer mir auf sie aufgepasst hat«, erklärt sie selbstgefällig und lässt hinter mir die Tür in Schloss fallen.

Jetzt geht das wieder los. Und wenn ich nicht zu spät gekommen wäre, dann hätte irgendeine meiner Eigenschaften ihr Ärgernis erregt. Ich kann und konnte es ihr doch ohnehin niemals Recht machen und trotzdem fühle ich mich zu einer Rechtfertigung bemüßigt. Wie ich das hasse.

»Ich hab eh ein Ibuprofen genommen. Nur hab ich dann beim Auto auch noch festgestellt, dass ich keinen Eiskratzer besitze. Deshalb musste ich warten, bis die beschissenen ...«

Entsetzt reißt Ingeborg ihre Augen auf und unterbricht mich: »Luisa, ich bitte dich. So kannst du doch nicht vor den Kindern reden.«

Auch wenn ich im Vorzimmer weit und breit kein Kind ausmache, unterlasse ich es tunlichst, mich zu verteidigen. Das würde Ingeborg nur unnötig reizen und einen Streit kann ich an diesem Samstag keineswegs gebrauchen. Stattdessen entledige ich mich meines Mantels und meiner Schuhe und frage meine Schwiegermutter beiläufig: »Wo sind denn meine Mädels?«

»Die Charlotte ist im Wohnzimmer und spielt mit den Zwillingen und die Bettina schmollt wieder einmal im Kinderzimmer. Nicht, dass ich mich einmischen will, aber das Dirndl verbringt viel zu viel Zeit vor dem Handy. Du solltest es ihr wirklich eine Zeit lang wegnehmen.«

Ich erwähne lieber nicht, dass es Richard ist, der seiner Teenie-Tochter jedes Jahr zum Geburtstag ein neues Smartphone schenkt, um sein schlechtes Gewissen zu beruhigen. Stattdessen nicke ich bloß. Doch Ingeborg wäre nicht Ingeborg, wenn sie die Sache mit der Verspätung bereits auf sich beruhen lassen würde.

»Weißt, Luisa, ich will wirklich nicht unfair sein, weil ich dich sehr schätze und du noch eine junge Frau bist, aber es wird Zeit, dass du ein wenig mehr Zuverlässigkeit an den Tag legst. Heute hattest du ja Glück, weil ich ohnehin zum Babysitten eingeteilt war, aber immer werd ich nicht für dich einspringen können. Schließlich bin ich nicht mehr die Jüngste, auch wenn man es mir womöglich nicht ansehen mag.«

»Es tut mir wirklich furchtbar leid, Inge. Das kommt bestimmt nicht wieder vor«, versichere ich ihr, woraufhin sie mit mitleidigem Blick auf mich zukommt, um mir über die Schulter zu streicheln.

»Schon gut. Du machst das ja nicht absichtlich. Da kommt bestimmt die Unzuverlässigkeit eurer Familie durch und gegen die Gene kann man halt nichts ausrichten. Das hab ich auch erst unlängst in dieser Sendung gesehen, in der es um Serienkiller ging. Da hat ein Experte erklärt, dass Psychopathie vorwiegend genetisch bedingt ist.«

»Vergleichst du mich gerade mit einem Psychopathen!?«

»Aber geh, so mein ich das ja nicht. Ich wollt ja nur sagen, dass die Unzuverlässigkeit eben auch genetisch bedingt ist. In meiner Familie waren alle zu hundert Prozent verlässlich. Mein Vater – Gott hab ihn selig - ist ja in seiner langen beruflichen Laufbahn als Lokführer nur eine Woche im Krankenstand gewesen.«

Deshalb ist er vermutlich auch mit knappen sechzig Jahren verstorben.

»Fleiß und Disziplin haben meine Familie schon immer bestimmt«, sinniert Ingeborg unbeirrt weiter. »Faulenzen gab es nicht und obwohl der Gernot und ich nie viel verdient haben, haben wir dem Richard und dem Bertram alles geboten, was möglich war. Vom Mund mussten wir uns das absparen, aber es hat den beiden an nichts gefehlt.«

»Mmmhhh ...«, brumme ich, weil mir nichts Besseres einfällt.

»Ich bin ja ohnehin der Meinung, dass es damals viel besser für die Kinder war als heute. Dieser Überfluss kann ja nicht gesund für die Entwicklung sein. Die Jugend heutzutage ist es so gewöhnt, immer alles zur Verfügung zu haben, dass sie sich an gar nichts mehr erfreut. Die Betti ist dafür das beste Beispiel. Hat alles, was man sich als Dirndl in ihrem Alter wünschen kann und zeigt kein bisschen Dankbarkeit.«

»Sie ist ja auch eine Teenagerin. Die sind alle so«, bemühe ich mich darum, sie zu beschwichtigen.

Ingeborg wedelt verächtlich mit der Hand: »Also Luisa, das ist nun wirklich eine faule Ausrede, die kaschieren soll, dass es dem Dirndl an Disziplin mangelt. Da lob ich mir ja die Konsequenz, die die Hannah bei den Zwillingen an den Tag legt und das, obwohl sie so viele Überstunden im Krankenhaus machen muss. Trotzdem lässt sie der Daenerys und der Arwen keine Kinkerlitzchen durchgehen. Vielleicht solltest du dich mal mit ihr austauschen und dir ein paar Tipps hinsichtlich der Kindererziehung holen.«

Mit Sicherheit werde ich mir keine Kindererziehungsratsschläge bei der heiligen Gemahlin meines Exmannes holen, selbst wenn das bedeutet, dass sich meine Mädels gegen mich verschwören und ich mich an die U-Bahn-Gleise gefesselt wiederfinde.

Kommentarlos begebe ich mich ins Wohnzimmer, wo mich das reinste Chaos erwartet. Der Couchtisch wurde beiseitegeschoben, um Platz für die Millionen Spielsachen zu schaffen, die auf dem gesamten Teppichboden verteilt liegen wie Tretminen. Inmitten der Spielzeugtrümmer versorgt Charlotte einen Stoffhund mithilfe eines Arztkoffers für Kinder. Während sich Ingeborgs gutmütiger Ehegatte Gernot fachmännisch von meiner Zehnjährigen beraten lässt, toben die dreijährigen Zwillinge wie zwei Verrückte durch das Chaos, womit vor allem Daenerys ihrem Namen alle

Ehre macht. Fehlt nur noch ein Drache und alsbald liegt die Wohnung in Schutt und Asche.

Schadenfroh murmle ich in mich hinein: »Wow, Hannahs Konsequenz und die damit verbundene Disziplin der Zwillinge ist wirklich beeindruckend. Sie sollte eine Rategeberkolumne verfassen oder ihre Erziehungstipps auf Instagram teilen.«

Meine Bemerkung ignorierend gibt Ingeborg in bissigem Tonfall bekannt: »Schaut mal, wer sich endlich zu uns gesellt.«

Sofort blickt Charlotte von ihrer hochkonzentrierten Tätigkeit als Tierärztin auf und läuft freudestrahlend auf mich zu.

»Mamaaaaa! Endlich bist du da. Wir haben uns schon gewundert, wo du so lange bleibst.«

Überschwänglich umschließt mich meine Tochter mit ihren dünnen Ärmchen und ich erwidere ihre Begrüßung gerührt.

»Siehst du, ich hab gleich gesagt, dass die wichtigen Leute am Schluss kommen«, stellt Charlottes Großvater mit einem breiten Grinsen fest, nachdem er sich schwerfällig erhoben und mir die Hand zum Gruß gereicht hat.

Mein Blick gleitet dabei auf die zahlreichen Ketten aus bunten Holzperlen, die an seinem Hals baumeln und perfekt zu dem Hemd mit Aztekenmuster passen.

»Respektlos find ich das, einfach nur respektlos, mehr nicht und du fällst mir wieder in den Rücken und verharmlost alles«, gibt Ingeborg mit gerümpfter

Nase von sich und macht sich daran, den Wohnzimmerteppich von den zahlreichen Spielzeugtrümmern zu befreien.

»Aber geh, am Zuspätkommen ist noch keiner gestorben.«

Seine Frau hält mit einer Stoff-Elsa in der Hand inne: »Das würdest du nicht sagen, wenn dein Chirurg zu spät zu deiner Operation kommen würde.«

»Du, aber die Luisa ist keine Chirurgin.«

Meine Schwiegermutter klatscht gespielt erleichtert in die Hände: »Na Gott sei Dank. Sonst gäbe es einen Todesfall nach dem anderen im Krankenhaus.«

Empört stemme ich bereits meine Hände in die Hüften und setze zu einer harschen Erwiderung an, als mich Gernot rasch unterbricht: »Wie war eigentlich das Begräbnis gestern?«

Von dem plötzlichen Themenwechsel restlos überfordert, zucke ich zunächst hilflos mit den Schultern, ehe ich antworte: »Na ja ... War eine Mörderstimmung auf dem Friedhof.«

Natürlich ist meiner Schwiegermutter mein zugegeben geschmackloser Flachwitz nicht entgangen, was ich dem empörten Stöhnen entnehme, das ihrem Mund entströmt, ehe sie zu einer Standpauke ansetzt, die ihr Göttergatte im Keim erstickt, indem er ihr liebevoll über den Rücken streicht: »Nicht, Schatzi.«

»Aber hast du das nicht gehört? Sie hat überhaupt keinen Respekt vor Gott. Was soll aus unseren Enkelkindern werden? Die Betti klingt schon wie ihre Mutter. Beim Mittagessen hat sie sich doch tatsächlich geweigert ein Tischgebet zu sprechen. Gernot, unsere

Enkelkinder landen in der Hölle. Ist dir das denn gleichgültig?«

Gernot wirft mir einen entschuldigenden Blick zu und richtet das Wort an seine Frau: »Du machst dir viel zu viele Sorgen, Inge. Vielleicht solltest du einmal einen Besuch bei meinem Schamanen in Erwägung ziehen. Du wärst erstaunt, was der für Ergebnisse erzielt.«

Wütend schüttelt die Angesprochene die tröstenden Pranken ihres Göttergatten ab: »Geh bitte, Gernot, du immer mit deinem Indianer-Hokuspokus. Wenn du noch mehr Ketten aus Holzperlen trägst, dann schaust du bald aus wie ein Christbaum.«

Ob es ratsam ist, meine Schwiegermutter darüber in Kenntnis zu setzen, dass man Indianer nicht mehr sagen darf?

»Das ist doch kein Hokuspokus, Inge. So denkst du nur, weil du es noch nie versucht hast.«

»Richtig, weil ich an so einen Blödsinn nicht glaube.«

Als wäre es besser an einen himmlischen Vater, der in den Wolken sitzt und über die Menschen richtet, zu glauben.

Der gestrenge Blick meiner Schwiegermutter fällt auf Charlotte, die lachend vor den Zwillingen sitzt und ihnen zeigt, wie man schielt. »Lotti, nicht. Da können die Augen steckenbleiben.«

Und ich dachte, sie glaubt nicht an diesen Hokuspokus.

»Aber das ist so lustig. Das musst du auch mal versuchen, Oma.«

Drohend hebt Ingeborg den Zeigefinger: »Lotti! Wenn du dich nicht anständig benimmst, dann kommt der Krampus mit der Rute.«

Charlotte zeigt sich von den Worten ihrer Großmutter wenig beeindruckt, sondern rollt lediglich genervt mit den Augen, womit sie ihrer großen Schwester Konkurrenz macht: »Aber Oma, es gibt doch keinen Krampus. Das weiß doch jedes Baby.«

»Da siehst du!«, wendet sich Ingeborg hilfesuchend an ihren Gatten. »Ich sage dir doch, die Kinder haben vor gar nichts mehr Respekt.«

»Na ja, aber Angst ist halt auch keine pädagogisch wertvolle Maßnahme«, verteidige ich meine Tochter, die den Disput jedoch nicht mehr registriert und dazu übergegangen ist, für ihre Halbschwestern das Pony zu mimen, und sie abwechselnd auf dem Rücken durch das Wohnzimmer zu tragen.

Ingeborg funkelt mich an und kneift dabei ihre dicken Lippen fest aufeinander. Der nahende Schlagabtausch bleibt jedoch aus, weil meine ältere Tochter mit stoischer Teenie-Miene im Türrahmen erscheint und fragt: »Fahren wir dann?«

Da bin ich noch einmal davongekommen.

Kapitel 4

»Was ist zwischen dir und der Oma eigentlich vorgefallen?«, frage ich meine sechzehnjährige Tochter, als wir in meinem alten VW-Käfer auf dem Weg nach Hause sitzen. Wie zu erwarten, erhalte ich jedoch keinerlei Reaktion von Bettina. Stattdessen starrt die Teenagerin mit verdrossenem Gesichtsausdruck auf die verschneiten Straßen Wiens. Aus den riesigen Kopfhörern, die sie über ihrer schwarz-violett gefärbten langen Haarpracht trägt, dringt »Highway to Hell« von AC/DC.

Als ich an einer roten Ampel anhalte, versuche ich ein weiteres Mal, Bettis Aufmerksamkeit zu erlangen. Sanft rüttle ich sie an der Schulter, sodass sie sich gezwungen sieht, die Kopfhörer abzustreifen.

»Was denn?«, fragt mich Betti genervt.

Manno, wann ist sie so groß und vor allem so unhöflich und lieblos geworden? Als angehende Mutter wird man vor vielem gewarnt: stinkenden Windeln, Milchstau, schlaflosen Nächte und der Trotzphase. Aber irgendwie verabsäumen erfahrene Erziehungsberechtigte ihren Nachfolgern gegenüber die Pubertät zu erwähnen, so als würden Eltern diese schlichtweg aus ihrem Gedächtnis löschen. Vermutlich ein evolutionärer Schutzmechanismus des menschlichen Gehirns, um nicht dem Wahnsinn anheimzufallen.

»Die Mama wollte wissen, was zwischen dir und der Inge Oma vorgefallen ist«, erklärt Charlotte von der Rückbank.

»Was du nichts sagst. Und unsere Mutter kann nicht für sich selbst sprechen, oder wie?«, gibt Betti ungehalten von sich und dreht sich dabei zu Charlotte um.

»Weißt du eigentlich, dass du mit deiner miesen Laune alle nur nervst?«, kontert diese und erntet daraufhin ein Augenrollen.

»Na dann haben wir wenigstens etwas gemeinsam.«

»Könnt ihr beiden Streithähne euch nicht einfach vertragen?«, frage ich meine Mädels und diesmal bin ich diejenige, die ein missmutiges Augenrollen von den beiden erntet.

Wenigstens sind sie sich in ihrer Abneigung mir gegenüber einig.

»Vielleicht würd ich mich mit der Lotti besser verstehen, wenn ich nicht jedes Mal zum Papa und seiner ach so geliebten Hannah mitfahren müsste«, setzt mich Bettina über ihren Gemütszustand in Kenntnis und betont dabei »Hannah« so, dass kein Zweifel an ihrer Abneigung bleibt. Gut, wer kann ihr das auch verübeln. Die göttliche Gattin von Richard ist schließlich so perfekt, dass einem das Kotzen kommt. Wahrscheinlich macht er auch deshalb all die Dinge für sie, die ich mir von ihm auch gewünscht, aber nie bekommen habe. Jedenfalls hat er mich niemals zu einem Geburtsvorbereitungskurs begleitet.

»Betti, du weißt genau, dass dich dein Vater auch sehen möchte und ich ihm das Besuchsrecht nicht verweigern kann.«

»Ja, ja, ja. Das hast du schon ungefähr tausendmal gesagt.«

»Davon abgesehen fühl ich mich auch wohler, wenn du in der Dämmerungszeit nicht alleine zu Hause bist«, gestehe ich, als ich den Wagen angesichts der grünen Ampel wieder in Bewegung setze. »Erst letzte Woche habe ich wieder von einem Einbruch in der Gegend gehört. Die Reihenhäuser sind einfach beliebte Ziele.«

»Ja, aber Mutter, die brechen normalerweise nicht ein, wenn jemand zu Hause ist.«

»Aber meine Lehrerin hat erzählt, dass erst vor kurzem eine junge Frau in ihrer Wohnung überfallen und gewalttätigt wurde«, wendet Charlotte ein.

»Boah ... du meinst vergewaltigt.«

»Ist ja auch egal. Sie hat gemeint, dass wir besonders Acht geben und niemandem die Tür öffnen sollen.«

Ich zucke mit den Schultern: »Siehst du. Ich mach mir offensichtlich nicht umsonst Sorgen.«

»Wunderbar, ganz super, Lotti. Jetzt hast du sie wieder mal in ihrer Meinung bestärkt«, gibt Bettina patzig von sich und lässt dabei mit vor der Brust verschränkten Armen ihr Rückgrat besonders schwungvoll in den Vordersitz fallen.

»Ich hab doch gar nichts gemacht«, verteidigt sich Charlotte. »Außerdem willst du doch nur alleine zu Hause sein, damit du mit deinem neuen Freund ungestört herumschmusen kannst. Kotz, speib!«

Fuchsteufelswild dreht sich Bettina nach ihrer kleinen Schwester um und faucht sie mit funkelnden Augen an: »Du bist eine miese Verräterin.«

»Oh ... Ich wusste gar nicht, dass du einen Freund hast. Ist es in deinem Streit mit der Oma um ihn gegangen?«

»Pffff ... Nein. Warum auch?«

»Du lügst«, höre ich Charlotte vom Rücksitz.

»Nein, tu ich nicht.«

»Doch, du lügst.«

»Es ging nicht um den Mäx, du Neunmalkluge.«

»Alles klar, jetzt weiß ich wenigstens, wie er heißt. Aber ich weiß noch immer nicht, warum du mit deiner Oma gestritten hast.«

»Ist doch scheißegal, wie er heißt.«

»Bettina, kannst du bitte anständig mit mir reden. Ich bin immer noch deine Mutter.«

»Ja, leider«, gibt meine Teenagerin bissig von sich.

»Du, du kannst auch gerne ab jetzt bei deinem Vater wohnen, wenn du das willst.«

»Mutter, musst du mich immer so ernst nehmen?«

»Na ja, wenn ich es nicht tue, dann bist du nicht minder beleidigt. Also jetzt rück schon damit raus, was los war!«

»Gar nix. Ich wollt dem Mäx nur ein Foto von mir schicken.«

»Ja, aber du wolltest das Foto am Esstisch schießen«, wirft Charlotte ein.

»Und das hat der Inge-Oma nicht gepasst. Ich kenn
mich aus.«

»Jep, und deshalb ist die Betti beleidigt aufge-
sprungen und zum Schmollen ins Kinderzimmer gelaufen. Wie üblich.«

»Zu wem hältst du eigentlich, du kleines Biest?«,
fragt Betti ihre jüngere Schwester echauffiert. »Wir
sollten eigentlich zueinanderstehen, wenn's um die
Inge-Oma geht.«

»Außerdem weißt du doch, wie sie ist«, füge ich
hinzu.

»Ja eh, und deshalb wär ich lieber alleine zu Hause
als bei ihr. Der Papa hat, seit die Hannah schwanger
ist, sowieso keine Zeit für mich und die Lotti, weil er
gefühlt von einem Geburtsvorbereitungskurs zum
nächsten fährt. Dabei hat er mir eigentlich verspro-
chen, dass er mir bei meiner Projektarbeit hilft. «

»Du bist doch nur wütend auf den Papa, weil er dir
nicht erlaubt, ein Nabelpiercing stechen zu lassen.«

»Nein, ich bin nicht nur deshalb wütend auf ihn.«

Ich werfe über den Rückspiegel einen Blick auf
Lotti, die ihr Smartphone in der Zwischenzeit zur
Seite gelegt hat.

»Achso, du bist also nicht wütend auf ihn, weil er
zu dir gesagt hat, dass er nicht will, dass du mit sechs-
zehn schon wie eine Knackibraut aussiehst.«

»Wie bitte, was?«, hake ich nach und bemerke viel zu spät, dass der Wagen vor mir abgebremst hat, weswegen ich es nur mit viel Glück vermeide, in das Heck des schwarzen Audis zu krachen.

»Boah, Mutter, du musst uns deshalb nicht gleich umbringen.«

»Sorry«, sage ich schuldbewusst und füge dann hinzu: »Ich find trotzdem, dass seine Behauptung eine totale Frechheit ist. Ich meine, ich hatte schließlich vor deiner Geburt auch ein Bauchnabelpiercing und bin deshalb noch lange keine Knackibraut. Was denkt er sich eigentlich bei solchen Aussagen?«

Die mit dunklem Kajal umrandeten Augen Bettis hellen sich auf: »Heißt das, ich kann doch ein Bauchnabelpiercing haben?«

Ich verziehe meinen Mund zu einem breiten Grinsen, als ich ihr die Faust zu einem Fistbump entgegenstrecke: »Aber so was von.«

»Wisst ihr eigentlich, dass ihr kindisch seid?«

Gleichzeitig drehen Betti und ich uns um: »Jep.« Nach einer kurzen Pause, in der der Audi vor mir sich auf dem verschneiten Asphalt wieder in Bewegung setzt und ich es ihm nachtue, frage ich die Kinder: »Habt ihr eigentlich schon gegessen?«

Charlotte und Bettina werfen einander vielsagende Blicke zu, bis sich meine älteste Tochter zu einer Antwort durchringt: »Ja, aber ... Na ja ...«

»Gebackener Kohlrabi mit Salat.«

»Alles klar. Was haltet ihr davon, wenn wir noch einen Zwischenstopp beim *McDrive* einlegen?«

»Jaaa!«, stimmen meine Kinder begeistert zu.

‹❋ ❋ ❋›

»Hallo, ihr Süßen!«, begrüße ich meine um Freiheit ringenden Stubentiger Grizabella und Tigger, als ich eine halbe Stunde später unser bescheidenes Reihenhaus am Rande Wiens betrete. In den Händen trage ich eine riesige Tüte von *McDonald's*. Während ich unsere Haustiere mit yogareifen Verrenkungen an ihrem Ausbruch hindere, drängt sich meine Älteste ungeniert an mir vorbei und reißt mir dabei die Tüte aus der Hand, um damit in der Küche zu verschwinden. Und weil Geschwister grundsätzlich zum Futterneid neigen, rennt Charlotte ihrer Schwester kopflos nach und vergisst dabei ebenso wie Bettina komplett darauf ihre schneenassen Schuhe auszuziehen.

»Hey! Schuhe ausziehen!«, rufe ich den beiden nach, werde aber von ihnen geflissentlich ignoriert. Ganz im Gegensatz zu meinen Katzen, die mich nach gelungener Freiheitsberaubung aus mordlüsternen Augen anstarren.

Wunderbar. Als wäre es nicht schon genug, dass ich in der vergangenen Nacht vor einem fremden Mann fliehen musste und dafür mit einer Standpauke von Ingeborg bestraft wurde, werde ich jetzt auch noch zum Objekt des Hasses für unsere Stubentiger. Und wenn die beiden beschließen, mich zur Krönung des Tages zu bespringen, um mir die Augen auszukratzen, registriert meine Familie mein gewaltsames Ableben nicht, weil sie eine nahende Hungersnot befürchtet.

Mit einem müden Seufzer schlüpfe ich aus meinen hochhackigen Folterinstrumenten und hänge meinen kurzen Mantel an der Garderobe auf. Danach folge ich meinen Töchtern in die Küche und sehe gerade noch, wie sich Bettina mit einem Teller, auf dem ihr Burger und eine Portion Pommes drapiert sind, an mir vorbeistiehlt, um sich in ihr Zimmer im ersten Stock zu begeben.

»Kannst du nicht einmal mit uns gemeinsam essen?«, rufe ich ihr hoffnungsvoll hinterher, ernte jedoch lediglich ein knappes »Nope«. Kurz darauf fällt Bettinas Zimmertür ins Schloss, woraufhin mir Charlotte liebevoll über den Arm streicht. »Mach dir nichts draus, Mama. Die Oma sagt, dass das normal ist in der Puberität.«

Ich lächle: »Schatz, das heißt Pubertät, und ja, ich weiß, dass das normal ist. Ich konnte mich bisher nur leider noch nicht mit dieser neuen Normalität anfreunden.«

Schweren Herzens wende ich mich von der offenstehenden Küchentür ab und Charlotte zu, die soeben dabei ist, ihren Karton mit Chicken Nuggets auf ein Tablett zu stellen, auf dem sich bereits eine Cola und Gitterpommes befinden.

»Wollen wir heute beim Essen ausnahmsweise einen Film schauen?«, schlage ich vor.

Unnötig zu erwähnen, dass die Ausnahme eigentlich die Regel ist.

»Jaaa«, gibt Charlotte mit einem engelsgleichen Strahlen im Gesicht von sich. »Können wir uns ein Märchen anschauen?«

Ich zwinkere ihr zu: »Gern. Das brauch ich heute eh.«

»Super. Dann such ich schon mal eines aus«, erklärt sie und macht sich mit dem vollen Tablett auf den Weg ins Wohnzimmer.

Indessen versorge ich die bettelnden Stubentiger mit einer Mahlzeit, die ihren snobistischen Ansprüchen jedoch nicht zu genügen scheint, weswegen sie mit fordernden Blicken ungeniert neben ihren Futternäpfen sitzenbleiben.

»Wie ihr wollt«, erkläre ich den beiden selbstgefällig, so als wären sie in der Lage, meine Worte zu verstehen, und folge meiner Tochter mit meiner kalorienhaltigen Mahlzeit ins Wohnzimmer.

Natürlich geben sich Grizabella und Tigger nicht geschlagen und umschleichen meine Beine in beinahe vollkommener Synchronizität, sodass ich tunlichst darauf achte, nicht über die Katzen zu stolpern. Dem Mordanschlag erfolgreich entgangen, stolpere ich letztlich über die auf dem Teppich im Wohnzimmer achtlos ausgezogenen Stiefel Charlottes.

Tief durchatmen! Tief durchatmen!

»Lotti«, richte ich mahnende Worte an meine Tochter. »Was haben wir über die Schuhe gesagt?«

»Oh ... Ähhh ... Ups. Ich räum sie gleich weg.«

Na, immerhin genügt bei ihr im Gegensatz zu Bettina noch ein Wink mit dem Zaunpfahl. Das ist ein kleiner Lichtblick.

Nachdem Charlotte ihrer töchterlichen Pflicht nachgekommen ist, entscheiden wir uns für den alten Märchenfilm *Drei Haselnüsse für Aschenbrödel*. Ich verfolge den Streifen mit einer gewissen Wehmut, erinnert er mich doch an meine eigene Kindheit. Als der pagenköpfige Prinz das erste Mal in blickdichten Strumpfhosen in Erscheinung tritt, richtet meine Tochter das Wort an mich: »Glaubst du eigentlich an Märchenprinzen, Mama?«

Hiiiiilfe! Wieso stellt sie ausgerechnet diese Frage? Ich meine, wenn sie sich danach erkundigt hätte, ob ich an Prinzessinnen, böse Stiefschwestern oder Magie glaube, dann hätte ich ihr diese Fragen mit einem knappen Nicken beantwortet. So muss ich mir allerdings eine Fabel ausdenken, um meine Tochter nicht für den Rest ihres Lebens zu enttäuschen. Schließlich sind Märchenprinzen rasch entzaubert, sobald sie an Schnupfen leiden, und dabei so tun, als hätte man ihnen ein Bein abgesägt.

»Hm ...«, stammle ich, um mir Zeit zu verschaffen, während mich Charlotte erwartungsvoll aus ihren großen grünen Augen anstarrt. »Also ... Na ja ... Ich glaube nicht an Märchenprinzen im herkömmlichen Sinn.«

»Also glaubst du nicht, dass da draußen irgendwo dein Märchenprinz auf dich wartet?«

Critical Error!!!! Critical Error!!!

»Na ja ... Ich glaube schon daran, dass es im Leben eines jeden Menschen ein Gegenstück gibt. Also jemanden, für den man bestimmt ist und bei dem man voll und ganz man selbst sein kann. Das Gegenstück von Aschenputtel ist ihr Märchenprinz, aber für dich oder für mich muss der Mann nicht zwingend eine Krone tragen.«

»War der Papa für dich dein Gegenstück?«

»Keine Ahnung. Ich glaub eher nicht, sonst wären wir ja noch zusammen«, antworte ich meiner Tochter und hauche ihr dabei einen Kuss auf den dunklen Haarschopf. »Aber selbst wenn, denke ich, dass man mehr als ein Gegenstück haben kann. So wie beim Lego. Da passen ja auch mehrere Steine aufeinander.«

»Das heißt, es könnten auch mehrere Jungs mein Freund sein?«

Oh mein Gott! Was ist bloß aus der guten alten Monogamie geworden?

»Alles klar. Also aus deiner Äußerung schlussfolgere ich, dass dir mehrere Jungs gefallen und du dich nicht so richtig entscheiden kannst?«

Charlotte nickt eifrig.

»Ja, mir gefällt der Ben. Ich meine, den mögen ja alle Mädchen in meiner Klasse und letzte Woche hat er mir einen Liebesbrief geschrieben und mich gefragt, ob ich mit ihm gehen will.«

»Und? Was hast du gesagt?«, frage ich aufgeregt und fühle mich an die Neugier meiner Mutter erinnert.

»Ich hab noch gar nichts gesagt, weil mir der Tristan im Turnunterricht ein Bussi auf die Wange gegeben hat.«

»Und war dir das unangenehm?«

Charlotte schüttelt den Kopf: »Nein, gar nicht, aber ich weiß jetzt halt nicht, was ich machen soll, weil ich eigentlich beide gern mag. Aber wenn einer von beiden mein Märchenprinz ist und der andere nicht und ich mich für den Falschen entscheide, dann bin ich womöglich den Rest meines Lebens unglücklich.«

Scheiße, ich wusste nicht, dass Beziehungen bereits im Volksschulalter so komplex wie in einer Seifenoper sind.

»Also ich glaub, in deinem Alter ist es okay, dich nicht zu entscheiden und sie beide zu mögen. Verbring doch einfach weiterhin Zeit mit den Jungs. So findest du am besten heraus, wen du lieber magst, und wer weiß, womöglich kommt ja noch ein Dritter.«

Charlotte starrt mich entsetzt an: »Was? Noch ein Dritter?« Sie schlägt sich mit der flachen Hand auf den Kopf: »Das ist ja so schon kaum zu ertragen, weil die beiden dauernd etwas mit mir unternehmen wollen.« Nach einer kurzen Pause fügt sie hinzu: »Kann ich eigentlich, wenn ich mal erwachsen bin, auch den Ben und den Tristan heiraten?«

»Also ich weiß nicht, ob du dir gleich zwei Schwiegermütter antun willst. Das kann nämlich sehr anstrengend sein.«

»Was ist eine Schwiegermutter? Du redest so oft davon, aber ich weiß gar nicht, wer das ist.«

»Das wird die Frau sein, die du in deinem Leben am meisten hassen wirst, einfach nur, weil sie die Mutter deines Ehemannes oder festen Freundes ist.«

»Also ist die Inge-Oma deine Schwiegermutter.«

»Jep«, gebe ich kurz angebunden zurück und füge dann hinzu: »Und wenn du zwei Ehemänner hast, dann hast du auch zwei Schwiegermütter.«

Entsetzt reißt meine Tochter ihre Augen auf: »Was? Zwei Inge-Omas!? Dann will ich lieber gar keinen Mann!«

Tja, so desillusioniert man Mädchen bereits im Volksschulalter.

Kapitel 5

anno! Jetzt bin ich schon wieder zu spät dran und mein Körbchen ist auch noch leer. Das verzeiht mir diese alte Hexe niemals. Schließlich braucht sie die seltenen Botoxblüten, um daraus ein Extrakt für die Verjüngung ihrer Haut herzustellen. Und was mache ich? Genau, ich komme mit leeren Händen zu spät.

Scheiße, Scheiße, Scheiße! Aber was kann ich dafür, dass dieser große, dunkle Wald so weitläufig und so düster ist, dass man sich im Gewirr aus Bäumen permanent verläuft? Ich meine, in diesem verfluchten Märchenwald sieht ein Baum wie der andere aus, zumindest für jemanden, der kein Baumexperte ist. Stellt sich nur die Frage, wofür ich eine Expertin bin. Wahrscheinlich für Putzangelegenheiten und Hilfsarbeiten. Darin bin ich ja durch die Hexe bestens geschult. Ewige Dankbarkeit, nur weil sie mich vor dem bösen Wolf gerettet hat, das hab ich mir anders vorgestellt.

Okay, wahrscheinlich ist es unpassend, das Abkaufen eines Nutzmenschen von einem wilden Tier als Rettung zu bezeichnen. Dennoch habe ich seither das dumpfe Gefühl, in der Schuld dieser Hexe zu stehen, und wenn ich jetzt mit einem leeren Korb in ihrer Waldhütte aufkreuze, steckt sie mich mit hoher Wahrscheinlichkeit zu den sieben Kindern in den Käfig, um mich wie die anderen zu mästen und zu Gulasch zu verarbeiten. Aber als Bewohnerin eines Märchenwaldes weiß ich, dass es auch in den aussichtslosesten Situationen Auswege gibt. Zugegeben, es ist ein wenig unkonventionell, einen Frosch zu küssen, eine Stiefmutter in glühenden Schuhen tanzen zu lassen oder einem Wolf den Bauch aufzuschlitzen, um diesen mit Steinen zu füllen, aber aussichtslose Situationen erfordern eben kreative Lösungswege.

Mit einem mulmigen Gefühl im Bauch eile ich, begleitet vom schadenfrohen Gezwitscher der Vögel, über den feuchten Waldboden. Eine kühle Brise streicht durch die raschelnden Blätter der Bäume und lässt mich fröstelnd meinen Umhang etwas enger um die Schultern ziehen.

Ich hasse diesen verdammten Tag und es steht zu befürchten, dass sich meine Abneigung in Kürze verdreifachen wird, mache ich doch bereits in der Ferne mein Ziel aus: das Lebkuchenhäuschen der bösen Hexe Ingeborg.

Mit pochendem Herzen nähere ich mich dem süßen Bauwerk, dessen Tür sich bereits langsam öffnet und den Blick auf meine Sklavenhalterin freigibt, die mich mit vor der Brust verschränkten Armen in Empfang nimmt.

»Schau an, schau an. Madame hat sich auch endlich dazu bequemt, von ihrem Ausflug zurückzukehren.«

»Entschuldigung, Meisterin. Ich habe im Wald die Orientierung verloren und dann hat mich auch noch so ein Idiot im Wolfspelz angesprochen.«

Sie hebt eine ihrer tätowierten Augenbrauen hoch und mustert mich von oben bis unten. Ihr furchteinflößender Blick bleibt schließlich auf dem leeren Körbchen hängen, das ich bei mir trage.

»So, so ... Wenn das so ist, wo sind dann meine Botoxpflänzchen?«

»Also ... Na ja ... ich konnte keine mehr finden, weil es so viel Zeit beansprucht hat, diesen Idioten im Wolfspelz loszuwerden.«

Sie wedelt mit der Hand und scheucht mich ins Innere ihrer gemütlichen Hütte. In einem Kochtopf über der Feuerstelle brodelt eine grüne Suppe, die den Raum mit einem unangenehmen Geruch erfüllt.

»Ja, ja, ja ... Alles nur Ausreden. Weißt du eigentlich, was es bedeutet, kein Botox mehr zu haben?«

»Ich ... Na ja ...«

Natürlich weiß ich, was das bedeutet. Dass sie mal nicht aussieht, als hätte sie statt Lippen ein Schlauchboot im Gesicht.

»Und das nach allem, was ich für dich getan habe. Wirklich.« Sie schüttelt den Kopf. »Ich bin so enttäuscht von dir, Luisa. Ein Fehler nach dem anderen. So gern ich das auch weiterhin ignorieren würde, geht das nicht mehr. Du musst endlich lernen, dass deine Handlungen Konsequenzen nach sich ziehen.«

Sie schöpft etwas Suppe aus dem Kochtopf über dem prasselnden Feuer und füllt diese in einen Becher, um mir das dampfende Gebräu schließlich unter die Nase zu halten.

»Trink!«, fordert sie mich auf.

Ängstlich schüttle ich den Kopf, weshalb sie mit mehr Nachdruck fordert: »Trink, du undankbares Balg!«

»Aber ich will das nicht trinken. Ich verspreche, Euch künftig nicht mehr zu enttäuschen.«

Die beleibte Frau baut sich vor mir auf: »Dafür ist es zu spät! Trink, unwürdiges Balg! Trink!«

»Aber ... ich ...«

»Trink!«

Inges Augen nehmen einen unheimlichen Rotton an.

»Na los! Worauf wartest du. Jetzt trink endlich, oder willst du, dass ich dich in einen Frosch verwandle?«

Heftig schüttle ich den Kopf und gebe mich geschlagen. Als ich das widerliche grüne Gebräu in meinen Rachen schütte, bricht meine Arbeitgeberin in höhnisches Gelächter aus, sodass ich vor Schreck den Becher fallen lassen. Aus meinen Armen sprießt eine Unmenge dunkler Haare!

»Für deine Unverschämtheit sollst du dich bei jedem Vollmond in einen scheußlichen, hässlichen und grässlichen Werwolf verwandeln.«

Entsetzt sehe ich dabei zu, wie meine Fingernägel immer länger werden und sich zu Krallen deformieren.

Scheiß Vollmond! Wieso muss das ausgerechnet heute sein?

»Doch höre gut zu! Weil du mir in der Zwischenzeit ans Herz gewachsen bist, will ich dir auch die Chance geben, den Fluch zu brechen. Wenn du binnen eines Jahres einen Mann findest, der dich so liebt, wie du jetzt bist, so ist der Fluch gebrochen und du bist frei und wirst dich nie wieder in einen Werwolf verwandeln. Doch wählst du den falschen Mann, so wirst du auf ewig ein Werwolf bleiben.«

Oh mein Gott! Ich bin in einem Disney-Film gelandet!

❄ ❄ ❄

Mit rasendem Herzen schlage ich die Augen auf und werde von der Sonne geblendet, die durch die Schlafzimmerfenster scheint.

Moment Mal. Sonne? Scheiße! Ich habe verschlafen!

❄ ❄ ❄

Nachdem ich Charlotte zur Schule begleitet habe, eile ich über den Gehweg und fokussiere dabei die Busstation, die zu meiner Erleichterung immer näher rückt.

Wunderbar. Natürlich passiert genau das, was nicht passieren soll: Der signalrote Bus biegt um die Ecke und nähert sich zielsicher der Station, sodass mir nichts anderes übrigbleibt, als mein Tempo zu beschleunigen.

Warum musste ich ausgerechnet an einem Tag, an dem ich ohnehin schon zu spät dran bin, die Stiefeletten mit Absatz anziehen? So viel zu meiner Fähigkeit vorausschauend zu planen. Würde ich mich plötzlich in einem postapokalyptischen Szenario wiederfinden, würde ich vermutlich bei der Nahrungsbeschaffung meine Waffe zu Hause vergessen. Und das wäre noch das geringste Übel, denn in meinem Fall ließe sich nicht ausschließen, dass ich in Flipflops zur Jagd aufbreche.

Okay, Konzentration Luisa. Konzentration. Sonst ...

Ah ... So eine Scheiße! Wofür wurde hier überall gestreut, wenn man dann trotzdem beinahe auf dem vereisten Asphalt ausrutscht? Als wäre es nicht schon Bestrafung genug, dass ich am Abend meine blasenübersäten Füße verarzten muss. Scheiß Montag!

Restlos verschwitzt von dem Manöver, dass mir mit hoher Wahrscheinlichkeit einen Beinbruch erspart hat, renne ich weiter, als wäre der Teufel höchstpersönlich hinter mir her und überquere den Zebrastreifen. Zornig werde ich dabei von einem PKW-Lenker angehupt, den ich allerdings ignoriere, um auf die offenen Pforten des öffentlichen Verkehrsmittels zuzulaufen. Ich kann gerade noch dabei zusehen, wie sich die Türen vor meiner Nase schließen.

»Arschloch!«, fluche ich und stelle mich mit dem besten Resting Bitch Face, das ich aufzubringen vermag, in die kleine Hütte, die mir mit der Graffiti-Botschaft »Fuck« an der Rückseite wahrlich aus der Seele spricht. Während mir die Kälte allmählich in alle Glieder dringt, studiere ich den Busfahrplan.

Super, es wird ja immer besser. Der nächste Bus kommt in einer Viertelstunde. Wenn man im Winter bei eisigen Temperaturen mit einer schicken dünnen Strumpfhose, einem kurzen Kleidchen und einem noch kürzeren Mantel an der Haltestelle steht, fühlen sich fünfzehn Minuten wie eine Ewigkeit an. Scheiß Montag, scheiß Öffis, scheiß Tag!

Weil mir nichts Besseres einfällt, verfasse ich eine Mitteilung an Miriam.

Morgähn! Werde mich heute verspäten. Ich hoffe, ich werde in der Kanzlei nicht geteert und gefedert.

Ich will mein Mobiltelefon bereits in meiner Manteltasche verschwinden lassen, als ich aus dem Augenwinkel eine mir bekannte Gestalt wahrnehme.

Bitte nicht. Bitte, bitte nicht! Hoffentlich übersieht mich meine zum Endlostratsch neigende Nachbarin, die mich permanent mit ihrem Psycho-Sohn zwangsverheiraten will. Das Letzte, was ich am Montagmorgen gebrauchen kann, ist ein Gespräch mit dieser anstrengenden Energieräuberin.

Hastig öffne ich Instagram und scrolle fieberhaft und vor allem planlos umher, um mit einer vorgetäuschten Beschäftigung dem möglichen Gespräch mit meiner Nachbarin zu entgehen. Doch diese spricht mich beinhart an.

»Guten Morgen, Fräulein Sommer!«, begrüßt sie mich lautstark und erregt damit die Aufmerksamkeit der Teenies auf der anderen Straßenseite, die sich kichernd vielsagende Blicke zuwerfen.

Ha ha ha ... Sehr komisch. Ja, ich heiße Sommer und nein, ich habe den Herrn Winter noch nicht getroffen.

»Ich hab Sie schon ewig nicht mehr gesehen. Mein Sohn und ich hatten ja schon die Befürchtung, dass Sie ausgezogen sind.«

Dass sie mich so gut wie nie zu Gesicht bekommt, liegt vor allem daran, dass ich aus dem Fenster sehe, ehe ich das Haus verlasse, um sicherzugehen, dass ich ihr nicht über den Weg laufe.

»Ja, äh ... Nein, ich bin nicht ausgezogen, sondern einfach nur sehr beschäftigt. Viel los vor Weihnachten.«

»Oh je ... Na, das kann ich mir gut vorstellen. Ich bin wirklich froh, dass ich meinen Sohn hab, der mich so wunderbar unterstützt. Aber wenn man so alleine ist wie sie, dann ist es bestimmt nicht immer einfach.«

Sie starrt mich aus ihren kleinen, dunklen Knopfaugen an, deren Funkeln mir verrät, dass sie nach meinem Totalzusammenbruch gieren. Aber diese Genugtuung werde ich ihr nicht geben.

»Na ja ... Die Charlotte ist ja Gott sei Dank ein unkompliziertes Kind und die Bettina zwar auf dem Höhepunkt der Pubertät, aber das ist nur halb so wild. Immerhin habe ich mich daran schon gewöhnt.«

»Also ich finde es wirklich bewundernswert, wie Sie das alles machen. Ich würd das ja nicht mehr schaffen. Vor allem jetzt, wo es den Alois wieder erwischt hat. Eine Untersuchung nach der anderen und die Wartezeiten in den Ambulanzen sind ein Wahnsinn.

Als hätte man den ganzen Tag Zeit, im Spital herumzusitzen und darauf zu warten, dass man einen Termin für eine dermatologische Untersuchung bekommt. Sie wissen ja, der Alois und seine Schuppenflechte. Die muss regelmäßig untersucht werden und na ja, was soll ich sagen, ich bin halt auch nimmer die Jüngste. Für mich ist das alles sehr anstrengend. Deshalb bin ich so froh über meinen Peterle, der uns ohne Muh und Mäh zu den Arztterminen führt.« Sie klatscht in die Hände, sodass ich vor Schreck zusammenzucke und beinahe mein Handy fallen lasse. »Das alles macht wirklich keinen Spaß, aber was soll man tun. In meinem Alter sind die Untersuchungen halt wichtig und stellen Sie sich vor.« Sie reißt ihre Augen weit auf. »Bei meiner letzten Mammographie haben sie wieder einen Knoten entdeckt. Ich mein, natürlich weiß ich, dass das kein Krebs sein muss, aber es zeigt halt einmal mehr, wie wichtig die Arztbesuche sind.« Sie schüttelt den Kopf: »Ich kann Ihnen gar nicht sagen, wie ich mich schon auf meine Pension freu. Ein halbes Jahr noch.«

Und dann ist diese Frau noch häufiger zu Hause anzutreffen, wodurch sich wiederum mehr Möglichkeiten für sie bieten, mir aufzulauern. Hilfe!

Sie hält noch weiter ihren Monolog, in dem sie thematisch zu den Vorzügen ihres Sohnes übergeht, bis zu meiner Erleichterung der Folgebus an der Haltestelle stehenbleibt und sich die Türen geräuschvoll öffnen. Getrieben von dem Wunsch, meiner Peinigerin zu entkommen, stürme ich auf die Tür zu, bremse

dann allerdings abrupt ab, da sich ein paar Volksschü-
ler, trotz der wiederholten Mahnungen der Lehrerin
aus dem Vehikel drängeln. Ungeduldig sehe ich der
Pädagogin, die die Spitze des Zuges gebildet hat, beim
Zählen der Kinder zu.

Manno, wie lange dauert das denn noch? Wenn das
so weitergeht, komme ich eine Stunde zu spät. Wie
soll ich das denn erklären?

»Also diese Kleinen sind aber auch süß«, ertönt die
Stimme meiner Nachbarin hinter mir. »Besonders im
Winter mit ihren niedlichen Mützen. Das hat's ja bei
uns alles noch nicht gegeben.«

Ich nicke stumm und spüre, wie meine Ungeduld
wächst, als nach der Volksschulklasse noch eine Frau
mit Kinderwagen aussteigt und mir einen strafenden
Blick zuwirft, weil ich ihr nicht behilflich bin.

Ja, mag schon sein, dass ich ein asozialer Un-
mensch bin. An diesem Morgen habe ich allerdings
nicht das geringste Problem damit.

Als die Frau ihren Kinderwagen sicher auf den
Gehsteig manövriert hat, gelingt es mir endlich, in den
Bus einzusteigen. Im Inneren erwartet mich allerdings
der nächste Stau. Ächzend quetsche ich mich zwi-
schen zwei weiteren Kinderwägen - einer davon für
Zwillinge – durch und starre wie paralysiert aus dem
Fenster. Ein Positives hat das Ganze allerdings: Meine
Nachbarin hat mich im Gedrängel verloren.

Die Glückssträhne hält jedoch nicht lange an, denn
als der Fahrer an der Ampel eine gefühlte Vollbremsung hinlegt und ich dadurch auf den Kinderwagen
vor mir stürze, ernte ich den Unmut der betroffenen

Mutter: »Können Sie nicht aufpassen? Ich habe hier ein Baby.«

»Entschuldigung, ich werde künftig achtsamer auf die Schnauze fallen«, entgegne ich grantig.

Der Fremden ist deutlich anzusehen, dass sie am liebsten den gesamten Bus gegen mich aufhetzen würde.

An der nächsten Haltestelle presst sich ein weiterer Kinderwagen in das überfüllte Vehikel, sodass ich beim Ausweichen beinahe einen Teenie mit zentnerschwerem Rucksack niedertrample. Schweißperlen rinnen meinen Rücken hinab. Bleibt nur zu hoffen, dass ich heute keinen wichtigen Termin aufgebrummt bekomme, sonst wechselt der Klient aufgrund meiner mangelnden Körperpflege mit Gewissheit die Kanzlei.

Kapitel 7

In Lichtgeschwindigkeit erklimme ich die Treppen ins zweite Obergeschoß des Altbaus zur Anwaltskanzlei und vertippe mich gefühlte tausendmal beim Zugangscode für die Eingangstüre, ehe ich verschwitzt den Vorraum betrete und einen Blick in das Sekretariat werfe. Mit Erstaunen stelle ich fest, dass die Schreibtische unbesetzt sind.

Wahrscheinlich ist Frau Lang zu Hause geblieben, um das Begräbnis ihres Gatten zu verdauen und Johanna hat sich wieder einmal krankgemeldet, um das Nagelstudio aufsuchen oder ihren monatlichen Friseurtermin einhalten zu können. Obwohl, hatte sie diesen Monat nicht schon einen Termin beim Haarschneider? Egal, Johanna findet immer einen Grund für ihren wöchentlichen zweitägigen Krankenstand.

Keuchend durchquere ich den gemütlichen Vorraum, und betrete Miriams und mein Büro.

Merkwürdig. Hier ist auch niemand. Ist heute etwa ein Feiertag, von dem ich nichts wusste?

In der nahezu bedrohlichen Stille nähere ich mich meinem restlos mit Akten überladenen Schreibtisch und stelle fest, dass ich dringend für Ordnung sorgen sollte. Mein Vorhaben gewinnt an Substanz, als ich beim Hochfahren meines Notebooks Croissant-Brösel in der Tastatur entdecke, die nicht nur ein eindeutiges Zeugnis über meine mangelnde Ordnungsliebe, sondern auch über meine ungesunde Ernährung ablegen.

Wenn ich so weitermache, habe ich mit vierzig meinen ersten Schlaganfall und lande mit fünfzig im Grab. Aber hey, wenn ich jung sterbe, dann muss ich mir wenigstens keine Gedanken über Anti-Falten-Creme und plastische Chirurgie machen, womit ich auch noch einen wertvollen Beitrag zum Umweltschutz leiste.

Nervös warte ich darauf, dass das Betriebssystem hochfährt, und werfe dabei noch einmal einen Blick auf den vereinsamten Schreibtisch meiner Kollegin.

Ihre Jacke hängt über ihrem Stuhl. Das heißt, sie ist da. Stellt sich nur die Frage, wo?

Manno, was ist heute bitte los? Habe ich irgendetwas verpasst?

Oh mein Gott, womöglich teilt Frau Lang soeben der gesamten Belegschaft mit, dass wir fristlos gekündigt werden, weil sich niemand dazu bereiterklärt hat, die Kanzlei zu übernehmen, und ihr Mann Schulden hatte, von denen wir nichts wussten. Wunderbar, und das ausgerechnet vor Weihnachten.

Nach einer Million Updates gelingt es meinem Notebook, das Betriebssystem hochzufahren und ich öffne das E-Mail-Postfach, was ich angesichts der Flut an Mitteilungen augenblicklich bereue.

Haben die Leute denn nichts anderes zu tun, als mir Mails zu schicken? Ich meine, der Großteil der Nachrichten hat für mich keinerlei Relevanz.

Nachdem ich mich durch die diversen unwichtigen Informationen gekämpft habe, öffne ich eine Nachricht von Frau Lang und stelle mit Entsetzen fest, dass eine spontane Besprechung um neun Uhr einberufen wurde.

Scheiß Montag! Ich hab noch nicht einmal einen Kaffee getrunken und muss ohne Koffein in eine Besprechung. Die posttraumatische Belastungsstörung lässt grüßen!

❋ ❋ ❋

»Tschuldigung für die Verspätung ...«, leiste ich peinlich berührt Abbitte, als ich den Besprechungsraum betrete und setze bereits zu einer Erklärung an, als mich plötzlich ein schwanzwedelndes schokobraunes Ungetüm anfällt.

»Rocky, nein, aus!«, höre ich eine mir bekannte Stimme rufen, ehe ich das Gleichgewicht verliere und unsanft zu Boden stürze, wo mir der riesige Hund über das frischgeschminkte Gesicht leckt.

»*Ah .... Ih ...* Nein, lass das!«, appelliere ich an meinen Angreifer und versuche dabei, die Schnauze des Ungetüms mit meinen Händen abzuwehren. Leider bleibe ich erfolglos, weshalb ich ehrlich erleichtert bin, als eine Gestalt auftaucht und das Ungetüm am Halsband von mir wegzieht.

»Keine Sorge, der Rocky ist vollkommen harmlos. Kommen Sie, ich helfe Ihnen hoch.«

Eine Hand wird mir dargeboten und ich ergreife diese dankbar, um mich nach oben ziehen zu lassen.

»Du? Was machst du denn hier? Stalkst du mich etwa?«, frage ich den Hundebesitzer mit zusammengekniffenen Augen, nachdem ich mir mein feuchtes Gesicht mit dem Ärmel meines Kleides trockengewischt habe.

»Äh ... Kennen wir uns?«

»Ist das dein Ernst?«, gebe ich entrüstet von mir und starre in zwei verständnislose braune Augen.

Also gut, wenn ich mich nicht mehr an den One-Night-Stand mit diesem Typen erinnern würde, könnte man mir das angesichts seines mangelnden Einfühlungsvermögens beim Geschlechtsakt wohl kaum verübeln. Dass allerdings er mich vergessen hat, grenzt schon an Majestätsbeleidigung.

»Ähhh ... Ja. Ich ... Also sorry. Keinen Plan«, antwortet mein Gegenüber schulterzuckend.

»Na klar doch«, murmle ich beleidigt in mich hinein und klaube meine Habseligkeiten vom Boden auf.

Dem glaube ich kein Wort. Bestimmt tut der Typ nur so, als würde er mich nicht kennen, um sich bei mir für meine nächtliche Flucht zu rächen. Blödes Arschloch!

»Ist alles in Ordnung mit Ihnen?«, fragt er mich, nachdem ich mich wieder zu voller Größe aufgerichtet habe.

»Ja, ich bin geistig vollkommen gesund. Danke der Nachfrage.«

»Das meinte ich nicht. Ich wollte eigentlich bloß wissen, ob Sie sich beim Sturz nicht verletzt haben.«

»Oh ...«

Scheiße, wieso wird mir plötzlich so heiß? Mir kann es doch vollkommen gleichgültig sein, was dieser präpotente Arsch von mir denkt.

Leider ist das noch nicht bis in mein Unterbewusstsein vorgedrungen, weshalb ich regelrecht spüre, wie mir die Röte ins Gesicht schießt und ich hastig festhalte: »Nein, alles gut. Keine Verletzung.«

Um meinen Worten mehr Nachdruck zu verleihen und vor allem um vom Thema abzulenken, streichle ich dem tierischen Attentäter, der sich in der Zwischenzeit ein wenig beruhigt und neben seinem Besitzer niedergelassen hat, über den Kopf. »Du hast mich ganz schön erschreckt, Rocky. Und ich dachte immer, dass mich nur meine Katzen ermorden wollen, aber scheinbar gilt das auch für Hunde.«

»Tja ... Der Rocky kann einen ganz schön umhauen«, gibt der Fremde von sich und veranlasst mich mit seiner pseudolustigen Aussage lediglich zu einem knappen Nicken, ehe ich auf dem freien Stuhl zwischen Miriam und Johanna Platz nehme.

»Wo hast du denn bitte so lange gesteckt?«, flüstert mir meine Freundin zu.

»Ich hab verschlafen und dir eigentlich eh eine Nachricht geschickt. Hast du sie nicht gelesen?«

»Oh nein, sorry.«

»Also gut. Ich glaub, jetzt sind alle da und wir können starten«, unterbricht uns die Witwe und wirft dabei einen fragenden Blick auf den Hundebesitzer, der in der Zwischenzeit neben ihr und Pierre Platz genommen hat.

Moment mal! Wieso wirft Frau Lang diesem unverschämten Typen einen fragenden Blick zu? Oh mein Gott! Wahrscheinlich verkauft sie die Kanzlei an diesen humorbefreiten Idioten.

Mein vergesslicher One-Night-Stand nickt Frau Lang mit einem nervösen Lächeln zu und ergreift dann das Wort: »Ja, also für alle, die sich noch wundern, wer ich bin oder was ich hier mache.« Er mustert vor allem mich dabei eindringlich. »Ich bin der verschollene Sohn.« Er lacht laut auf, bleibt damit aber der Einzige, denn die anderen sind viel zu sehr damit beschäftigt, ihr Erstaunen im Zaum zu halten.

So eine Scheiße! Ich habe mit dem Sohn meines Chefs geschlafen, um mich dann in der Nacht still und heimlich davonzumachen! Ich bin wie diese bindungsgestörten Machos, die Frauen lediglich als Objekte zur Befriedigung ihrer Gelüste benutzen. Kurz gesagt: ich bin zu Georgi mutiert!

»Was mein ältester Sohn André Raphael damit sagen will: Mein Mann wollte, dass nach seinem Ableben unsere Söhne die Kanzlei als gleichberechtigte Partner übernehmen. Deshalb habe ich euch heute so kurzfristig zusammengerufen«, eilt Frau Lang ihrem Sohn zur Hilfe.

»Alles okay mit dir? Du siehst so blass aus?«, erkundigt sich Miriam und ich nicke bloß kommentarlos, weil mir noch immer die Worte fehlen, um meine miserable Lage zu beschreiben. Ich meine, vielleicht kündigt der Mann mein Dienstverhältnis, um sich bei mir für meine nächtliche Flucht zu rächen. Was bin ich doch für eine Idiotin!

»Und was haben Sie bisher gemacht?«, richtet Johanna eine Frage an unseren neuen Vorgesetzten.

»Eine berechtigte Frage«, gibt Pierre mit einem Funken Schadenfreude von sich und starrt den Angesprochenen dabei erwartungsvoll an. »Sehr viel Ahnung hast du ja nicht über die Abläufe hier in der Kanzlei. Aber scheinbar muss man das auch nicht haben, um sie leiten zu können.«

»Pierre Lucas, muss das hier vor allen sein?«, ermahnt ihn Frau Lang.

»Wieso nicht? Es haben doch alle ein Recht darauf, zu erfahren, warum ich nicht alleine dazu in der Lage bin, eine Kanzlei mit fünf Angestellten zu leiten, obwohl ich schon seit vielen Jahren hier arbeite.«

Der verschollene Sohn räuspert sich, ehe er, um Gelassenheit bemüht, antwortet: »Da hat mein Bruder nicht ganz Unrecht. Ich war im Gegensatz zu ihm bei weitem nicht so lernfreudig und hab deshalb sowohl das Studium als auch die Anwaltsprüfung erst relativ spät absolviert. Und weil ich bei der Anwaltsprüfung nicht auf Vorurteile hinsichtlich eines privilegierten Status stoßen wollte, hab ich bis dahin in einer anderen Kanzlei gearbeitet. Es war aber immer geplant, dass ich irgendwann auch in der Kanzlei meines Vaters einsteige.« Er wendet sich seinem Bruder zu: »Und das wusstest du auch.«

»Och, das ist aber sympathisch«, ertönt Miriams Stimme neben mir, nachdem sie mir mit dem Ellbogen in die Rippen geboxt hat.

»Wahnsinnig«, nörgle ich mit vor der Brust verschränkten Armen.

»Haben Sie eine Frage, Frau ...«

Er sieht mich an. Wieso sieht er mich an? Ich habe doch nur ein Wort gesagt.

»Sommer. Mein Name ist Luisa Sommer und ich ... habe nichts zu sagen. Ich habe mich nur verschluckt.«

Wunderbare Ausrede.

Er zwinkert mir zu.

Er zwinkert mir zu? Ist das ein Zeichen dafür, dass er sich doch an mich erinnern kann?

Ohne den neuen Chef aus den Augen zu lassen, greife ich provokant nach dem Wasserkrug und schenke mir so langsam wie möglich ein. Mein Baraufriss wirkt von meiner Demonstration der Gleichgültigkeit allerdings wenig beeindruckt. Ein sanftes Lächeln umspielt seine Lippen, als er mir beim Eingießen zusieht.

Denkt er denn wirklich, er kann mich für dumm verkaufen? Typisch. Reiche Menschen sind der Auffassung, sie können alles tun, was sie wollen. Aber nicht mit mir! Sicher nicht mit mir! Was ... Oh mein Gott!

Ich habe doch glatt auf den Krug vergessen, weshalb mein Glas überläuft und sich die Flüssigkeit über Johannas knappes rotes Kleid ergießt.

Aufgescheucht springt die Assistentin auf: »Oida, Luisa! Kannst du nicht ein bissi aufpassen. Das ist ein ur teures Marc Jacobs Kleid.«

»Sorry«, entschuldige ich mich beschämt.

»Geh bitte, mach kein Drama. Das ist doch eh nur Wasser gewesen«, verteidigt mich mein Kollege Georgi, der sich bisher eher stumm in sein Smartphone zurückgezogen hat.

»Ja, aber ich muss jetzt den ganzen Tag mit einem nassen Kleid im Büro sitzen und wenn ich Pech hab, bekomm ich eine Blasenentzündung.«

»Du weißt aber schon, dass Stoffe auch wieder trocknen«, kontert Miriam unberührt.

»Wenn du willst, dann mach heute einfach eine längere Mittagspause und ich kauf dir ein neues Kleid«, schlägt Pierre seiner Angebeteten lösungsorientiert vor. Seine Mutter sieht ihn entsetzt an.

»Das ist doch nicht dein Ernst? Und du wunderst dich, dass dein Vater dir die Kanzlei nicht alleine überlassen wollte?«

Der verschollene Sohn räuspert sich lautstark: »Ja, also vielleicht können wir das einfach später klären und jetzt zu den wichtigen Punkten übergehen.«

»Willst du damit etwa sagen, dass meine Punkte nicht wichtig sind?«, fragt Pierre seinen Bruder mit vorgerecktem Kinn.

Mein One-Night-Stand rollt mit den Augen: »Nein, das wollte ich damit nicht sagen, aber du wirst mir doch zustimmen, dass es wichtigere Angelegenheiten als die Gestaltung der Mittagspause gibt.«

»Das ist wieder typisch für dich. Du tauchst hier einfach auf und willst dann alles umkrempeln.«

»Aber ich hab doch noch gar nichts gesagt«, verteidigt er sich irritiert.

»Das musst du auch gar nicht. Ich sehe die Missbilligung förmlich in deinen Augen.«

»Ja, die Missbilligung darüber, dass du einer Mitarbeiterin«, er deutet auf Johanna, »in der Mittagspause ein neues Kleid kaufen willst.«

»Ach. du bist doch nur neidisch.«

»Worauf sollte ich denn bitte schön neidisch sein? Darauf, dass du bald ein Strafverfahren wegen sexueller Belästigung am Arbeitsplatz am Hals haben wirst?«

»Also darum braucht er sich aber wirklich keine Sorgen machen«, mischt sich Johanna ein und sorgt dafür, dass Miriam ein genervtes Stöhnen von sich gibt.

»Hört ihr jetzt bitte auf, ihr beiden Streithähne. Ist euch das denn überhaupt nicht peinlich, eure Konflikte vor euren Mitarbeiterinnen und Mitarbeitern auszutragen?«, unterbricht Frau Lang schließlich mit einem Händeklatschen den Geschwisterzwist.

Pierre zuckt mit den Schultern: »Die kennen mich doch sowieso.«

Wo er Recht hat, hat er Recht. Immerhin wurde ich mindestens einmal in der Woche Zeugin eines Streits zwischen ihm und seinem Vater. Insofern hätte es mich überrascht, wenn er mit seinem Bruder vollkommen konfliktfrei interagiert.

Frau Lang erhebt sich empört von ihrem Stuhl und kneift ihre Augen zusammen: »Ihr solltet euch beide schämen. Das hat euer Vater mit Sicherheit nicht gewollt.«

»Aber ...«, setzt der neue Chef zu einer Erwiderung an, wird von seiner Mutter allerdings mit einer scharfen Handbewegung unterbrochen.

»Nein, sag lieber nichts mehr. Ihr könnt eure Besprechung abhalten, wie ihr wollt, aber ich für meinen Teil hab lang genug zugesehen, wie ihr beiden euch in die Haare bekommt. Ich fahr nach Hause und bin morgen wieder voll einsatzfähig.« Sie wendet sich Johanna zu und jetzt erst sehe ich, dass auf ihrer Wange eine Träne glitzert: »Johanna, kannst du bitte mein Telefon übernehmen?«

Pflichtbewusst nickt die Angesprochene und dann sehen wir alle stumm dabei zu, wie Frau Lang den Besprechungsraum mit hängenden Schultern verlässt.

»Super. Das hast du wirklich gut hinbekommen«, pflaumt der verschollene Sohn seinen jüngeren Bruder an. »Willst du vielleicht noch ein paar Menschen vergraulen?«

Pierre zeigt sich empört: »Ich? Ich hab doch nichts getan? Du tust so, als würdest du alles besser machen als ich. Eh typisch. Der Kleine weiß halt nicht, wie der Hase läuft, auch wenn er hier schon viel länger arbeitet.«

Provokant verschränkt André seine Arme vor der Brust: »Na dann bitte. Sag uns, wie der Hase läuft. Ab jetzt leitest du die Besprechung.«

»Klar doch. Damit du dann nachher jeden meiner Sätze analysieren und kritisieren kannst. Seh ich wie ein Idiot aus?«

»Nein, aber du benimmst dich wie einer.«

»Weißt du was? Ich glaube, ich habe für heute auch genug. Leck mich doch am Arsch.«

Er zeigt seinem Bruder den Mittelfinger und verlässt ebenfalls den Besprechungsraum. Daraufhin kehrt eine peinliche Stille ein, die schließlich von Johanna unterbrochen wird.

»Bevor wir über die langweiligen Dinge sprechen, wäre es da möglich, die Organisation der Weihnachtsfeier zu planen? Es ist ja nicht mehr lange hin.«

Georgis Augen leuchten auf: »Erlaubt es der diesjährige Dresscode eigentlich, dass ich meinen Weihnachtsanzug anziehe?«

»Oh mein Gott!«, raunt mir Miriam mit einem Augenrollen zu. »Damit liegt er mir mindestens schon seit drei Jahren in den Ohren.«

»Jetzt übertreibst du aber. Immerhin hab ich den Anzug erst seit zwei Jahren.«

»Schau ich etwa aus wie eine Mathematikerin? Ich führ doch nicht Buch darüber, wann du zu mir was gesagt hast.«

Während meine Kollegen über das passende Outfit auf einer Weihnachtsfeier diskutieren, wandern meine Augen zu André, dessen zuvor noch angespanntes Gesicht einen amüsierten Ausdruck angenommen hat.

»Leute, Leute, ihr habt doch beide absolut keine Ahnung«, gibt Johanna schließlich von sich. »Die Frage nach dem Outfit lässt sich erst klären, wenn wir wissen, wo wir überhaupt feiern wollen.«

»Wo habt ihr denn letztes Jahr gefeiert?«, fragt unser neuer Chef neugierig und beugt sich dabei unter den Tisch, um seinem Hund den Kopf zu kraulen.

»Hier in der Kanzlei unter uns«, antwortet Georgi.

»Ja und das war schnarchlangweilig«, fügt Johanna hinzu. »Ich mein, wir leben ja noch nicht in einem Pensionistenheim.«

»Was mich angeht, werde ich da auch mit achtzig nicht leben«, werfe ich ein und sorge für ein Schmunzeln in Miriams Gesicht.

»Na dann mieten wir doch einfach einen Partyraum an«, schlägt Georgi lösungsorientiert vor und erntet die Zustimmung der noch anwesenden Belegschaft.

»Alles klar. Dann werde ich mich um eine passende Location bemühen.«

Johanna neigt den Kopf leicht zur Seite und verzieht dabei das Gesicht, so als hätte sie soeben in eine Zitrone gebissen: »Ja, aber bitte nichts Abgefucktes und auf jeden Fall brauchen wir warme Speisen. Diese kalten Brötchen letztes Jahr waren ja wirklich nix Besonderes.«

»Was darf es denn sein? Kaviar, Champagner, Muscheln?«, fragt sie Georgi provokant, doch Johanna versteht Sarkasmus nicht, weswegen sie ungeniert weitersinniert.

»Außerdem wäre es voll super, wenn wir heuer die Klienten mit einladen könnten. Ich mein, wir sehen uns ja eh jeden Tag.«

Miriam starrt unsere Kollegin zweifelnd an: »Du willst also den Typen dabeihaben, der sich vor fremden Frauen exhibitioniert?«

»Ja und nicht zu vergessen der, der im Gartenzwerg seiner Exfrau eine Miniaturkamera installiert hat, um herauszufinden, ob sie einen Geliebten hat«, stimmt Georgi zu.

»Ja, oder die, die geglaubt hat, sie sei ein Einhorn, das man in einen Menschen verwandelt hat«, wende ich ein.

»Voll!? Dass du mit der überhaupt sprechen konntest, ohne in Gelächter auszubrechen, grenzt schon an ein Wunder.«

Ich zucke mit den Schultern: »Was tut man nicht alles für seinen Job.«

»Ach kommt schon. Ihr habt euch jetzt aber auch wirklich auf die schrägsten Fälle konzentriert. Ich meine, da gab es doch auch diesen feschen Typen, der nur deshalb gekündigt wurde, weil die anderen Kollegen alle eifersüchtig auf ihn waren. Der war doch total normal«, wirft Johanna ein.

»Ja, aber auch nur, wenn man einen ausgeprägten Narzissmus *als normal bezeichnet*«, kontere ich.

Unsere Assistentin lässt nicht locker: »Und was ist mit der, die dem Georgi eine Schachtel Pralinen und eine Flasche Wein geschenkt hat? Die war doch lieb.«

»Bis sie mir geschrieben hat, dass ich in Satans Fängen lande, weil ich sie nach einem One-Night-Stand nicht heiraten wollte.«

»Ich erwähne jetzt lieber nicht, wie unprofessionell es ist, sich mit einer Klientin einzulassen«, kann sich Miriam nicht verkneifen.

Georgi setzt soeben zu einer Entgegnung an, wird dann aber von einem Räuspern unseres Chefs unterbrochen.

»Äh … Ja nun. Das liegt ja schon eine Weile zurück.«

»Es war vor zwei Monaten«, gibt Johanna spitz von sich und wirft Georgi dabei ein süffisantes Lächeln zu.

»Ja … ähhh … also …«

Offensichtlich hat unser neuer Vorgesetzter überhaupt keine Ahnung, wie er mit dieser Information umgehen soll, weswegen er rasch vom Thema ablenkt, indem er noch ein paar Vorschläge für die nahende Weihnachtsfeier sammelt. Nach einer halben Stunde beschließt er die Besprechung und meine Kollegen und ich packen unsere Habseligkeiten zusammen, um den Raum zu verlassen und in die heißersehnte Mittagspause zu starten.

Kapitel 8

ndré Raphael … pfff … Wer heißt schon André Raphael? Dem wurde ja bereits in der Wiege mitgeteilt, dass er etwas Besonderes ist«, lästere ich ungeniert beim Mittagessen mit Miriam und Georgi. Der Chef hat vor etwa zehn Minuten die Kanzlei verlassen, um seinen Hund auszuführen, sodass nur noch wir drei anwesend sind. Frau Lang hat nämlich wie angekündigt den Heimweg angetreten und Pierre ist mit Johanna losgezogen, um sie mit einem neuen Kleid zu beschenken.

Georgi zuckt ratlos mit den Schultern: »Also ich versteh dein Problem nicht. Ich mein, ich gebe es ja nur ungern zu, aber dieser André sieht doch gut aus und scheint auch nett zu sein. Es gibt also wirklich Schlimmeres, als mit diesem Typen im Bett gewesen zu sein.«

»Was hat bitte sein Aussehen mit all dem zu tun? Schönheit ist schließlich nicht alles und wenn er glaubt, dass er mit mir machen kann, was er will, nur weil er gut aussieht und reich ist, dann hat er sich geschnitten«, gebe ich wutentbrannt von mir und stopfe dabei die volle Gabel zurück in den klebrigen Reis meiner Mittagsbowl.

»Jep, und deine ganz Wut hat natürlich rein gar nichts damit zu tun, dass er sich nicht mehr an euren One-Night-Stand erinnern kann«, kontert Georgi seelenruhig.

»Nein, natürlich nicht. Das würde mich nur dann kränken, wenn ich eine der beschränkten, oberflächlichen Frauen wäre, die du aufzureißen pflegst«, entgegne ich.

Das veranlasst Miriam zu einem Kommentar, der von einem Augenzwinkern begleitet wird: »Davon abgesehen wette ich, dass der Typ sich genau daran erinnert, was in dieser Nacht geschehen ist. Wahrscheinlich hat es ihn einfach nur in seinem männlichen Ego gekränkt, dass du vor ihm geflüchtet bist, und deshalb tut er jetzt so, als wüsste er von nichts.«

»Geh bitte«, erwidert unser Kollege augenrollend. »Der hat sich sicher schlafend gestellt, damit er sich in der Nacht auf keine unnötigen Diskussionen über seine Beziehungsunfähigkeit mit dir einlassen muss.«

Miriam boxt ihm unsanft in den Oberarm: »Musst du eigentlich immer so negativ sein? Nicht jeder Kerl ist so wie du, sonst wäre die Menschheit bereits im Begriff auszusterben.«

»Ja, Gott sei Dank sieht nicht jeder so gut aus wie ich. Das würde die Welt nämlich nicht ertragen.«

»Du bist sowas von eingebildet, Georgi«, erwidert Miriam seufzend.

»Eine Einbildung wäre es nur, wenn es nicht der Wahrheit entspräche.«

Meine Kollegin stöhnt genervt auf, unterlässt es allerdings, die Äußerung unseres Schönlings zu kommentieren. An ihrer Stelle ergreife ich das Wort.

»Es mag ja sein, dass unser Chef nicht schlecht aussieht, aber im Gegensatz zu dir habe ich einen festen Leitsatz: Don't fuck the office. So etwas führt nur zu Problemen.«

»Dafür dürfte es zu spät sein«, stellt Georgi süffisant grinsend fest.

»Oh mein Gott! Wenn ich mir vorstelle, ich müsste den ganzen Tag mit dem Tom zusammenarbeiten, wird mir schlecht«, gibt Miriam von sich. Kurz darauf meldet sich ihr Smartphone summend zu Wort und lässt meine Kollegin so heftig zusammenzucken, dass sie ihre voll beladene Gabel mit einem lauten Knall auf die Tischplatte fallen lässt.

»Wow, als Versuchstier wärst du wirklich super zu konditionieren«, kommentiert Georgi ihre Reaktion trocken und wendet sich dann wieder seiner Käsleberkässemmel zu. Indessen starre ich Miriam neugierig an, während sie die eingegangene Nachricht liest, um danach ihr Handy beiseitezulegen und restlos entnervt von sich zu geben: »Ich kann euch nicht sagen, wie sehr mich der Tom in letzter Zeit nervt. Er benimmt sich wie ein kleines Kind und tut so, als stünde er kurz vor seinem Ableben, weil er mal ein bissi verschnupft ist. Wenn wir Frauen vierzig Grad Fieber haben und dabei von Krämpfen geplagt werden, werfen wir ein Ibuprofen ein, duschen und schminken uns und fahren danach zur Arbeit, um dort vor dem nahenden Krankenstand noch alles zu erledigen. Danach holen wir die Kinder – sofern wir Kinder haben - zu Fuß oder mit den Öffis von der Schule ab, um zu Hause noch ein schnelles High-Intensity-Workout zu absolvieren, ehe die Wirkung des Ibuprofens nachlässt und wir eine Woche an das Bett gefesselt sind. Schließlich müssen wir ja darauf achten, für unseren Partner schlank zu bleiben. Und während wir dann unsere Grippe eine Woche lang mit neununddreißig Grad Fieber im Bett zubringen, schreiben wir ein Exposé über Männerschnupfen.«

Georgi zuckt gleichgültig mit den Schultern: »Willkommen in der wirklichen Welt. Und ihr wundert euch, dass ich keine Beziehung führen will.«

»Ach komm schon, bestimmt hat die Beziehung zu Tom auch gute Seiten für Miriam«, bemühe ich mich darum, die Wogen zu glätten und vor allem meine gänzliche Desillusionierung zu vermeiden.

»Na ja ... Manchmal kocht er und hin und wieder räumt er auch seine Socken weg.«

»Sag ich doch. Es gibt keine Märchenprinzen«, stellt Georgi im Brustton der Überzeugung fest.

»Damned, du klingst ja schon wie ich.«

»Ach, so schlimm ist es auch wieder nicht«, gibt Miriam mit einem Handwedeln von sich. »Die leidenschaftliche Liebe zwischen dem Tom und mir ist eben einer sehr pragmatischen Liebe gewichen. Das ist total normal und geht allen so, die länger als ein paar Monate zusammen sind.«

»Und das soll beruhigend sein?«, hake ich mit hochgezogenen Augenbrauen nach.

»Glaubt mir. Ich bin glücklicher als zu Beginn unserer Beziehung. Wer braucht schon diese ganze Aufregung und Unsicherheit? Das stresst doch total und ist auch nicht besonders gesund für den Blutdruck.« Nach einer kurzen Pause fügt Miriam hinzu: »Gut, zugegeben, der Tom kann mit seiner weinerlichen unmännlichen Art manchmal wirklich nervig sein ... und seine ewige Nörgelei ist auch anstrengend. Außerdem ist er manchmal wegen Kleinigkeiten gekränkt und benimmt sich wie eine Diva, weil ich ein Wort ausgelassen oder das falsche Wort von mir gegeben habe. Und erst das Drama, als ich nicht bemerkt habe, dass er beim Friseur war ...«

»Klingt fast so, als wärst du mit einer Frau zusammen«, kann ich mir nicht verkneifen.

»Aha. Heißt das jetzt, dass Männer nur dann männlich sind, wenn sie sich wie der Protagonist eines Actionfilms aus den 80ern verhalten?«, hakt Georgi mit einem verschmitzten Grinsen nach.

»Ach komm schon, du weißt genau, wie ich das gemeint habe. Natürlich muss nicht jeder ein Bruce Willis sein, aber wenn ich Männer beim Prosecco trinken im Wellness-Center beobachte, frage ich mich schon, wann das testosterongesteuerte Geschlecht aufgehört hat, sich vom Testosteron steuern zu lassen. Es ist halt nicht besonders sexy, wenn ein Typ bei einem eingezogenen Schiefer so tut, als würde er verbluten«, verteidige ich mich.

»Tja, wahrscheinlich sind wir daran auch ein kleines bisschen selbst schuld«, wendet Miriam ein.

»Und wie kommst du darauf?«

»Na ja ... Die Emanzipation der Frau hat eben auch Auswirkungen auf die Männer gehabt. Wir wollten Softies und die haben wir bekommen. Dummerweise haben wir uns zuvor nicht überlegt, dass uns verweichlichte Männer nicht vor einem Säbelzahntiger beschützen.«

»Als würden heutzutage so viele Säbelzahntiger herumlaufen und Jagd auf Menschen machen«, kontere ich und nehme dann einen Schluck von meinem Cola Zero.

»Du musst das im übertragenen Sinn verstehen, Luisa. Es mögen heutzutage zwar keine echten Säbelzahntiger herumlaufen, aber Menschen, die sich wie solche verhalten. Und weil wir Weibchen halt noch immer die Kinder bekommen – daran ändert auch das moderne Geschlechterverständnis nichts – tendieren wir nach wie vor dazu, uns Männer zu wünschen, die Stärke und Mut ausstrahlen, und keine Softies, die herumschreien wie ein Baby, wenn sie die Biomülltonne, die ihnen natürlich viel zu schwer ist, von A nach B transportieren müssen.«

Ich werfe meiner Freundin einen vielsagenden Blick zu, unterlasse es dabei allerdings, ihre Aussage zu kommentieren.

»Schau mich nicht so an. Das beruht alles auf empirischer Datenerhebung.«

»Wisst ihr, irgendwie seid ihr schon ein kleines bisschen unfair uns Männern gegenüber. Einerseits wolltet ihr Softies, die mit euch über ihre und eure Gefühle reden und jetzt habt ihr sie und seid trotzdem unzufrieden.«

»Tja, wir Frauen sind eben sehr komplexe Wesen und deshalb auch nicht einfach zu verstehen. Schließlich kann ein Softie auch gleichzeitig ein harter Kerl sein. Harte Schale, weicher Kern. Die Kombi hat noch immer funktioniert«, eile ich Miriam zu Hilfe.

»Ja, nur dass man heute auf eine weiche Schale und einen weichen Kern trifft«, wendet meine Freundin mit vollem Mund ein. »Insofern sind moderne Männer grundsätzlich weich wie eine Pflaume.«

»Wenn ich mir das so anhöre, zweifle ich absolut nicht an meinem Entschluss, Single zu bleiben«, gibt Georgi einmal mehr von sich und erhebt sich schließlich von seinem Stuhl, um die Verpackung seiner Leberkässemmel zusammenzuknüllen und in den Mülleimer zu befördern. Danach richtet er seine dunkelblaue Krawatte, die er zuvor über die Schulter gelegt hat, um sie beim Essen nicht zu beschmutzen, und wirft einen Blick auf die riesige Wanduhr im Besprechungsraum.

»Wie auch immer. Ich muss jetzt langsam los zu meinem Termin.«

Er will soeben los, als ihn Miriam zurückhält.

»Warte kurz. Ich komm mit dir mit. Ich will noch eine dampfen, bevor der Chef zurück ist.«

»Echt jetzt?«, hake ich ungläubig nach. »Lasst ihr mich jetzt allen Ernstes mit dem Essen allein sitzen?«

Miriam zuckt entschuldigend mit den Schultern: »Was soll ich machen, wenn die Sucht ruft? Daheim kann ich wegen dem Tom nicht rauchen.«

Unser Kollege verdreht genervt die Augen: »Geh bitte. Ich frag mich manchmal, wann dieser Gesundheitswahn begonnen hat. Früher wurde in fast jedem Kinofilm geraucht und wenn nicht das, dann wurde vor dem Film eine Memphis-Werbung ausgestrahlt. Heute wird man am Flughafen in einen Glaspranger verbannt, um von den anderen Gästen begafft zu werden.«

»Immerhin wird man nicht mit faulem Obst beworfen«, gebe ich grinsend zurück.

»Vielleicht nicht mit faulem Obst, aber es liegt durchaus im Bereich des Möglichen, dass man am Flughafen im Raucherpranger von Klimaaktivisten mit Tomatensuppe beworfen wird«, kontert Georgi und hilft dann Miriam in ihre schwarze Winterjacke.

»Was aber nur halb so schlimm ist, weil zwischen den Rauchern und der Tomatensuppe ohnehin eine Glasscheibe zum Schutz ist.«

»Geh bitte, ihr beide solltet euch mal zuhören«, gibt Miriam kopfschüttelnd von sich. »Ich find's schon ganz gut, dass man die Raucher weitestgehend von öffentlichen Plätzen verbannt hat. So dampfe ich wenigstens nicht ganz so viel.«

»Ich find's wahnsinnig diskriminierend für Raucher. Beim Alkoholtrinken wird man schließlich auch nicht vor die Tür verbannt«, gibt Georgi nicht auf.

»Beim Alkoholtrinken schädigt man aber auch nicht die Leber von Nichttrinkern«, wende ich ein.

»Dafür aber manchmal das Trommelfell der anderen Gäste«, sagt unser neuer Chef, der auf einmal mit lässig vor der Brust verschränkten Armen am Türrahmen lehnt. An seiner Seite sein Hund Rocky.

Wer hat den denn bitte nach seiner Meinung gefragt?

Miriam zwinkert mir zu: »Da ist was dran.«

Was will sie denn damit sagen? Werde ich etwa laut, wenn ich getrunken habe oder wie?

»Ich bin gleich wieder da«, höre ich meine Freundin noch sagen, ehe sie gemeinsam mit Georgi die Kanzlei verlässt, um ihre Sucht zu befriedigen, und mich mit unserem Chef, seinem Hund und meiner allgemeinen Verunsicherung alleine zurücklässt.

Was für ein mieser Montag!

Kapitel 9

So eine Scheiße! Ich glaube, mir fallen meine Arme ab! Auf meinen mit Einkaufstüten überladenen Unterarmen breitet sich ein Taubheitsgefühl aus.

Okay, tief durchatmen. Du hast es gleich geschafft! Das Schlimmste liegt hinter dir!

Ich schließe die Eingangstür auf und betrete mein Vorzimmer, in dem mich nicht nur das pure Chaos erwartet, sondern auch eine Welle des Gestanks.

Super, klasse, wahrscheinlich hat eine der Katzen wieder einmal ihren Unmut per körperlicher Ausscheidung kundgetan. Ich hasse Montage und bin dafür, dass die Woche mit einem Dienstag beginnt.

In mich hineinfluchend lasse ich die Einkaufstüten unsanft auf den Boden fallen und bereue meine unwirsche Handlung sogleich, steht doch zu befürchten, dass ich damit die frisch gekauften Freilandeier zerdeppert habe. Deshalb spähe ich in die Tüte und atme erleichtert auf, als ich feststelle, dass die Schachtel noch heil ist, was für den Moment ausreicht.

Bereits ein wenig entspannter entledige ich mich meiner Stiefeletten und meines Mantels, um schließlich nach einem freien Garderobenhaken für meinen Wintermantel zu suchen. Dieses Vorhaben entpuppt sich jedoch als Mission Impossible, da meine Töchter die gesamte Garderobe mit ihren Kleidungsstücken okkupieren. Deshalb drapiere ich meinen Mantel über der Lederjacke meiner älteren Tochter. Keine Ahnung, wozu die ausgerechnet hier hängt, hat sie diese doch in den letzten zwei Monaten mit Sicherheit nicht getragen. Griesgrämig schnappe ich die Einkaufstüten und betrete den Essbereich. Dort finde ich meine jüngere Tochter vor, die ihre gesamten Schreibutensilien auf der dunklen Holzplatte des Esstisches ausgebreitet hat, um Weihnachtskarten zu bemalen. Aus dem ersten Stockwerk dröhnt dumpf Musik von Marylin Manson.

»Hallo, Mama!«, begrüßt mich Charlotte und sieht dabei kurz von ihrer kreativen Tätigkeit auf, nimmt allerdings kaum Notiz von meiner misslichen Lage, weswegen ich sie ohne Begrüßung mit dem typischen Wiener Grant dazu auffordere, die Toilette vom Katzenkot zu befreien. Charlotte lässt sich nicht zweimal bitten, weshalb ich postwendend ein schlechtes Gewissen bekomme.

Wieso hat mir eigentlich niemand bei der Geburt meiner Kinder mitgeteilt, dass ich mich als berufstätige Mutter permanent schuldig fühlen werde? Ich fühle mich schuldig, wenn ich länger arbeiten muss und meine Kinder alleine zu Hause sind. Ich fühle mich schuldig, weil Charlotte ihre Hausaufgaben selbstständig erledigt. Ich fühle mich schuldig, wenn es abends statt der selbstgekochten, gesunden Mahlzeit einfach die Pizza vom Italiener gegenüber gibt. Dieses ganze Schuldigsein ist bestimmt auf meine christlich geprägte Erziehung zurückzuführen, was in sich schon ein Widerspruch ist, weil doch Jesus einst alle Sünden auf sich genommen hat, um die menschliche Spezies von ihren Missetaten zu befreien. Also warum, verdammt noch mal, fühle ich mich dann immer noch schuldig?

Mein schlechtes Gewissen relativiert sich, als ich das von Bettina auf der Küchentheke hinterlassene Chaos entdecke. Da stehen zwei Ein-Liter-Flaschen Cola Zero und zwei leere Tiefkühlpizzakartons inklusive dazugehöriger Folie, die Bettina auf der Induktionsherdplatte abgelegt hat, sodass sich nun einzelne Streifen geschmolzenen Käses über die Platte ziehen. Neben der Spüle – ich betone: neben – stapeln sich vier Teller mit Ketchup-Resten, was die Frage aufwirft, wieso zum Teufel man Pizza mit Ketchup verzehrt. Und im Waschbecken stehen zahlreiche Gläser inmitten von Besteck unterschiedlichster Art.

Okay, kann mir bitte jemand verraten, was Teenager an einem einzigen Nachmittag mit derartig viel Geschirr tun?

Ich atme tief durch und räume dann begleitet von Charlottes herzergreifenden Ausrufen der Abscheu die Einkaufstüten aus und die Küche auf. Als ich fertig bin, steht Charlotte in der Tür, bereit, mir beim Kochen zu helfen.

Als meine Tochter den ersten Schöpflöffel flüssigen Palatschinkenteigs in die heiße Pfanne gießt, stelle ich unumwunden fest, dass sie das gut macht, und frage sie nach ihrem Schultag. Charlotte gerät ins Stocken: »Eigentlich eh ganz gut.«

»Eigentlich klingt aber nicht sehr überzeugend.«

»Na ja, ... die Lehrerin hat mir erlaubt, dass ich bei unserer Vorführung auf der Weihnachtsfeier die Maria spielen und dabei auch singen darf.«

»Aber das ist doch eh super. Damit bist du ja, mal abgesehen vom Jesuskind, der Star des Abends.«

»Eh ...« Es folgt ein bedeutungsschwangeres Schweigen, sodass ich mich bemüßigt fühle, nachzuhaken.

»Aber?«

»Na ja ... die Daniela darf ›All I want for Christmas‹ singen. Eigentlich wollte ich das singen, aber die Lehrerin hat gemeint, dass ich nicht passe, weil ich nicht so schöne blonde Haare habe wie die Daniela.«

Bist du deppert, die Schule klingt ja immer mehr nach einer Folge *Germanys Next Topmodel*. Bekommen für die Lehrerin unliebsame Kinder dann auch kein Foto vom Schulfotografen?

»Also wenn das der einzige Grund ist, dann ist deine Lehrerin einfach nur eine blöde Kuh.«

Charlotte reißt entsetzt den Mund auf und lässt dabei die Palatschinke, die sie soeben mit dem Pfannenheber umdrehen wollte, zurück in die Pfanne gleiten: »Mama, das darf man doch nicht über die Lehrerin sagen.«

»Ich bin deine Mutter und ich darf deshalb zu deiner Verteidigung alles sagen. Außerdem wirst du auch als Maria so super sein, dass du die Daniela um Längen schlägst. Ich meine, welche Person könnte wichtiger sein als die, die Jesus geboren hat? Ohne deiner Figur gäbe es schließlich gar kein Weihnachten«, halte ich fest und führe das zu Ende, was meine Tochter begonnen hat, sodass der Teig auf beiden Seiten schön braun wird.

Charlotte verdreht indessen die Augen: »Mama, Frauen können doch mehr als nur Mutter sein. Zumindest hat das die Mama von der Daniela am Berufetag gesagt.«

Wieso überrascht es mich nicht, dass die Wichtigtuerei offenbar in der Familie liegt?

»Eh, ich bin ja der lebende Beweis dafür, dass wir mehr als nur Mütter sein können, obwohl ich bis heute nicht so ganz davon überzeugt bin, dass ich den Teil mit dem Beruf auch optimal hinbekomme.«

Es folgt ein weiteres Augenrollen meiner Tochter: »Mama, wenn du so über dich selbst denkst, dann wird das nie etwas mit einem Mann.«

»Was denn? Du hast mir doch gerade mitgeteilt, dass Frauen mehr als nur Mütter sein können und jetzt brauche ich unbedingt einen Mann? Weißt du eigentlich, wie du klingst!?«

Charlotte schüttelt ratlos ihren Kopf.

»Wie die Gitti-Oma.«

Ungerührt zuckt mein Kind mit den Schultern: »Na, aber die Oma hat ja auch Recht, Mama. Du brauchst außer mir und der Bettina noch jemanden, der dich liebt.«

Ich gieße einen weiteren Schöpflöffel in die Pfanne: »Bei der Betti bin ich mir hinsichtlich der Liebe aber manchmal nicht so sicher.«

»Die Betti ist eben ein puberitierendes Mädchen. Da ist es ganz normal, dass sie ihre Liebe nicht so zeigen kann. Zumindest sagt das die Gitti-Oma.«

Fasziniert sehe ich meine Tochter an, woraufhin Charlotte nachhakt: »Was?«

»Ach nichts. Ich hab mich nur gerade gefragt, wann du so groß geworden bist. Mir kommt es vor, als wäre es erst gestern gewesen, dass ich dich gewickelt und dir das Fläschchen gegeben habe.«

»Mama, es ist voll peinlich, wenn du über das Wickeln redest. Da fühl ich mich immer wie ein Baby.«

»Tja, du wirst eben auch immer mein Baby sein«, erkläre ich und drücke sie fest an mich, sodass sie ein wenig ins Schwanken gerät.

Wir plaudern beim Kochen noch eine Weile über Charlottes Matheschularbeit und ihre steigende Anzahl an Verehrern. Angesichts dieser Entwicklungen keimt ein Funken Panik in mir auf, weil zu befürchten steht, bereits mit Anfang vierzig Großmutter zu werden. Als Bettina unser lauschiges Gespräch crasht, zucke ich erschrocken zusammen.

»Wann gibt es denn Essen?«, fragt sie mich mit vor der Brust verschränkten Armen und kaut dabei ihren Kaugummi auffällig laut. Hinter meiner Tochter hat sich indessen ein junger Mann mit geleckter blonder

Kurzhaarfrisur und in mindestens zwei Nummern zu
großer Kleidung positioniert.

»Die Lotti und ich sind eben fertiggeworden«, antworte ich Bettina. »Aber wenn der Hunger schon sehr
groß ist, könntest du den Tisch decken.« Mit einem Nicken wende ich mich dem jungen Mann im Hintergrund zu. »Hallo, du musst Mäx sein. Freut mich dich
kennenzulernen.«

»Ja voll. Hallo!«, erwidert der Angesprochene
meine Begrüßung mit stoischer Miene.

Bettina stellt derweil dezent genervt fest: »Am Esstisch liegen ja überall Lottis Sachen herum.«

»Dann räum die Sachen doch weg!«, fordert Charlotte ihre Schwester mit in die Hüfte gestemmter
Hand auf. »Ich hab der Mama immerhin beim Kochen
geholfen.«

»Wie komm ich dazu? Das sind ja nicht meine Sachen«, kontert Bettina, während der pseudocoole
Halbwüchsige hinter ihr lediglich ein zustimmendes
Raunen von sich gibt.

»Na wenn das so ist, dann brauch ich dir auch
nichts von den Palatschinken abzugeben, die ich gemacht hab.«

»Das ist ja, als würde man Äpfel mit Birnen vergleichen.«

Der blonde Jüngling kichert dümmlich in sich hinein, woraufhin ihm Bettina ein warmherziges Lächeln
schenkt. Die Art von Lächeln, die ich schon lange nicht
mehr zu sehen bekomme. Selbst dann nicht, wenn ich
ihr die neuesten Chucks kaufe.

Charlotte lässt augenblicklich von der Pfanne ab und stürmt mit vor Wut funkelnden Augen auf Bettina zu: »Du hältst dich wieder mal für besonders schlau, oder?«

»Sie hält sich nicht nur für besonders schlau. Mein Baby ist besonders schlau«, eilt Mäx meiner Tochter zur Hilfe.

»Schlauer als du zu sein, ist aber auch nicht besonders schwer«, kontert Charlotte.

»Woher willst du das denn wissen, du kleiner Giftzwerg?«, ertönt Bettis Stimme.

»Ganz einfach, ich …«

»Hey, ihr beiden Streithähne …«, greife ich ein, ehe der Geschwisterzwist eskaliert. »Hört doch auf und helft mir lieber. Charlotte, du räumst den Tisch ab und Betti und Mäx decken den Tisch.«

Wie üblich kann ich es meinen Kindern selbst mit der diplomatischsten Lösung nicht recht machen, sodass Lotti bärbeißig »Super. Das war ja eh wieder klar.« von sich gibt und Bettina quengelt: »Aber ich hab bis jetzt gelernt und brauch dringend eine Pause.«

»Und was hast du gelernt? Wie man Knutschflecken abdeckt, oder wie?«

»Boah, Mutter, musst du so peinlich sein. Der Mäx hat mir bei den Hausaufgaben in Deutsch geholfen.«

Der Angesprochene nickt apathisch. »Er geht nämlich schon in die achte Klasse und hat ein paar der Bücher bereits durchgenommen, die wir lesen müssen.«

Ich unterlasse es tunlichst, Bettina darauf aufmerksam zu machen, dass Mäx eher nach einem jungen Mann aussieht, der Haschisch anstelle von Literatur konsumiert. Stattdessen bestehe ich weiterhin darauf, dass die beiden Teenager den Tisch decken. Mit hängenden Schultern kommt Betti meiner Aufforderung nach und drückt Mäx eine Handvoll Besteck und Servietten in die Hand. Sie selbst greift sich einen Stapel Teller. Wenig später sitzen wir gemeinsam am Esstisch und ich sehe amüsiert dabei zu, wie sich meine Ältere eine große Palatschinke dick mit Erdbeermarmelade bestreicht, um dann ungeniert nach dem zusammengerollten Teig zu greifen.

»Du bist sowas von grindig«, drückt Charlotte ihre Empörung aus.

»Du bist selber grindig. Wer schneidet sich denn immer die Nägel über dem Waschbecken und lässt sie dann da liegen?«

»Mädels, habt ihr denn vergessen, dass wir einen Gast haben?«, rufe ich den beiden Mäx ins Gedächtnis.

»Ach kein Problem, Frau Sommer. Ich habe selbst eine kleine Schwester, auf die ich immer wieder mal aufpassen muss. Ein kleiner Tornado.«

»Ja voll. Der Mäx kann total gut mit Kindern«, hebt Bettina seine Qualitäten hervor.

Indessen verschränkt Charlotte trotzig die Arme vor der Brust und stellt mit vollem Mund fest: »Genau. Das liegt vor allem daran, dass Kinder sich geistig auf seinem Niveau befinden.«

Betti funkelt ihre Schwester wütend an: »Das nimmst du zurück, du kleines Aas.«

»Ich denk nicht dran. Warum sollte ich?«

Der blonde Jüngling streicht seiner Angebeteten indessen zur Beruhigung über die Schulter: »Ist schon gut, Baby. Das ist in ihrem Alter total normal.«

Der Experte in Sachen Kindererziehung hat gesprochen.

Ehe Lotti zu einem Einwand ansetzen kann, richte ich rasch das Wort an ihn: »Du gehst also schon in die achte Klasse, Mäx?«

Er nickt.

»Und was wirst du nach der Matura machen?«

Träge zuckt er mit den Schultern: »Noch keinen Plan. Auf jeden Fall will ich mal für ein Jahr ins Ausland und vom Lernen eine Pause machen.«

Bettinas Augen leuchten auf: »Ja, stell dir vor, der Mäx will nach Vietnam.« Verträumt verschränkt sie ihre beringten Finger ineinander. »Da würde ich auch gerne mal hin.«

»Na ja, nicht nur nach Vietnam, Baby. Ich möchte schon noch mehr von der Welt sehen. Auf jeden Fall stehen auch Korea, Japan und Thailand auf dem Programm.«

»Wow, also bewundernswert, dass du in deinem Alter schon so weit verreisen willst«, wende ich ein.

Ungerührt zuckt Mäx mit den Schultern: »Ich bin ja eh nicht allein unterwegs. Ein guter Kumpel von mir ist dabei. Aber mein Baby werde ich trotzdem vermissen.«

Bettina himmelt ihn nach seinen Worten geradezu an. »Och … Du bist ja so süß, Hase.«

Ich werfe einen verstohlenen Blick auf Charlotte, die noch immer an ihrer ersten Palatschinke herumkaut, als handle es sich dabei um ein zähes Stück Fleisch, und sehe, wie sie angeekelt die Augen verdreht.

Mäx zwinkert Bettina zu: »Mein Baby gehört eben zu mir.«

Nicht lachen, Luisa, nicht lachen. Das verzeiht dir Betti nie.

Deshalb lenke ich rasch vom Thema ab: »Und was willst du nach deiner Auszeit machen?«

»Danach will ich mich ganz den Aktionen der Letzten Generation widmen.«

Was? Das sind seine Zukunftspläne? Politischer Aktivismus?

Im Gegensatz zu mir kann Bettina ihre Begeisterung kaum verhehlen: »Ist das nicht super, Mutter? Endlich jemand, der das Klima ernst nimmt.«

Jep, so ernst, dass er gleich mehrere Flugreisen in einem Jahr plant.

Um ein verhaltenes Lächeln bemüht, nicke ich meiner Tochter und ihrem Auserwählten zu. Seine XXL-Kleidung hat er bestimmt in einem eigens dafür geschaffenen Camp der Letzten Generation selbst genäht, um die Kinderarbeiter in den Dritte-Welt-Ländern zu schonen.

»Ich würd auch mal gern ins Ausland gehen«, schwärmt Bettina indessen weiter.

»Und was willst du dann dort machen?«, fragt Charlotte bissig. Sie hat ihre erste Palatschinke noch immer nicht verzehrt.

Meine Teenie-Tochter zuckt mit den Schultern: »Es gibt total viel, was man im Ausland machen kann. Zum Beispiel könnte ich mit einer neuen technischen Erfindung das Klima retten.«

»Aha, und an welche technische Erfindung hast du dabei gedacht, Wonder Woman?«, hakt ihre Schwester mit perfidem Grinsen nach.

»Ist doch egal. Mir wird bis zur Matura schon noch was einfallen«, murrt Bettina und streckt ihrer kleinen Schwester dabei die Zunge heraus, was Mäx mit einem dümmlichen Kichern quittiert.

»Wie willst du das eigentlich machen?«, richte ich das Wort an den Freund meiner Tochter. »Ich meine, mit den Aktionen der Klimaaktivisten verdient man ja nichts.«

Der Angesprochene wedelt mit der Hand: »Ach, da mach ich mir keine Sorgen. In meiner Familie ist genügend Geld da.«

»Außerdem schreibt der Mäx Rap-Songs über das Klima.«

»Voll, so was wie: ›Die Menschheit ist eine dumme Herde. Verzeih uns, Mutter Erde‹«, fügt Mäx nach einem dümmlichen Lachen hinzu.

»Wow … Total kreativ.«

Die Augen meiner Tochter leuchten: »Schon, nicht?«

Zu meinem Glück ist ihr der sarkastische Unterton entgangen, sodass ich nun lediglich zu nicken brauche. Mäx fühlt sich dadurch jedoch motiviert, weswegen er beim Essen noch weitere Textproben zum Besten gibt. Nach seinem letzten Vers über Autoabgase und seine Reizblase fällt mein Blick auf den Teller in der Mitte des Esstisches, auf dem noch eine einsame Palatschinke liegt. Sogleich richte ich das Wort an meine Jüngere: »Seit wann verzichtest du freiwillig auf eine Palatschinke mit Nutella?«

Beschämt starrt Charlotte auf ihre Hände: »Meine Lehrerin hat gesagt, dass ich nicht so zart wie die Daniela bin und sie deshalb auch besser zu dem Song ›All I Want for Christmas is you‹ passt.«

»What? Ernsthaft?«, ist Bettina plötzlich hellhörig geworden. Mit zu Fäusten geballten Händen spricht sie weiter: »Der werd ich mal ein Foto von Mariah Carey zukommen lassen, der blöden Kuh. Das darf doch nicht wahr sein.«

»Jep, ich glaub, ich muss mal ein ernstes Wörtchen mit deiner Lehrerin reden«, stimme ich ihr zu.

»Mama, bitte nicht«, fleht mich Charlotte an.

»Aber das ist eine Frechheit. So kann sie nicht mit dir reden. Davon abgesehen, dass es auch vollkommener Schwachsinn ist, weil du super bist, so wie du bist, und alles andere als dick.«

»Die Mama hat Recht. Das kannst du doch nicht so auf dir sitzen lassen, Lotti. Wegen Frauen wie der haben Mädchen Essstörungen.«

»Aber wenn die Mama mit der Felicitas redet, dann hackt sie noch mehr auf mir herum als ohnehin schon.«

»Aber ...«

»Bitte mach gar nichts«, ersucht mich mein Kind mit gequältem Blick. »Wenn du wütend bist, bist du wie eine Nilpferdmama.«

»Herzlichen Dank auch. So viel zum Thema Bodyshaming.«

»Aber so war das ja gar nicht gemeint.«

Ich zwinkere Charlotte zu: »Das weiß ich eh. Aber wenn du dich von der Aussage deiner Lehrerin so im Alltag beeinflussen lässt, dann bleibt mir nichts anderes übrig, als die Nilpferdmutter zu mimen. Das ist schließlich meine Pflicht. Immerhin bin ich für dein und das Wohlergehen deiner Schwester verantwortlich. Und wenn ich das Gefühl habe, dass du nicht ausreichend isst, muss ich eingreifen.«

»Ja, aber Mama, schau mich mal an. Ich hab viel zu breite Oberschenkel und voll das runde Gesicht. Wenn ich so aussehe, werde ich niemals Popstar werden.«

Bettina verdreht genervt die Augen und wendet sich dann mit eindringlichem Blick an ihre kleine Schwester: »Auch wenn ich es nicht gern sage, aber Lotti, du bist klasse, so wie du bist, und jetzt mal ehrlich: Die berühmtesten Menschen sind die, die sich selbst treu geblieben sind. Alles andere sind D-Promis, wie wahrscheinlich deine Klassenkameradin auch.«

Charlotte strahlt ihre große Schwester an: »Alles klar. Wenn das so ist, dann nehm ich die letzte Palatschinke mit Nutella.«

Spiel, Satz, Sieg.

Kapitel 10

Wie ich Ihnen bereits sagte, können wir ihre Schwester nicht wegen Mobbing verklagen, nur weil sie Sie nicht zum Weihnachtsessen einlädt«, erkläre ich der jungen Klientin mit dem pinkfarbenen Haar, die mir am Besprechungstisch gegenübersitzt und soeben eine Stunde lang entrüstet über ihr hartes Schicksal als schwarzes Schaf der Familie geklagt hat.

Die Frau verschränkt ihre Arme vor der Brust und kneift ihre dick mit blauem Kajal umrandeten Augen zu engen Schlitzen zusammen.

»Sind Sie da absolut sicher? Ihr Kollege hat mir da nämlich letzte Woche etwas gänzlich anderes erklärt.«

Super, nicht nur, dass ich Pierres Klientin übernommen habe, damit dieser ungehemmt mit Johanna flirten kann, jetzt muss ich mir auch noch den Vorwurf mangelnder Kompetenz gefallen lassen, weil ich dieser penetranten Person die Wahrheit sage.

»Sehen Sie, auch wenn es hart klingt, ist es das gute Recht Ihrer Schwester, zu bestimmen, wen sie in ihrem Haus empfängt und wen nicht. Da sind uns die Hände gebunden, Frau Huber.«

Wutentbrannt beugt sich die Frau im gestrickten Rock mit Leopardenmuster nach vorne und tippt mit ihrem manikürten Zeigefinger so fest auf die Tischplatte, dass die Teelöffel geräuschvoll am Rand der Kaffeetassen streifen.

»Ist ihnen eigentlich bewusst, wie es sich anfühlt, von der eigenen Familie ausgeschlossen zu werden?«, fragt mich meine Gesprächspartnerin, deren Make-up sich in den auffällig zur Schau gestellten Krokodilstränen aufzulösen droht. »Alle sind eingeladen. Wirklich alle. Außer mir. Die mobben mich. Allesamt und das aufgrund fadenscheiniger Argumente.«

Irgendwie kann man es ihnen nur schwerlich verübeln, wenn ihre Angehörigen bei jedem Weihnachtsfest befürchten müssen, dass das Christkind verklagt wird, weil es verabsäumt hat, das gewünschte Geschenk zu beschaffen.

»Ja, also, es tut mir wirklich sehr leid für Sie und ich kann mir schon vorstellen, dass das nicht angenehm ist, aber Sie vom Weihnachtsfest auszuschließen, ist kein Mobbing, Frau Huber. Deshalb kann ich hier nichts für sie tun.«

Mit offenem Mund starrt mich die junge Frau an: »Aber Ihr Kollege hat doch gesagt, dass sich da bestimmt etwas machen lässt. Das kann doch nicht sein. Wozu bin ich denn dann heute hierhergekommen, wenn Sie gar nichts machen können?«

Mir wird immer klarer, warum mein verstorbener Chef die Kanzlei nicht ausschließlich seinem jüngsten Sohn hinterlassen hat. Ich meine, was hat sich Pierre bloß dabei gedacht, als er Scarlett Huber zu einem Termin eingeladen hat?

»Können Sie meiner Familie denn nicht einmal einen Drohbrief zukommen lassen?«

»Nein, es tut mir wirklich sehr leid, aber das liegt nicht in unserem Kompetenzbereich.«

»Aber ... Aber was kann ich denn jetzt tun, wenn ich zu Weihnachten nicht alleine bleiben will?«

Sie könnte mithilfe einer langwierigen Therapie an ihrer Persönlichkeit arbeiten, dann würden sich ihre Mitmenschen in ihrer Gegenwart nicht mehr wie inmitten eines schwarzen Lochs fühlen.

»Na ja ... Sie könnten versuchen, sich mit Ihrer Familie auszusöhnen«, schlage ich vor.

Empört stöhnt die Betroffene auf: »Ich soll mich entschuldigen? Ich?«

»Das hab ich so nicht ...«

»Wieso sollte ich mich entschuldigen? Ich hab doch nichts getan?«

Außer dass sie ihrer gesamten Familie unlautere Absichten unterstellt und ihre Schwester verklagen will, weil sie ehrlich ist.

Manno, wie ich diesen Job manchmal hasse. Es ist kurz vor siebzehn Uhr und eigentlich wollte ich mit Miriam vor unserer alljährlichen Punschtour noch ein Gläschen Sekt trinken. Wenn das hier allerdings so weitergeht, wird das heute nichts mehr und ich muss diesen Angeber André Raphael, der vorgibt, sich nicht an mich zu erinnern, vollkommen nüchtern ertragen.

Mit einem Seufzen greife ich mir auf die Stirn und schließe für einen kurzen Moment meine brennenden

Augen, ehe ich mich um Verständnis bemüht an die erzürnte Klientin wende. »Frau Huber, ich weiß, dass die Situation nicht einfach für Sie ist und wenn Sie wollen, dann kann ich Ihnen gerne einen Mediator empfehlen. Nur auf rechtlicher Ebene sind uns die Hände gebunden. Wir können Ihre Schwester weder verklagen, noch verwarnen oder sonst etwas. Es tut mir wirklich leid.«

»Pfff … Was für eine Frechheit. Da komm ich extra her, nur damit Sie mir das sagen.« Wutentbrannt greift sie nach ihrem Smartphone, das an einer glitzernden Kette um ihren Hals baumelt. »Am besten, Sie wiederholen Ihre Äußerung noch einmal, damit ich das aufzeichnen kann.«

Ich schüttle müde den Kopf: »Frau Huber, ich wiederhole mich nicht noch einmal. Wie ich schon sagte, ich versteh Sie, a …«

Mit einer harschen Geste schneidet sie mir das Wort ab: »Ach bitte, kommen Sie mir nicht so. Ich bin Ihnen doch vollkommen gleichgültig.«

Dabei habe ich mich so darum bemüht, sie vom Gegenteil zu überzeugen. Damned. Ich muss eindeutig an meiner Ausstrahlung arbeiten, damit mir Klienten das nicht immer gleich anmerken.

»Wissen Sie eigentlich, wie schlecht es mir an manchen Tagen geht?«

Wenn ich so querulant wäre wie sie, würde ich mich vermutlich auch schlecht fühlen.

Ich schüttle den Kopf, weil sie es mir auch mitteilen würde, wenn ich nicken würde.

»Nicht nur, dass …«

Sie kommt Gott sei Dank nicht mehr zu einer weiteren detaillierten Ausführung ihres Leids, da Miriam mit vor Aufregung – und eventuell auch Prosecco – geröteten Backen ins Besprechungszimmer platzt, als hätte sie geahnt, dass ich ihre Hilfe benötige.

»Entschuldigen Sie, Frau Sommer, aber Sie haben mir gesagt, dass ich Sie an Ihren Auswärtstermin erinnern soll.«

Miriam ist wahrhaftig die beste Freundin, die man sich vorstellen kann.

»Ah ja ... Danke, Frau Reisinger.« Ich nicke ihr zu, woraufhin Miriam mit einem bedeutungsvollen Augenzwinkern das Zimmer verlässt und ich mich an die Energieräuberin wende, die ihr Smartphone mit der Kamera auf mich gerichtet hat wie eine Pistole.

»Tja, Sie haben ja gehört. Ich hab noch einen Termin, zu dem ich jetzt aufbrechen muss.« Ich werfe ihr einen entschuldigenden Blick zu, doch Scarlett Huber lässt sich davon nicht täuschen und greift entrüstet nach ihrer rosafarbenen Plüschhandtasche auf dem Besprechungstisch. Ehe sie den Raum verlässt, wirft sie mir noch einen grimmigen Blick zu: »Das wird ein Nachspiel haben, Frau Sommer. Glauben Sie mir. Das wird ein Nachspiel haben.«

Danach verlässt sie wie ein Wirbelwind das Besprechungszimmer und kurz darauf erscheint Miriams ratloses Gesicht im Türrahmen.

»Was war denn das bitte?«

»Frag lieber nicht. Die Frau ist der reinste Albtraum und würde wahrscheinlich auch den Osterhasen verklagen, weil er ihr ein Ei weniger als den anderen gebracht hat«, antworte ich und erhebe mich mit schmerzendem Gesäß von meinem Stuhl. »Jedenfalls hast du mir soeben das Leben gerettet.«

Sie zuckt mit den Schultern: »Tja, wofür hat man auch gute Freunde. Ich fühle es instinktiv, wenn du meine Hilfe brauchst.« Nach einer kurzen Pause fügt sie hinzu: »Außerdem trink ich ungern allein.«

Mit einem erleichterten Seufzer schnappe ich mir meinen Notizblock und folge Miriam ins Büro, in dem ich von Weihnachtsmusik empfangen werde. Meine Kollegin taucht kurzzeitig hinter ihrem Computerbildschirm ab, um mir mit strahlendem Lächeln zwei randvolle Sektgläser zu präsentieren, von denen sie mir eines in die Hand drückt.

»Auf einen megacoolen Partyabend«, gibt Miriam euphorisch von sich und prostet mir dabei zu, um danach den perlenden Inhalt ihres Glases beinahe zur Gänze in ihren Rachen zu kippen. Im Unterschied zu ihr gehe ich etwas sparsamer vor und nehme lediglich einen kleinen Schluck vom Sekt.

»Sag, wo ist eigentlich der Rest von uns?«, frage ich schließlich.

Als hätte mich eine höhere Macht gehört, ertönt ein Kichern aus dem Vorzimmer.

»Alles klar, wo Johanna ist, weiß ich jetzt und damit dürfte auch klar sein, wo sich Pierre aufhält. Erinnere mich daran, dass er mir für das Gespräch mit dieser anstrengenden Frau mindestens zwei Häferl Punsch schuldet«, stelle ich fest und lasse mich auf meinen Schreibtischsessel sinken, um die Sektflöte vor mir abzustellen und in meiner Handtasche nach meinen Schminkutensilien zu kramen. Miriam hat sich indessen vor dem kleinen Wandspiegel im Büro positioniert und ihren blauen Lippenstift gezückt. Während des Bemalens ihres Mundes hält sie inne: »Mich würde ja interessieren, woher Johannas plötzliche Interesse an Pierre kommt?«

Ich ziehe die Augenbrauen nach oben: »Echt? Meinst du die Frage etwa ernst? Ich meine, dem Pierre gehört jetzt die Hälfte der Kanzlei und die Johanna wittert mit Gewissheit eine lukrative Heirat.«

Miriam zuckt mit den Schultern: »Einen Sinn fürs Geschäft hat sie. Das muss man ihr lassen.«

Kommentarlos starre ich meine Freundin an, sodass sie hinzufügt: »Was denn? Man muss die positiven Eigenschaften der Menschen hervorheben und darf sich nicht zu sehr auf die negativen Eigenschaften versteifen.«

»Woher hast du das denn? Von dieser Influencerin, die Bettina und Charlotte neuerdings immer wieder zitieren? Wie heißt die doch gleich?« Ich schnippe mit den Fingern.

»Ah ... du meinst die Lola Love.« Miriam legt ihren Lippenstift zur Seite und presst mit verträumtem Blick ihre Hände auf die Brust. »Mah ... ich liebe ihre Podcasts. Würde dir auch nicht schaden, die manchmal anzuhören.«

»Was willst du denn jetzt damit sagen? Bin ich dir nicht optimistisch genug?«, gebe ich empört von mir.

»Jep, genau das wollte ich damit sagen. Ich weiß nicht, aber in letzter Zeit findest du wirklich an allem und jedem etwas auszusetzen. Sogar an dem wirklich süßen Chef.« Sie schüttelt den Kopf. »Wenn du nicht aufpasst, wird aus dir eine grantige, einsame und alte Frau.«

»Echt jetzt?«

»Ja, echt jetzt und weil ich deine Freundin bin, sage ich dir das auch offen und ehrlich.« Sie kommt auf mich zu und boxt mir mit der Faust ermutigend gegen die Schulter. »Geh wieder mal ein wenig aus und hab Spaß! Das Leben findet nicht nur in deiner Wohnung bei deinen Töchtern statt. Davon abgesehen wird die Lotti auch bald ein Teenager sein und ihr Interesse daran verlieren, mit ihrer Mutter etwas zu unternehmen.«

»Okay, okay, du hast gewonnen.« Ich schüttle mich. »Klingt ja grauenvoll, wie du mich schilderst.«

»Es ist auch grauenvoll, das mitansehen zu müssen.«

»Herzlichen Dank auch.«

Miriams Gesicht verzieht sich plötzlich zu einem breiten Grinsen und ihre Wangen glühen verräterisch rot, als sie mich ansieht.

»Äh... Was ist?«, frage ich sie.

»Na ja ... zur Besiegelung deines Vorsatzes habe ich dir etwas mitgebracht.«

»Was«, setze ich zu einer Frage an, als Miriam bereits ihre mit Traumfängern tätowierten Hände in einen Plastikbeutel gleiten lässt, um einen roten Weihnachtspullover daraus hervorzuzaubern, auf dem ein mit einer bunten Lichterkette behängtes Eichhörnchen mit Weihnachtsmannmütze prangt. Strahlend hält sie mir das Kleidungsstück vor die Nase.

»Ich hoffe, der passt dir.«

Entsetzt starre ich das geschmacklose Teil an.

»Ehrlich gesagt, hoffe ich gerade, dass mir der nicht passt«, gebe ich von mir, werde von Miriam jedoch ignoriert.

»Komm, zieh ihn an. Dann können wir im Partnerlook auf den Adventmarkt.«

»Muss das denn sein?«

»Ach komm schon, sei keine Spielverderberin. Den hab ich dir extra aus dem ›Ugly Sweatshirt Shop‹ mitgebracht.«

»Na gut, gib schon her«, gebe ich mich mit einem Augenrollen geschlagen und leere den Inhalt meiner Sektflöte, ehe ich das Geschenk entgegennehme.

»Wo ist eigentlich unser supertoller Chef?«, frage ich Miriam, während ich mich widerwillig aus meinem einfarbigen schwarzen Oberteil schäle und einen kurzen Blick auf mein Spiegelbild erhasche.

Scheiß Winterspeck! Wofür braucht man den eigentlich? Es ist ja nicht so, als befände ich mich in der Antarktis.

»Keinen Plan«, antwortet meine Kollegin. »Ich hab ihn heut noch nicht gesehen.«

»Wer weiß. Vielleicht hab ich Glück und er ist beim Punschtrinken nicht dabei«, wende ich unbedacht ein und greife nach dem Pullover, um ihn mir über den Kopf zu ziehen. Dabei verheddere ich mich in dem dämlichen Teil wie ein zu dick geratener Wurm und bemühe mich luftringend um meine Freiheit. Indessen ertönt zu meinem Entsetzen die Stimme meines Chefs. »Wer ist heut nicht dabei?«

Scheiße! Wieso passiert so etwas immer mir? Als wäre es nicht genug, dass ich mit meinem Vorgesetzten, den ich nicht leiden kann, im Bett war, stehe ich jetzt auch noch lediglich mit einem Spitzen-BH und Jeans bekleidet und mit dem Oberkörper halb in einem hässlichen Pullover feststeckend vor ihm. Was für ein Albtraum!

Kapitel 11

Nachdem wir zwar nicht ganz vollzählig, aber zumindest ohne Verletzungen am Adventmarkt angekommen sind, erklärt sich unser Chef dazu bereit, die erste Runde Punsch zu spendieren. Unglücklicherweise bittet er ausgerechnet mich darum, ihm beim Tragen zu helfen.

Mich! Wieso mich!? Ich meine, jetzt mal ehrlich. Wieso konnte er nicht Johanna oder Miriam darum ersuchen oder überhaupt seinen Bruder? Bin ich denn seine Hilfskraft oder wie? Bestimmt will er mich damit bloß erniedrigen. So ein blöder Arsch. Als wäre es nicht genug gewesen, auf dem Weg hierher seine dämlichen Späße zu ertragen, über die außer ihm keiner lachen kann.

Wie Neo im Film *Matrix* kämpfe ich mich im leise rieselnden Schnee begleitet von weihnachtlichen Melodien durch die dichte Menschenmenge, die sich in den engen Gassen zwischen den Verkaufsständen tummelt und die besinnliche Musik Lügen straft. Dabei bin ich darum bemüht, André Raphael nicht aus den Augen zu verlieren. Immerhin ist das nicht besonders schwer, da er groß genug ist, um nicht in den

Menschenmassen unterzugehen. Während ich zum gefühlten hundertsten Mal angerempelt werde und dabei dankbar für die Polsterung meiner Winterkleidung bin, ärgere ich mich, dass die Wirkung des Proseccos bereits nachlässt. Den krönenden Abschluss dieses »Walk of Torture« bildet schließlich ein mit Helium gefüllter Ballon, der mir unverhofft ins Gesicht knallt. Wütend schiebe ich das grinsende Antlitz von *Sponge Bob* beiseite und entdecke André hinter einer Traube Jugendlicher, die am Punschstand anstehen. Mit einem freundlichen Lächeln winkt er mich zu sich.

»Scheiße, was ist denn hier bitte los?«, frage ich meinen Vorgesetzten und deute dabei mit dem Kinn auf die Gruppe trinkwütiger Halberwachsener.

»Keine Ahnung. Sieht fast nach einem Schulausflug aus.«

»Dass die schon so früh zu Alkoholikern erzogen werden«, gebe ich kopfschüttelnd von mir und werde dabei von einem Zweimeterhünen gegen meinen Chef gedrängt.

Wow, er riecht wirklich erstaunlich gut. Besser als in der Nacht nach dem Begräbnis. Das ist allerdings auch nicht schwer, wenn man bedenkt, wie viel Alkohol er getrunken und in der Enge des Pubs wieder ausgeschwitzt hat. Ganz zu schweigen von der körperlichen Betätigung danach.

Unwillkürlich spüre ich mein Gesicht heiß werden.

Manno, ich wollte doch nicht mehr an die Nacht mit André denken. So toll war es ja nun wirklich nicht … Und trotzdem riecht er gut …

»Wissen Sie eigentlich, warum im *Corona* eine Zitrone ist?«, spricht mich André plötzlich an.

»Äh … Nein.«

»Na ja, weil es früher sein konnte, dass die Flasche nach dem Öffnen noch Roststellen hatte und um die zu reinigen, hat man oben eine Zitrone hineingesteckt und damit den Flaschenhals gesäubert.«

»Sehr spannend«, gebe ich von mir und füge dann mit einem breiten Grinsen hinzu: »Sie wissen schon, dass Sie mich soeben ziemlich gemansplaint haben?«

Schamerfüllt kratzt sich mein Vorgesetzter am Kopf: »Oh nein. Bitte sagen Sie das nicht. Ich kann doch unmöglich einer von diesen Typen …«

Weiter kommt er mit der Äußerung seines Bedauerns nicht, da mir ein blonder schweinsäugiger Jüngling seinen Arm um die Schulter legt, um mir ein Weihnachtslied ins Ohr zu grölen.

»Jingle Bells, Jingle Bells, Jingle all the Way! Komm, sing mit!«

»Oh what fun it is to ride on a one-horse open sleigh.«

Begeistert haucht mir der halbwüchsige Trunkenbold einen Kuss auf die Wange.

»Yeah … Du bist super. Wie heißt du?«

»Luisa.«

»Luisa for Song Contest. Yeah …«, ruft er mit einem Fausthieb gen Himmel seinen Altersgenossen zu, die in seine Begeisterungsrufe miteinstimmen und sich schließlich der Punschbestellung widmen.

»Bist du deppert. Ich bin eindeutig zu alt für so eine Scheiße«, halte ich kopfschüttelnd fest und will noch etwas hinzufügen, als mich ein Anruf meiner Mutter unterbricht.

»Ja, Mama?«, begrüße ich sie und sogleich ertönt ihre hektisch keuchende Stimme.

»Du Luisa, die Charlotte hat mir beim Kochen geholfen und sich in den Finger geschnitten. Soll ich nicht lieber ins Spital fahren? Weißt eh, nicht dass sich da was entzündet oder so.«

»Mama, du musst nicht immer gleich vom schlimmsten ausgehen. Blutet die Wunde stark?«

»Nein, gar nicht mehr. Und wir haben sie vorhin auch desinfiziert.«

»Geh bitte. Dann ist das überhaupt nicht wild. Ich schau mir den Schnitt dann morgen an, aber ich glaub nicht, dass sich da etwas entzünden wird.«

»Bist du dir sicher, Luisa? Nicht, dass sie eine Blutvergiftung bekommt.«

»Ja, Mama, ich bin mir sicher und so schnell bekommt man keine Blutvergiftung«, antworte ich und sehe dabei zu, wie die Gruppe trinkwütiger Jugendlicher mit frischem Proviant von dannen zieht, sodass André und ich an der Reihe sind. Zu meinem Glück ist meinem Vorgesetzten mein Telefonat nicht entgangen, weswegen er die Bestellung ohne mich aufgibt. Indessen wirkt meine Mutter noch immer nicht gänzlich überzeugt.

»Aber meinst du nicht, dass die Wunde von einem Arzt gereinigt werden sollte?«

»Nein, das ist noch nicht notwendig, Mama. Vor allem dann nicht, wenn die Wunde sogar schon aufgehört hat zu bluten. Es ist ja kein Katzenbiss.«

»Alles klar. Wie du meinst. Es ist dein Kind.«

Da ist er schon wieder. Dieser stille Vorwurf, dass ich nicht alles richtig mache, weil ich die Dinge nicht auf ihre Art erledige. Ich hasse das.

»Wenn was ist, ruf mich bitte an und gib Charlotte einen Kuss von mir!«

»Mach ich.«

»Ist bei Betti alles in Ordnung?«

»Ach, die ist oben in ihrem Zimmer und schaut fern. Du, weißt du eigentlich, dass die sich schon Horrorfilme anschaut?«

Ich atme tief ein und aus: »Ja, Mama. Was soll ich tun? Ich kann sie nicht unter Dauerbeobachtung stellen.«

Sie setzt soeben zu einer Erwiderung an, aber ich hör ihr nur noch halbherzig zu, da André unsere Bestellung bereits erhalten hat.

»Ja, du, wir können gern mal in Ruhe darüber reden, aber ich muss jetzt aufhören. Ciao, Mama«, würge ich sie ab, um meinem Vorgesetzten zur Hilfe zu eilen und mich bewaffnet mit zwei randvollen Punschtassen durch die Masse zurück zu unserem Stehtisch zu kämpfen, wo Pierre und Johanna damit beschäftigt sind, heftig miteinander zu flirten. Indessen sieht Miriam unserer platinblonden Assistentin mit genervtem Gesichtsausdruck dabei zu, wie sie Pierre mit ihren langen manikürten Fingernägeln durch das dichte Haar fährt. Es grenzt an ein Wunder, dass sie ihn mit ihren Krallen nicht verletzt.

»Gott sei Dank bist du da. Ich hab schon befürchtet, du und dein André habt das Weite gesucht und mich hier mit den beiden hormongesteuerten Verrückten zurückgelassen«, empfängt sie mich und nimmt mir dabei mit ihren behandschuhten Händen eine der beiden dampfenden Punschtassen ab.

»Erstens ist er nicht mein André – was nicht zuletzt daran liegt, dass wir noch per Sie sind. Irgendwie schon merkwürdig. Und zweitens wäre es echt super, wenn du ein wenig leiser sprechen könntest.«

Miriam zuckt mit den Schultern: »Geh bitte, der hört uns eh nicht.«

»Wer hört euch nicht?«, fragt der Betroffene neugierig, nachdem er seinen Bruder und dessen Angebetete mit den zuvor aufgegebenen Bestellungen versorgt hat.

Ich werfe Miriam einen bedeutungsvollen Blick zu, ehe ich antworte: »Niemand.«

Und weil ich eine grottenschlechte Lügnerin bin und meine unwahren Worte kaschieren muss, um nicht durch ein dämliches Grinsen aufzufliegen, nehme ich einen nervösen Schluck vom heißen Punsch und verbrühe mir die Zunge und den Gaumen.

»Aua«, fluche ich lautstark und spucke die heiße Flüssigkeit wieder aus, was beim Rest der Belegschaft für Amüsement sorgt. Ich will im Erdboden versinken!

Schulterzuckend wendet mein Chef ein: »Tja, wir haben soeben gelernt, was passiert, wenn man ungeduldig ist und nicht wartet, bis alle angestoßen haben.«

»Eine weniger schmerzhafte Lektion wäre mir lieber gewesen«, kann ich mir nicht verkneifen.

»Aber das ist ein super Trinkspruch!«, schleimt sich Johanna bei unserem neuen Boss mit leuchtenden Augen ein.

»Ja, wirklich. Wahnsinnig geistreich von Ihnen«, füge ich patzig in Andrés Richtung hinzu.

»Du. Bitte duze mich. Nach dem Zusammenstoß mit den Jugendlichen da vorne fühle ich mich ohnehin schon alt genug und das Siezen macht es nicht besser.«

Yeah… Ich habe ein Druckmittel gegen ihn in der Hand. Quasi einen schmerzhaften Triggerpunkt, den ich drücken kann, wenn er mir auf die Nerven geht.

»Tja, der harten Realität des Lebens entkommt eben niemand«, gebe ich deshalb süffisant grinsend von mir und folge dann dem Beispiel der anderen, um auf den heutigen Abend anzustoßen. Indessen rempelt mich Miriam unsanft mit dem Ellbogen an.

»Aua!«, gebe ich von mir. »War das denn notwendig?«

»Ja, war es. Reiß dich mal am Riemen und sei nicht immer so unfreundlich zu unserem Chef«, raunt sie mir hinter vorgehaltener Hand zu.

Mein Blick fällt auf den Angesprochenen, der mir mit diesem dämlichen allwissenden Blick zulächelt.

Der kann mich mal. Niemals werde ich zu dem freundlich sein.

Ich kneife meine Augen zusammen und richte das Wort wie eine Pfeilspitze an André: »Wo ist eigentlich dein Hund? Hast du ihn ganz alleine zu Hause gelassen, den Armen? Hoffentlich leidet er jetzt nicht Hunger.« Ich schüttle den Kopf, um meine Aussage zu unterstreichen: »Ich versteh einfach nicht, warum sich

Menschen einen Hund nehmen und ihn dann die meiste Zeit alleine lassen.«

Miriam klappt die Kinnlade herunter und auch Pierre und Johanna verfallen in Schweigen. Nur André zeigt sich von meiner Äußerung wenig berührt.

»Ja, das verstehe ich auch nicht. Wenn ich nämlich keine Zeit hab, sorge ich immer dafür, dass der Rocky einen Babysitter hat.«

Na warte, so schnell gebe ich mich nicht geschlagen.

»Und der Babysitter ist ein fünfzehnjähriger Nachbar, der so viel am Computer zockt, dass er vermutlich erst nach dem Rocky sieht, kurz bevor du nach Hause kommst!?«

André zwinkert mir zu: »Nein, der Rocky ist heute bei meiner Mutter. Wenn du besorgt um sein Wohlergehen bist, kannst du sie gerne anrufen und fragen, wie es ihm geht.«

Aha, er ist sich also seines Sieges in diesem Wortgefecht sicher. Ich bin noch nicht fertig mit ihm.

»Und machst du das oft?«, frage ich meinen Chef schließlich, nachdem ich einen entspannten Schluck von meinem Punsch genommen habe.

»Was denn?«

»Na, dass du deinen Hund abschiebst?«

Schweigen.

I'm the champion! Yes!

Zumindest denke ich das, bis André mich fragt: »Und machst du das auch oft?«

»Was? Ich habe keinen Hund, den ich abschieben kann. Also wird das irgendwie schwer.«

»Das meinte ich auch nicht«, setzt er grinsend zu einer Erklärung an.

»Wie war es denn dann gemeint?«

»Na ja … Schiebst du deine Kinder auch oft ab?«

Für einen Moment starre ich meinen Vorgesetzten mit offenem Mund an, bis ich ein widerwilliges »Touché« von mir gebe und ihm dabei zuproste. Indessen schüttelt Miriam neben mir bloß ungläubig den Kopf.

»Ich hoffe übrigens, bei dir zu Hause ist alles okay?«, wendet sich André schließlich an mich. »Mir ist es eh ein wenig peinlich, weil ich normalerweise nicht dazu neige, Telefongespräche zu belauschen, aber das war vorhin unmöglich.«

»Oh, ja, alles okay. Meine jüngere Tochter hat sich bloß in den Finger geschnitten und meine Mutter ist ein Hypochonder. Es grenzt an ein Wunder, dass sie noch nicht die Rettung gerufen hat.«

»Da könnte sie sich mit meinem Tom zusammentun. Mittlerweile hat er nicht nur Corona und die Grippe, sondern auch Keuchhusten«, wendet Miriam augenrollend ein.

Gespielt theatralisch fasse ich mir an die Brust: »Oh mein Gott! Hast du schon den Bestatter angerufen?«

»Ich gebe es nur ungern zu, aber wir Männer sind in der Tat das schwächere Geschlecht«, hält André mit resigniertem Blick fest.

»Ja, du vielleicht. Aber ich sicher nicht«, kontert sein Bruder, woraufhin ihn Johanna mit großen Augen anhimmelt.

»Nein, du bist total stark. Was du in den letzten Wochen alles ausgehalten hast. Da können sich andere wirklich eine Scheibe von dir abschneiden.«

»Schleimerin«, gibt Miriam mit einem vorgetäuschten Hüsteln von sich. Natürlich hat Johanna sie verstanden und wirft ihr deshalb einen bitterbösen Blick zu.

»Nur weil ich nett bin, heißt das nicht, dass ich schleime.«

Miriam ignoriert den Einwand unserer Assistentin und wendet sich stattdessen mir zu: »Wie geht's eigentlich der Betti? Ich hab sie jetzt schon länger nicht mehr bei den *Fridays for Future* gesehen?«

»Frag nicht. Die Betti hat einen sehr merkwürdigen Freund.«

Freudig klatscht meine Kollegin die Hände zusammen: »Oh, wie aufregend. Ihr erster Freund.«

»Aufregend ist das in der Tat. Der Typ ist so ein Loser.«

Johanna reißt entsetzt ihre Augen auf: »Also Luisa, so solltest du wirklich nicht reden. Das ist total entwertend.«

»Eh, ich will ihn ja auch entwerten«, erkläre ich schulterzuckend. »Ich mein, der Typ hat nix drauf und keinerlei Pläne für die Zukunft. Davon abgesehen macht die Betti rein gar nichts mehr von dem, was ihr früher so wichtig war, weil sie nur noch diesen Mäx im Kopf hat.«

»Er nennt sich selbst Mäx?«, hakt André ungläubig nach.

»Ja, wahrscheinlich denkt er, dass das cool klingt oder so.«

»Hm … Also ich hab die Betti eigentlich schlauer eingeschätzt«, erklärt Miriam nach einem Schluck von ihrem Punsch.

»Sie ist doch nicht gleich blöd, nur weil sie nicht mehr bei eurer komischen *Fridays for Future* Bewegung dabei ist«, kontert Johanna.

»Ich würde sogar eher das Gegenteil behaupten«, stellt Pierre fest. »Das Protestieren hat doch sowieso keinen Sinn, außer dass es alle nervt.«

»Noch viel mehr würde es euch nerven, wenn der Planet endgültig stirbt und mit ihm die Menschheit«, antwortet Miriam kämpferisch.

Johanna zuckt mit den Schultern und flötet schließlich: »Na ja, aber wenn ich mir die Menschheit so ansehe, ist es womöglich eh besser, wenn sie ausstirbt.«

»Jep, wenn alle so wären wie du, dann wäre es womöglich …«

Ehe Miriam ihren Satz vollendet, unterbricht sie die gehetzte Stimme Georgis: »Tut mir leid, Leute. Aber der Termin hat länger gedauert als gedacht. Habe ich was verpasst?«

Pierre schüttelt den Kopf: »Nein, wir sind alle noch beim ersten Punsch.«

»Nein, nicht alle«, berichtigt ihn Johanna mit mahnend erhobenem Zeigefinger. »Ich trinke prinzipiell *niemals* Alkohol.«

Georgi nimmt einen Zug von seiner Zigarette und mustert die enthaltsame Blondine dabei, ehe er festhält: »Mir waren Menschen, die keinen Alkohol trinken, schon immer suspekt.«

Johanna wirft ihm einen erbosten Blick zu und presst dabei ihre zartrosa bemalten schmalen Lippen fest aneinander, unterlässt es allerdings etwas zu erwidern, als wäre es unter ihre Würde mit Georgi zu diskutieren. Stattdessen bemüht sich Miriam grinsend darum, vom Thema abzulenken, indem sie ihn fragt: »Wie schaust du eigentlich aus?«

Georgi bläst den Rauch aus seinem Mund und blickt dann irritiert an sich hinunter: »Wieso? Wie sehe ich aus?«

»Na ja, wie jemand der auf einer Uni Jus unterrichtet, aber weniger wie ein Anwalt selbst«, eile ich meiner Kollegin zur Hilfe, die mich daraufhin mit einem Augenzwinkern berichtigt.

»Also ich hab da eher an *Ted Mosby* gedacht.«

»Oh mein Gott, vergleichst du mich etwa mit dem ewig nach der Liebe suchenden *Ted Mosby* aus *How I met your Mother*? Mich, den sexiest Bachelor alive? Nach der Aussage brauch ich definitiv etwas Hochprozentiges.«

Bevor er loszieht, um sein Vorhaben in die Tat umzusetzen, fragt er in die Runde, ob außer ihm noch jemand Nachschub braucht. Außer Johanna nicken alle, wobei es Pierre nicht unterlassen kann, darauf hinzuweisen, dass es sich bei dem Getränk auch um sein letztes handeln wird, weil sein Kalorienlimit für den Tag bereits gesprengt ist.

»Echt jetzt?«, fragt ihn André daraufhin ungläubig. »Du wirst doch einmal im Jahr eine Ausnahme machen können.«

Sein Bruder stemmt herausfordernd eine Hand in die Hüfte: »Ja, echt jetzt? Im Gegensatz zu unserem Vater will ich nämlich nicht schon vor meinem fünfundsechzigsten Geburtstag das Zeitliche segnen.«

»Ja, nur dass unser Vater mehr als einmal im Jahr über die Stränge geschlagen hat«, erklärt André im Brustton der Überzeugung.

»Und was glaubst du, wie das begonnen hat«, kontert sein Bruder. »Wahrscheinlich auch damit, dass er irgendwann einmal eine Ausnahme gemacht hat und aus der Ausnahme wurde dann eine zweite und so weiter und so fort. Wie das halt so ist bei Menschen, denen beim Essen jegliche Beherrschung fehlt.«

»Also dieser ganze Gesundheitswahn ist absolut lächerlich. Was habe ich denn davon, wenn ich mein ganzes Leben lang nur gesund lebe, aber absolut keinen Spaß habe?«

»Aber man kann ja auch ohne Alkohol Spaß haben«, wendet Johanna vorsichtig ein. »Ich meine, ich bin doch das beste Beispiel dafür.«

Aus dem Augenwinkel nehme ich wahr, wie Miriam bereits zu einer Erwiderung ansetzt, weshalb ich rasch meine Hand auf ihren Unterarm lege.

»Eben«, stimmt ihr Pierre zu. »Und ich weiß genau, dass ich mich total unwohl fühle, wenn ich mein Limit sprenge, deshalb halte ich mich lieber daran.«

»Als würde es irgendwem auf diesem Planeten auffallen, wenn du drei Kilo mehr wiegst«, widerspricht ihm André.

»Ja, es fällt jemandem auf: mir.«

»Aber auch nur, weil dir die Medien suggerieren, dass du einen Body wie ein Hollywood-Schauspieler haben sollst.«

Miriam prustet laut los: »Als wären die Hollywood-Schauspieler alle durchgängig schlank. Ich meine, die haben zwischen den Drehs auch ihr Bäuchlein.«

»Jep, und im Gegensatz zu uns Frauen werden die nicht medial dafür fertiggemacht«, stimme ich zu und leere danach demonstrativ den Rest meines bereits erkalteten Punschs in meinen Rachen.

»Weil wir Männer auch mit Bierbauch noch sexy sind«, höre ich Georgis Stimme aus dem Off.

»Was für ein Schwachsinn«, kontert Miriam erbost und reißt unserem Kollegen förmlich eine Punschtasse aus der Hand. »Ihr denkt immer, ihr seid sexy, egal was ihr tut oder wie ihr ausseht, weil wir Frauen Zeit unseres Lebens gelernt haben, uns in Zurückhaltung zu üben. Aber euer Bierbauch ist nicht schöner als unsere Cellulite.«

»Jetzt mal ehrlich«, fühlt sich André zu einem Einwand bemüßigt: »Wenn wir einen Menschen lieben, ist es doch vollkommen gleichgültig, ob er ein paar Kilos zu viel oder zu wenig auf den Hüften hat. Für uns wird dieser Mensch einfach der oder die Schönste sein.«

»Also ich sag meinem Freund schon, dass er abnehmen soll, wenn sich kleine Fettpölsterchen bilden«, erzählt Johanna. »Ich meine, immerhin achte ich ja auch auf meine Figur und insofern kann ich mir dann dasselbe von meinem Partner erwarten und wenn der nicht mitspielt … Tja, dann liebt er mich scheinbar nicht ausreichend.«

Sprachlos starrt sie André an. Im Gegensatz zu unserem Vorgesetzten fehlen Georgi jedoch nicht die Worte. Vollkommen gelassen erklärt er: »Kann ich absolut nachvollziehen. Davon abgesehen würde ich auch nicht mit einer fetten Frau ins Bett wollen.«

»Aber hier war doch gar nicht die Rede von fett«, wendet Miriam ein. »Es geht um ein paar Kilos. Das, was ihr da betreibt, ist Bodyshaming vom feinsten.«

Georgi rollt mit den Augen: »Geh bitte, das mit dem Bodyshaming ist restlos übertrieben und führt nur dazu, dass keiner mehr auf seinen Körper achtet. Ich mein, es ist halt einfach nicht schön, wenn einer Frau beim bauchfreien Top die Schwimmreifen hervorquellen und wer mir etwas anderes erzählt, der lügt.«

»Du musst doch nicht immer gleich in den Extremen denken«, gebe ich entrüstet von mir. »Es geht doch darum, dass wir Frauen schon im Kindesalter hinsichtlich unseres Gewichts unter Druck gesetzt werden. Und nicht etwa, weil wir tatsächlich an starkem Übergewicht leiden, das gesundheitliche Folgen haben könnte, sondern weil wir suggeriert bekommen, dass wir nur dann schön sind, wenn wir aussehen wie die Magermodels und kein Gramm Fett am

Körper haben. Jede verdammte Zeitschrift für Frauen beinhaltet zig Tipps zum Halten des Gewichts oder Abnehmen. Das ist doch vollkommen absurd. Und dann wundert es uns, wenn unsere normalgewichtigen Töchter keine zweite Palatschinke essen, weil ihnen die Lehrerin gesagt hat, sie dürfen beim Weihnachtssingen nicht ihr Lieblingslied vortragen, weil sie zu dick sind.«

»Bitte sag jetzt nicht, dass du von der Betti sprichst?«, hakt Miriam entsetzt nach, woraufhin ich den Kopf schüttle.

»Nein, es geht um Charlotte.«

»What? Aber die Lotti ist doch nicht zu dick?«

»Eh nicht. Aber man redet es ihr in der Schule halt ein, was mich als Mutter echt unglaublich wütend macht.«

»Vollkommen zurecht«, stimmt mir Miriam zu und genehmigt sich dabei einen Zug von ihrer E-Zigarette. André beobachtet sie dabei mit Argusaugen, bis es meiner Kollegin auffällt und sie ihn darauf anspricht.

»Passt irgendetwas an mir nicht? Ist mein Make-up verwischt?«

Verlegen kratzt sich André am Hinterkopf: »Oh … Nein, gar nicht. Alles in Ordnung. Ich … Um ehrlich zu sein, ist mir das jetzt etwas peinlich, aber ich habe erst nach dem Tod meines Vaters zum Rauchen aufgehört und deshalb macht es mich manchmal noch ein wenig unruhig, wenn ich jemanden rauchen sehe.«

»Jep, wenigstens ein Manko, dass der perfekte große Bruder hatte«, gibt Pierre giftig von sich. »Ich werde nie vergessen, wie der Papa in deinem Rucksack ein Packerl *Memphis Mentol* gefunden hat. So in Rage habe ich ihn selten erlebt. Er hat glatt gesagt, er würde dem André das Rauchen verbieten.«

»Echt?«, hakt Johanna ungläubig nach. »So hätte ich den Franz gar nicht eingeschätzt.

André zuckt mit den Schultern: »Ja, er war ja auch ein toller Kerl, aber in vielerlei Hinsicht – und vor allem in der Erziehung von mir und Pierre - war er kein einfacher Zeitgenosse.« Wehmütig fügt er nach einer kurzen Pause hinzu: »Er fehlt mir trotzdem sehr.«

Ohhh … Ist das süß. Er bekommt beim Gedanken an seinen Vater glasige Augen. Ich würde ihn jetzt wirklich gern in meine Arme schließen und trösten.

»Wahrscheinlich war das auch der Grund dafür, dass ich mich nach seinem Begräbnis so betrunken habe, dass ich einen Filmriss hatte. Wir Männer sind einfach Idioten, wenn es um die Verarbeitung von Gefühlen geht«, höre ich ihn indessen sagen und verwerfe meinen vorangegangenen Gedankengang rasch.

Was ist denn bitte mit mir los? Die Nacht war mies, ich bin geflohen und wollte mit diesem Mann eigentlich nichts mehr zu tun haben.

»Du kannst dich an nichts mehr erinnern? Wirklich an gar nichts mehr?«, hakt Miriam plötzlich hellhörig geworden nach und zwinkert mir dabei verschwörerisch zu, was so auffällig ist, dass es schwerfällt zu glauben, dass das auch nur von irgendwem übersehen wird.

»Na ja, das Letzte, was ich weiß, ist, dass meine Kumpels aus der Bar abgezogen sind und ich noch einen Absacker trinken wollte.«

Nein, nicht kichern, Luisa. Nicht kichern.

Aber, come on, ein Absacker!!! Das ich nicht lache.

»*Hmmm* ... und du weißt danach nichts mehr? Also keine Erinnerung daran, ob du vielleicht noch jemanden kennengelernt hast? Eine Gruppe cooler Gäste oder eine hübsche Frau mit braunem, langem Haar und grünen Augen?«

Ich könnte sie umbringen. Muss sie mich in diese Lage versetzen?

André wirkt irritiert: »Nein. Ich denke, daran würde ich mich dann doch erinnern.«

»Na ja ... Als Aufreißer kann man doch schon mal den Überblick verlieren, nicht?«, stelle ich spitz fest, woraufhin Pierre in laustarkes Gelächter verfällt.

»Mein Bruder, ein Aufreißer? Also André ist vieles, aber das mit Gewissheit nicht. Ich mein, in der Schule haben die Mädels ihn Pickelface genannt.«

»Herzlichen Dank auch für diese Offenbarung.«

»Was denn? Es ist ja wahr. Der André war total dick und hatte Akne, was ihn beim weiblichen Geschlecht nicht unbedingt hohe Beliebtheitsgrade beschert hat. Deshalb hatte er auch sehr lange Probleme damit, Mädels überhaupt anzusprechen – obwohl ja böse Zungen behaupten würden, dass du das Problem heute noch hast.«

Johanna fasst sich theatralisch an die Brust: »Echt? Das kann man sich gar nicht vorstellen, so gut, wie er jetzt aussieht.«

»Ihr wisst aber schon, dass ihr nicht über ein Zuchtpferd sprecht und ich anwesend bin?«

»Geh bitte. Sei nicht so empfindlich. So war er als Kind schon, deshalb haben die Mädels ihn auch nicht gewollt.«

»Wie oft willst du das jetzt noch sagen? Ich glaube, mittlerweile hat das jeder verstanden.«

Schulterzuckend strafe ich mein Vorhaben Lügen und spende meinem Chef dann doch Trost, indem ich erzähle: »Mach dir nichts draus. Ich war nämlich das Mädchen, das immer von den pickeligen Jungs verlassen wurde. Das hat sich auch nicht viel besser angefühlt.«

André lächelt mir dankbar zu und für einen Augenblick herrscht zwischen uns so eine magische Spannung, die sich nur schwer in Worte fassen lässt. Ein Sachverhalt, der scheinbar auch Miriam nicht entgeht, weswegen sie ihr Smartphone zückt und darauf besteht, von den beiden Omegas – also mir und André - ein Foto zu schießen. Danach entschuldigen Miriam und ich uns, um die Toilette aufzusuchen, in Wahrheit aber, um ungestört miteinander sprechen zu können.

»Das gibt es doch nicht. Der tut noch immer so, als könne er sich nicht an mich erinnern«, gebe ich schließlich patzig von mir, als wir in der langen Schlange vor den Damentoiletten anstehen und sorge offenbar für Amüsement bei Miriam.

»Wieso ärgert dich das eigentlich so? Du meintest doch, er sei dir egal.«

»Es ärgert mich eh nicht. Wirke ich etwa verärgert?«

»Na ja, schon ein kleines bisschen.«

»Unsinn. Ich bin total fröhlich und dieser André könnte mir nicht gleichgültiger sein.«

»Eigentlich schade, dass er dir so gleichgültig ist. Ich habe nämlich den Eindruck, dass du ihm nicht gleichgültig bist.«

»Genau, und deshalb kann er sich auch nicht an mich erinnern.«

»Was denn? Er kann doch nichts dafür, dass er so in Trauer war und sich betrinken musste. By the way: Wenn du schon nichts von ihm willst, dann könntest du ihm zumindest ein bissi Hoffnung machen und dabei mehr Weihnachtsgeld und Urlaubstage für die Mitarbeiter herausschlagen.«

»Ist das dein Ernst?«

»Ja, das ist mein voller Ernst.«

»Du stiftest mich gerade zur Bestechung an?«

»Richtig, mach es wie die großen Politiker.«

»Ja, oder Johanna.«

Als ich den Satz ausspreche, ist mir noch nicht bewusst, wie richtig ich damit liege. Das begreife ich erst, als Miriam und ich wieder von unserer bilateralen Besprechung auf den öffentlichen Toiletten zurückkehren, die uns vermutlich nicht nur um einen Euro ärmer, sondern auch um eine Infektionskrankheit reicher gemacht haben. Als wolle Johanna meine Äußerung verifizieren, ist sie soeben dabei, den anwesenden Herren erotische Fotos von sich auf ihrem Smartphone zu präsentieren.

»Oh gut, dass ihr auch wieder zurück seid. Was sagt ihr denn zu den Fotos? Ich würde meinem Freund gern einen erotischen Kalender von mir zu Weihnachten schenken.«

Miriam und ich werfen einander bedeutungsvolle Blicke zu, wobei ich mich zumindest darum bemühe, Interesse an Johannas Vorhaben vorzugaukeln. Verhalten nicke ich und verziehe meinen Mund zu einem gekünstelten Lächeln.

»Ja, sehr hübsch, deine Fotos.«

Pierre, der die Präsentation mit deutlich mehr Interesse verfolgt hat, wendet anerkennend ein: »Die sind nicht nur hübsch, die sind umwerfend. Dein Freund kann sich echt glücklich schätzen.«

Zufällig erhasche ich einen Blick auf André, der genervt mit den Augen rollt und wie Miriam keinerlei Interesse an den Fotos seiner Assistentin hat.

Johanna senkt indessen traurig den Blick: »Mah … Ich wünschte, er würde das auch so sehen, aber ich glaube, er weiß mich gar nicht zu schätzen.«

»Aber geh, das kann ich mir nicht vorstellen.«

Hilflos zuckt Johanna mit den Schultern: »Na ja … Ich glaube, er wird mich verlassen, sobald ich ihm gesagt hab, dass ich keine Kinder bekommen kann.«

»Dann wäre er aber ein ziemlicher Idiot. Ich meine, Das kann doch nicht alles für ihn sein.«

»Ich fürchte schon«, stellt sie fest und dabei rollt eine einzelne Träne über ihre Wange. »Sein größter Wunsch ist es, Vater zu werden, aber ich kann ihm diesen Wunsch nicht erfüllen.«

»Das ist so gemein«, kann ich mir nicht verkneifen. »Ich meine, du kannst doch nichts dafür, dass du keine Kinder bekommen kannst.«

»Ja, das sage ich ja auch immer. Was kann ich denn dafür, dass ich keine Kinder bekommen kann, weil ich sie eklig finde. Mal ganz davon abgesehen, was das mit meinem Körper macht. Meine Mumu wird nach der Geburt nicht mehr dieselbe sein und meine Brüste werden nur noch schlaff an mir herabhängen. Das muss doch Argument genug gegen Kinder sein. Es ist doch vollkommen selbstverständlich, dass ich nicht so viel Geld in meinen Körper investiere, um dann alles für ein runzliges kleines Lebewesen, das stinkt und plärrt, aufzugeben.«

»Meine Rede«, wendet Georgi ein. »Ich würde auch keine Kinder wollen.«

»Was für eine Überraschung. Du willst ja nicht mal eine Freundin.«

»Eh, weil das alles nur Verantwortung bedeutet und das Wort an sich klingt schon anstrengend.«

»Gott sei Dank versteht ihr mich. Ich hoffe ja auch noch, dass ich den Matthias davon überzeugen kann, zu zweit zu bleiben, aber na ja, es ist nicht mehr als ein kleiner Hoffnungsschimmer. Leider.«

Das Schweigen fällt mir in dieser Situation besonders schwierig, aber es gelingt mir, indem ich mich dazu bereit erkläre, eine weitere Runde Punsch zu holen. Zu dieser gesellen sich noch zwei weitere, weswegen die darauffolgende Eskalation quasi ein Naturgesetz ist. Als Miriam schließlich eine Laternenstange für eine Pole-Dance-Einlage nutzt und ich, in Selbstmitleid verfallen, meinen Chef mit Fotos der perfekten Frau meines Exmannes quäle, beschließen wir, den Abend zu beenden. André erklärt sich noch bereit, mich zu einem Taxi zu begleiten und ich hake mich nicht mehr ganz so sicher auf den Beinen bei ihm unter. Auf dem Weg lalle ich meiner Begleitung mit meinen Sorgen über die Kinder die Ohren voll, sodass er wohl erleichtert ist, als wir das Taxi erreichen. Geduldig hält er mir die Tür auf und lächelt mir freundlich zu, als ich dem Fahrer meine Adresse mitteile.

»Bringen sie sie gut nach Hause«, ermahnt er den Taxler schließlich und wirft danach die Autotür zu.

Okay, womöglich ist André gar nicht so schlimm, wie ich dachte.

Kapitel 12

Qua … Ich will einfach nur weiterschlafen. Kann ich denn nicht weiterschlafen? Mein Schädel brummt, als wäre in ihm ein ganzes Wespennest zugange, das vom dröhnenden Klingeln meines Weckers aufgescheucht wurde und mein Magen zieht sich beim bloßen Gedanken an Alkohol schmerzhaft zusammen.

Unter Aufbietung all meiner Kräfte öffne ich meine Augen und lange mit der linken Hand nach meinem Wecker, der bar jeden Mitgefühls klingelt. Natürlich gelingt es mir nicht sofort, ihn abzustellen. Klar, das wäre ja auch viel zu einfach gewesen. Stattdessen fällt das nervige Teil auf den Bettvorleger und klingelt da unablässig weiter. So bleibt mir nichts anderes übrig, als mich aufzurichten, um den Wecker mundtot zu machen und zurückzustellen.

So ein Mist! Wieso habe ich gestern nicht daran gedacht, den Timer abzuschalten?

Ich lasse mich wieder zurück in die weiche Matratze sinken und schließe meine Augen. Es gelingt mir allerdings nicht mehr, einzuschlafen. Deswegen erhebe ich mich mit zittrigen Beinen vom Bett.

Scheiße, ist mir schwindlig! Wieviel habe ich denn getrunken? Ich weiß nur, dass es mir nach meiner Ankunft zu Hause gerade noch gelungen ist, mein Gesicht zu reinigen und meine Zähne zu putzen, ehe ich mit dem Kopf über die Bettkante hängend in einen komatösen Schlaf gesunken bin.

Memo an mich: Ich werde nie wieder Alkohol trinken. NIE WIEDER!!! Ab jetzt lebe ich abstinent.

Mit pochendem Kopf klaube ich die Stricksocken, die mir Bettina letztes Jahr zu Weihnachten geschenkt hat, vom Boden auf und stülpe sie mir über meine eiskalten Füße. Danach begebe ich mich in Slow Motion zum Frisiertisch und bürste meine vom Schlaf verfilzten Haare, was nicht ganz schmerzfrei vonstattengeht. Ehe ich mich über einen Berg Kleidungsstücke zur Schlafzimmertür durchkämpfe, schlage ich mir noch auf die Wangen und zwinge mich zu einem Grinsen.

Scheiße! Ich sehe aus wie eine Psychopathin! Egal. In diesem Haus befinden sich ohnehin bloß meine Mutter und meine Kinder und die haben mich bereits in den schändlichsten Zuständen erlebt.

Als ich die Tür aufschiebe, um hindurchzuschlüpfen, höre ich aus dem Erdgeschoß gedämpfte Schlagermusik, die von dem geschäftigen Treiben meiner Mutter in der Küche begleitet wird.

Wieso bloß? Wieso? Als wären meine Schmerzen nicht genug der Folter, werde ich jetzt auch noch mit einem Song von Michaela Berg malträtiert.

Okay, das wars, ich brauche dringend ein Ibuprofen!

Deshalb mache ich noch einen Abstecher ins Badezimmer, um bewaffnet mit einer Schmerztablette die Treppen ins Erdgeschoß hinabzusteigen. Der Duft von frisch aufgebrühtem Kaffee steigt mir in die Nase und stimmt meinen Magen etwas versöhnlicher.

Unten angekommen erwartet mich ein vollständig gedeckter Frühstückstisch, in dessen Mitte mein selbstgemachter Adventskranz steht, auf dem traditionsgemäß die Flamme einer Kerze züngelt. Daneben befindet sich der Ameisenkuchen meiner Mutter, der seinen Namen den kleinen Schokostückchen im Teig verdankt.

»Morgen!«, begrüße ich meine Mutter, als sie mir mit einer Kanne Kaffee und flankiert von meinen verräterischen Haustieren aus der Küche entgegenkommt.

»Guten Morgen, Schlafmütze! Ist es ein bissi spät geworden gestern?«, erwidert sie meinen Gruß in einer Lebhaftigkeit, die den Konsum aufputschender Substanzen vermuten lässt, und stellt dabei die Kaffeekanne auf dem Esstisch ab.

Wieso neigen Eltern eigentlich immer dazu, provokante Fragen zu stellen, deren Antwort sie bereits kennen?

»Schaut ganz so aus«, gebe ich lediglich mit einem Brummen von mir und wende mich dann demonstrativ meiner jüngeren Tochter zu, die über einer Schüssel Frühstücksflocken sitzt. Ihre braunen langen Haare hat sie im Nacken zusammengefasst.

»Wie geht es deinem verletzten Finger, Schatz?«

Charlotte zuckt mit den Schultern: »Ach, der tut fast gar nicht mehr weh.«

»Ja, aber du kannst dir nicht vorstellen, wie das gestern geblutet hat. Ich hab wirklich gedacht, wir müssen ins Krankenhaus fahren«, mischt sich meine Mutter ein und nimmt dabei mir gegenüber Platz. Indessen greife ich nach der Kaffeekanne und verdünne das heiße Gebräu noch mit ein wenig Milch.

Charlotte verdreht die Augen: »Oma, so schlimm war es aber wirklich nicht. Ich hab noch nicht einmal geweint.«

»Ja, weil du einfach sehr tapfer bist, Lotti. Nicht jedes Mädchen hätte das so durchgestanden wie du«, erklärt sie mit vor Stolz strahlendem Gesicht und wendet sich dann mir zu: »Wieviel Punsch waren es denn?«

Ich spüle mein lebensrettendes Ibuprofen mit einem Schluck verdünntem Orangensaft hinunter und antworte: »Ehrlich gesagt, hab ich irgendwann aufgehört, sie zu zählen.«

»Und?«

Ich zucke mit den Schultern: »Was und?«

Manno, kann sie mich nicht einfach in Ruhe und Stille leiden lassen?

»Na, wie war's?«

»Mama, müssen wir das jetzt beim Frühstück klären?«

»Die Oma will doch nur wissen, ob du einen Mann kennengelernt hast. Sie macht sich nämlich Sorgen um dich, weil du immer so alleine bist.«

»Schön, dass ihr euch in meiner Abwesenheit so ausführlich über mich unterhaltet und ich weiß eure Sorge wirklich sehr zu schätzen, aber die ist vollkommen unnötig. Mir geht's nämlich weder schlecht noch fühle ich mich einsam. Ich hab ja immerhin dich und die Betti«, antworte ich und nehme dabei einen Schluck vom Kaffee, den ich postwendend bereue, da die heiße Flüssigkeit meinen ohnehin verbrannten Gaumen zusätzlich reizt.

»Deine Töchter können aber keinen Mann ersetzen, Luisa. Du musst schon zuschauen, dass du jemanden findest. Schließlich wirst du nicht jünger«, gibt mir meine Mutter zu bedenken.

»Charmant wie immer.«

Meine Erzeugerin neigt den Kopf leicht schräg: »Ich mein's ja nur gut mit dir, Luisa, und würd mich einfach für dich freuen, wenn du wieder jemanden an deiner Seite hättest. Du bist ja schon ewig alleine und diese Bloggerin Lola Love sagt, dass man in die Liebe auch sehr viel Zeit investieren muss und das keineswegs so funktioniert wie in diesen kitschigen Filmen. Sie sagt, das ist harte Arbeit und man muss wissen, wieviel einem die Liebe wert ist. Vielleicht solltest du dich wirklich einmal bei einer dieser Online-Dating-Plattformen anmelden. Weißt eh, die Irmi hat da ihren Mann kennengelernt.«

»Schön für die Irmi, aber für mich ist das nichts. Ich will mich nicht dreimal die Woche mit wildfremden Langweilern treffen«, wende ich ein und schneide mir eine Scheibe Ameisenkuchen ab, um mir das Stück gierig in den Mund zu stopfen und damit meinen quengelnden Magen etwas zu kalmieren.

»Na ja, wenn du kein Online-Dating magst, Mama, dann musst du halt öfters ausgehen.«

»Ich war doch erst gestern aus und du siehst, wie es mir heute geht. Ich glaube also nicht, dass das eine besonders gute Idee ist.«

Meine Mutter tut meine Aussage mit einem Handwedeln ab: »Das ist auch vollkommen wurscht, weil die Lola Love sagt auch, dass man überall jemanden kennenlernen kann. Auch zu Hause auf der Couch.«

»Das Einzige, was ich auf der Couch kennenlerne, ist das Fernsehprogramm und eventuell noch die neuesten Produkte für volleres Haar, ein besseres Gedächtnis oder gegen diverse Darmerkrankungen«, gebe ich patzig von mir und veranlasse Charlotte zu einem Kichern.

»Du, mit der Einstellung wirst du aber nicht weit kommen.«

»Ich will auch gar nicht weit kommen. Davon abgesehen lass ich mich lieber finden.«

Meine Mutter und Charlotte tauschen vielsagende Blicke aus, ehe mich Erstere belehrt und sich Letztere ins Obergeschoß begibt, um ihre Zähne zu putzen und sich anzuziehen: »Das nützt dir nur leider wenig, wenn du die Männer, nachdem sie dich gefunden haben, mit der übertriebenen Zurschaustellung deiner Unabhängigkeit vertreibst. Was wäre denn dabei, wenn du dich ein bissi bedürftiger gibst? Die Männer mögen das. Das schreibt auch die Lola Love. Weißt, du kannst ja innerlich trotzdem unabhängig bleiben, aber nach außen hin musst du so tun, als würdest du den Mann brauchen.«

»Das heißt, ich soll den nächsten Idioten, für den es unerträglich ist, nicht alles besser zu wissen und zu können, einfach klammheimlich ertragen und so tun, als würde ich ihn lieben, nur um nicht allein zu sein?«

»Aber so hab ich das ja gar nicht gemeint. Du verdrehst mir wieder einmal die Worte im Mund. Ich wollte dir damit lediglich veranschaulichen, dass der perfekte Mensch nicht existiert, Luisa. Und wenn du auf den wartest, dann wirst du sehr einsam sein. Schau, der Papa und ich mussten auch Kompromisse eingehen in unserer Beziehung. Und natürlich haben wir nach deiner Geburt viel an uns arbeiten müssen. Weißt, unser Sexleben ist damals eher mau gewesen, weil der Papa viel gearbeitet hat und ich deinetwegen gestresst war. Aber wir haben es hinbekommen und noch heute haben wir fünfmal die Woche Sex.«

»Mama, es gibt Dinge, die will man von seinen Eltern schlichtweg nicht wissen. Vor allem nicht, wenn man gerade mit einem mörderischen Kater beim Frühstück sitzt.«

Meine Mutter verdreht ihre großen blauen Augen: »Geh bitte, Luisa, stell dich nicht so an. Dein Papa und ich sind eben auch Menschen aus Fleisch und Blut. Hast du geglaubt, dass Eltern keinen Sex mehr haben?«

»Mama«, gebe ich gequält von mir. »Bitte können wir das Thema einfach sein lassen. Kinder wollen sich das nicht vorstellen.«

»Ja, aber du bist ja kein Kind mehr.«

»Doch, so alt kann ich gar nicht sein, dass ich nicht mehr dein Kind bin.«

»Eure Generation ist aber auch prüde geworden. Na egal. Eigentlich wollt ich ja darauf hinaus, dass du zu wählerisch bist, Luisa. Kein Mann ist dir gut genug. Schau, der Richie hat dir auch nicht genügt und du musstest dich ja unbedingt von ihm scheiden lassen, weil es sich nicht mehr richtig angefühlt hat, und was hast du jetzt davon: Er hat eine andere geheiratet.«

»Ich bin also wählerisch, weil ich einen erwachsenen, reifen und reflektierten Mann haben will, der zu mir passt und sich womöglich für ähnliche Dinge interessiert?«, hake ich ungläubig nach.

»Du, man kann auch eine gute Beziehung mit einem unreifen Mann führen, der sich nicht für dieselben Dinge interessiert. Wir Frauen müssen unseren Partner eben ein kleines bisschen erziehen. Was glaubst du, wie das bei mir und deinem Papa war? Den hab ich auch ein wenig in die richtige Richtung drängen müssen und heute ist er der perfekte Ehemann.«

»Hast du nicht gerade behauptet, dass es den perfekten Partner nicht gibt?«, frage ich mit misstrauisch zusammengekniffenen Augen.

»Ach komm schon. Jetzt sei doch nicht so kleinlich.«

»Okay, dann drücke ich es eben anders aus: Seinen Mann zu erziehen ist sowas von oldschool und kostet nur Energie. Außerdem habe ich schon zwei Kinder und brauche bestimmt kein drittes.«

»Wie du meinst«, gibt meine Mutter in dezent beleidigtem Tonfall von sich und widmet sich danach der Tageszeitung *Jetzt!*, auf deren Titelblatt eine Schlagzeile über einen vereitelten Terroranschlag prangt.

Während ich in leidendem Schweigen meinen Kuchen vertilge und mir dabei ein weiteres Mal an diesem Morgen schwöre, nie wieder einen Schluck Alkohol zu trinken, höre ich meine Mutter immer wieder seufzen. Indessen gesellt sich auch meine ältere Tochter mit einem wortkargem »Morgen« zu uns und vertieft sich, nachdem sie sich an der Kaffekanne bedient hat, mit lethargischem Blick in ihr Smartphone.

Das wohltuende Schweigen wird schließlich von meiner Erzeugerin durchbrochen: »Ein Wahnsinn, was auf der Welt los ist. Man hat das Gefühl, die Menschen drehen allmählich durch und kennen überhaupt keine Empathie mehr. In der *Jetzt!* schreiben sie, dass man Menschenansammlungen eher vermeiden sollte, weil die Polizei schon wieder eine Terrorzelle ausgehoben hat. Ein Irrsinn, dass du in so unsicheren Zeiten wie diesen auf den Christkindlmarkt gegangen bist.«

»Ich halte mich nur an deinen Ratschlag und geh unter Menschen, um jemanden kennenzulernen.«

Meine Mutter reißt indessen in einer plötzlichen Erkenntnis ihre Augen auf: »Du? Du bist aber eh nicht alleine nach Hause gefahren, oder?«

»Nein, ich wurde von meinem Chef noch zum Taxi begleitet.«

Das war das Stichwort. Jetzt komme ich nicht mehr aus. Plötzlich hellhörig geworden, erkundigt sie sich: »Na und?«

Ich atme einmal tief durch, ehe ich genervt entgegne: »Was?«

»Na, wär dein Chef nix für dich?«

Entsetzt sieht Bettina von ihrem Smartphone auf: »OMG, Mutter, wenn du dich jemals in so eine Romance-Tussi verwandelst, deren einziger Lebensinhalt darin besteht, den Chef für sich zu gewinnen, dann lasse ich mich freiwillig zur Adoption freigeben.«

»Keine Sorge, Betti, die Gefahr besteht nicht«, beruhige ich die Teenagerin und mustere sie dabei von oben bis unten.

Zu dem bauchfreien Pullover, auf dem unter dem Schriftzug »Smash Patriarchy« das Symbol für Frauen prangt, trägt sie dieselbe Cargohose wie in den letzten vier Tagen und ihre Pickel hat sie mehrschichtig mit Make-up in Camouflage-Technik übermalt. Außerdem trägt sie einen farblich zu ihren dunkel geschminkten Augen passenden Lippenstift.

»Hat dir eigentlich schon mal jemand gesagt, dass du wie ein Grufti aussiehst?«, kann ich mir nicht verkneifen.

»Danke für diese wertvolle Information, Mutter, aber in meiner Klasse schauen derzeit alle Mädchen so aus.«

»Und springst du auch aus dem Fenster, wenn alle anderen aus dem Fenster springen?«, mischt sich meine Erzeugerin ein.

»Der Spruch ist sowas von oldschool und peinlich, Oma«, kontert Bettina und erhebt sich dann genervt vom Tisch, um ihre Kaffeetasse in der Küche ins Waschbecken zu stellen. Danach zieht sie ihre Schuhe und ihre Jacke an und schlüpft in die Trageriemen ihres Rucksacks.

»Ich geh dann mal los zur Dori. Wird heut ein bissi später, weil wir am Abend noch ins Kino gehen«, verabschiedet sie sich bei mir und ihrer Oma.

»Du, so redet man aber wirklich nicht mit seiner Mutter. Du kannst sie zumindest fragen, ob sie dir erlaubt, ins Kino zu gehen. Außerdem hast du doch noch gar nichts gefrühstückt.«

Charlotte, die in der Zwischenzeit aus dem Badezimmer zurück ist, beschwichtigt ihre Großmutter: »Mach dir keine Sorgen. Die kauft sich sicher noch ein *Twixx* auf dem Weg zu ihrer besten Freundin.«

»Aber ein Schokoriegel ist doch kein vernünftiges Frühstück, Bettina«, ruft meine Mutter ihr hinterher, wird von ihrer Enkelin aber ignoriert, die hinter sich die Eingangstür ins Schloss fallen lässt. Erstaunt wendet sich meine Mutter deshalb an mich: »Und das lässt du dir von ihr gefallen?«

»Was soll ich denn machen, Mama? Sie ist ein Teenager. Die sind so und je mehr ich sie ermahne, desto schlimmer wird es.«

»Wie du meinst. Es ist deine Tochter«, hakt sie das Thema patzig ab und wendet sich Charlotte zu, die soeben dabei ist, es ihrer Schwester nachzutun und in ihre Schuhe schlüpft.

»Bist du schon so weit, Lotti?«

»Klaro, Oma.«

Nachdem die beiden vollständig für das kalte Wetter auf dem Christkindlmarkt gerüstet sind, verabschieden sie sich je mit einem Kuss von mir und lassen mich alleine in meinem Elend zurück.

So ein Mist! Ich habe nicht die geringste Ahnung, wie ich diesen Tag überstehen soll.

Kapitel 13

Und, was war noch zwischen dir und dem Hottie André?«, fragt mich Miriam mit vor Neugier weit aufgerissenen Augen beim allmorgendlichen Tratsch in der Kaffeeküche.

Ratlos starre ich meine Freundin an: »Was soll noch gewesen sein?«

»Ach, komm schon. Jetzt tu nicht so unschuldig. Ihr seid beide gleichzeitig gegangen und sowohl Georgi als auch ich wissen, dass ihr euren fleischlichen Gelüsten schon einmal nachgegeben habt, als ihr betrunken wart. Insofern ist es doch nicht so abwegig zu denken, dass zwischen euch noch etwas gelaufen ist. Vor allem, wenn man bedenkt, wie dich André den ganzen Abend angesehen hat.«

»Wie so ein Hundebaby, das sehnsüchtig auf eine Belohnung von seinem Frauchen wartet«, stimmt ihr Georgi kopfschüttelnd zu. »Das ist sowas von erbärmlich für einen Mann.«

Ich stelle meine Kaffeetasse behutsam auf der Theke ab, an der ich mit meinem Hinterteil lehne, und wende mich zunächst Georgi zu: »Du hast vollkommen Recht, das wäre erbärmlich, wenn es so gewesen wäre, aber ich hatte einen gänzlich anderen Eindruck.« Danach widme ich mich Miriam: »Und jetzt zu dir: Was hast du denn bitte für eine Meinung von mir? Meine Mutter und meine Töchter waren zu Hause. Du glaubst doch nicht allen Ernstes, dass ich da einen Mann mitnehme?«

Die Angesprochene zuckt unschuldig mit ihren Schultern: »Du hättest ja auch bei ihm schlafen können.«

»Hab ich aber nicht, weil er mein Chef ist.«

»Geh bitte, wie langweilig ist das denn? Mich würde das nicht davon abhalten, meinen Gelüsten zu folgen«, wendet Georgi mit einem Augenrollen ein und befüllt eine Nespressotasse am Kaffeevollautomaten.

»Du bist auch kein Maßstab. Was würde dich überhaupt von deinen Gelüsten abhalten?«, kann ich mir indessen nicht verkneifen, was Miriam dazu veranlasst, ihre dunkellila bemalten Lippen zu einem breiten Grinsen zu verziehen.

»Vermutlich würde ihn nur ein Keuschheitsgürtel von seinen niederen Trieben abhalten und ich fürchte, selbst den würde unser guter Georgi aufbrechen, um ans Ziel zu gelangen.«

»Ha ha ha … Schön, dass ihr euch auf meine Kosten so gut amüsiert«, echauffiert sich das Objekt unserer Belustigung und stemmt dabei eine Hand in die Hüfte.

Miriam klopft Georgi daraufhin freundschaftlich auf die Schulter: »Na ja, nichts für ungut, aber warum bist du denn auf den Christkindlmarkt erst so spät nachgekommen? Ich meine, du hast mich eine Stunde, bevor wir aus der Kanzlei aufgebrochen sind, angerufen, um mir mitzuteilen, dass dein Termin zu Ende ist. Was hast du in der Zwischenzeit gemacht?«

»Ich wüsste nicht, was dich das angeht.«

»Du hast doch wohl nicht eine deiner hübschen in Scheidung lebenden Klientinnen getröstet, oder?«, hake ich mit einem breiten Grinsen im Gesicht nach.

»Irgendjemand muss sich dieser armen gekränkten Seelen doch annehmen und ich tue schließlich nichts, was die Damen nicht wollen«, rechtfertigt sich Georgi mit einem Schmunzeln im Gesicht.

»Das konnte noch nicht hinlänglich geklärt werden«, wendet Miriam indessen mit erhobenem Zeigefinger ein und nippt danach an ihrem Kaffee.

Georgi zwinkert ihr zu: »Wenn du willst, gebe ich dir gern eine Kostprobe von meinen Künsten.«

»Hast du Miriam gerade angemacht?«

»Neidisch? Ich würde auch zu dir nicht nein sagen.«

»Gut zu wissen, dass ich es noch drauf hab, aber ich passe.«

»Zumal du damit vermutlich den Chef eifersüchtig machen würdest«, hält Miriam fest und wirft unserem Kollegen dabei einen vielsagenden Blick zu, woraufhin dieser die freie Hand zur Faust ballt.

»Ich nehme es mit jedem auf. Nichts ist mir zu teuer für meine hübsche Luisa.«

»Echt jetzt?«

Ohne jede Vorwarnung stellt Georgi plötzlich seine Espressotasse ab und kommt mit ausgebreiteten Armen auf mich zu, um mich zu umarmen und mir einen Kuss auf die Wange zu hauchen. Indessen bleibe ich wie in Schockstarre stehen.

Okay, gut, normalerweise habe ich nichts gegen Späße dieser Art, aber am heutigen Morgen spielt nicht nur mein Kopf, sondern auch mein Magen verrückt. Ab einem gewissen Alter braucht es nämlich mindestens drei Tage, um einen Kater vollständig auszuheilen. Georgi scheint das nicht zu entgehen. Als er von mir ablässt, hält er fest: »Ach, komm schon. Du weißt doch, wie ich es meine. Mir ist sowieso klar, dass ich bei einer wie dir nicht landen kann.«

»Aha, und was ist denn eine wie ich? Klär mich auf!«

»Na ja. Du bist zu anständig für einen Kerl wie mich. Ich meine, der One-Night-Stand mit dem Chef war doch auch bloßer Zufall und lediglich deinem Alkoholkonsum geschuldet.«

»Willst du mir damit etwa sagen, dass ich einen Stock im Arsch habe?«

Georgi haucht mir einen weiteren Kuss auf die Wange, was bei Miriam, die sich soeben in ihr Smartphone vertieft hat, für ein Kopfschütteln sorgt.

»Nein, du bist gut, so wie du bist, und du gehörst zu den Frauen, die man heiratet, eben weil du viel zu schlau dafür bist, mit einem Kerl wie mir ins Bett zu gehen«, bemüht sich Georgi darum, mir den Wind aus den Segeln zu nehmen und wendet sich dann Miriam zu: »Du hast mir übrigens noch keine Antwort auf mein Angebot gegeben.«

»Mhm … Können wir gerne machen«, erwidert meine Freundin, die eindeutig von ihrem Mobiltelefon abgelenkt ist.

»Und wie willst du es haben? Einen Dreier mit deinem Freund oder willst du mich für dich alleine?«

In diesem Augenblick hat er Miriams volle Aufmerksamkeit: »Wieso sollte ich einen Dreier wollen?«

»Na ja … Du hast mir doch gerade gesagt, dass du mit mir schlafen willst«, provoziert sie unser Kollege weiter und zwinkert mir dabei zu.

»Ich habe nichts dergleichen getan. Wieso müsst ihr Anwälte einem eigentlich immer das Wort im Mund umdrehen? Wenn du jemanden zum Vögeln brauchst, dann halte dich doch an Johanna.«

»Die hat schon ein anderes Objekt der Begierde. Außerdem ist sie nicht mein Typ.«

»Ist mir eigentlich auch vollkommen gleichgültig, solange du nur damit aufhörst, mich zu belästigen, und dir lieber mal das Foto von Luisa und André anschaust, um meine Meinung zu verifizieren«, gibt Miriam von sich und hält Georgi dabei ihr Mobiltelefon unter die Nase.

»Ja, eh süß, die beiden, aber mal ehrlich: Wieso müsst ihr Frauen euch permanent in die Liebesangelegenheiten eurer Freundinnen einmischen. Das kann doch nur im Chaos enden«, stellt er schließlich bärbeißig fest.

»Siehst du, sogar Georgi ist meiner Meinung«, übergeht meine Freundin Georgis Einwand und zeigt mir dann den entsprechenden Schnappschuss, der mich und André auf dem Christkindlmarkt zeigt, während wir einander mit den Punschtassen zuprosten und dabei bis über beide Ohren grinsen.

»Okay, ich gebe es nur ungern zu, wir gäben in der Tat ein hübsches Paar ab.«

Georgi rollt mit seinen großen dunklen Augen, die von einem dichten Wimpernkranz umgeben sind.

»Wieso ihr immer sofort daran denken müsst, wie ihr als Paar ausseht.«

»Es kann halt nicht jeder so wie du nur daran denken, wie der Sex mit der Person wäre«, kontert Miriam.

Ich halte indessen fest: »Aber auch wenn es verlockend klingen würde, dass sich Betti freiwillig zur Adoption freigeben würde, wenn ich so eine Boss-Romance-Tussi werde, muss ich dich enttäuschen, Miriam.«

»Erstens: was ist falsch daran, eine Boss-Romance-Tussi zu sein? Und zweitens: kannst du dich denn nicht einmal fürs Team aufopfern?«

»Was hat das bitte mit dem Team zu tun?«, hakt unser Frauenliebhaber nach.

Diesmal hab ich schneller als meine Kollegin eine Erklärung parat: »Die Miriam glaubt, wenn ich erst mit dem André zusammen wäre, dann könnte ich für uns mehr Urlaub und mehr Gehalt herausschlagen.«

»Aha, also eine Ein-Frau-Gewerkschaft.« Anerkennend klopft Georgi meiner Freundin auf die Schulter: »Alle Achtung, Miriam, so viel perfide Schläue hätte ich dir gar nicht zugetraut.«

»Wie kommt es, dass bei dir selbst ein Kompliment wie eine Beleidigung klingt?«

»Tja, das ist die hohe Kunst des Aufreißens. Gib ihnen das Gefühl, dass sie nicht gut genug sind, und du kannst alles von den Frauen haben. Einfach alles«, antwortet Georgi und klopft sich dabei archaisch auf die Brust. Danach beugt er sich zu Miriam vor, um ihr etwas ins Ohr zu flüstern, woraufhin diese angewidert das Gesicht verzieht.

»Du bist so ein Widerling. Schämst du dich denn gar nicht?«

»Warum sollte ich? Schämst du dich für deine Natur? Ich bin halt ein Raubtier.«

»Du bist eine zahme Hauskatze, die in freier Natur niemals überleben könnte«, kontert Miriam wenig beeindruckt.

»Und wenn schon. Wir leben schließlich in einer zivilisierten Welt und nicht in freier Natur. Insofern ist das wurscht. By the way: Wie geht es deinem Göttergatten? Lebt er noch oder ist er schon elendiglich am Schnupfen krepiert?«

»Er ist Gott sei Dank wieder gesund. Viel länger hätte ich das, glaub ich, auch nicht ausgehalten. Dafür bildet er sich jetzt ein, dreimal die Woche ins Fitnessstudio gehen zu müssen.«

»Das nennt man Midlife-Crisis. Das haben alle vergebenen Männer.«

»Das haben auch die anderen Männer, nur merken die den Unterschied nicht, weil die niemals ohne Midlife-Crisis gelebt haben«, kann ich mir nicht verkneifen und umklammere dabei meinen Kaffeebecher mit beiden Händen, als könnte er mir jeden Moment entrissen werden.

Wahrscheinlich habe ich die negative Energie der soeben in Erscheinung tretenden Person bereits gefühlt. Freudestrahlend betritt Johanna mit perfekt gestylter Föhnwelle die winzige Kaffeeküche, die damit restlos überfüllt ist. In den Händen hält sie eine bunte Schüssel, die mit kleinen gefalteten Zettelchen befüllt wurde.

»Guten Morgen, meine Lieben!«, begrüßt sie uns in ihrer übertrieben fröhlichen Art und veranlasst Georgi dazu, sich die Ohren zuzuhalten.

»Aua, musst du so schreien?«

Die Angesprochene schenkt ihm ein schmallippiges Lächeln und klopft ihm mit einer Hand auf die Schulter, sodass ich bereits befürchte, die Schüssel könnte jeden Moment auf den Boden fallen und dort zersplittern.

»Geh, du immer mit deinen Scherzen. Ich schreie nun wirklich nicht.«

»Das stimmt sogar«, flüstert mir Miriam zu. »Aber ihre Stimme ist so schrill, dass man es als Schreien wahrnimmt.«

»Ja, wie das Geräusch, das entsteht, wenn jemand mit dem Fingernagel über eine Tafel kratzt.«

»Aua, das tut mir allein beim Gedanken daran weh.«

Johanna erklärt sich eifrig: »Der Pierre und ich haben gestern noch ein paar Ideen für die Weihnachtsfeier gesammelt und wir dachten, es wäre nett, wenn wir Wichteln. Das heißt, jeder von euch zieht ein Los, auf dem ein Name steht. Das ist dann die Person, die ihr beschenken müsst. Natürlich dürft ihr nicht sagen, wen ihr gezogen habt. Keinem.« Das letzte Wort unterstreicht sie noch, indem sie ihren manikürten Zeigefinger auf die Lippen presst.

»Ah … Du meinst Engerl Bengerl«, stelle ich nach einem plötzlichen Geistesblitz fest.

Johanna verdreht ihre schmalen blauen Augen: »Ja, so hat man das früher einmal genannt, glaube ich zumindest. Aber heute sagt man Wichteln dazu.«

»Was für ein Bullshit. Das hat doch nichts mit früher zu tun …«, echauffiert sich Miriam, kommt aber in ihrer Rage nicht weit, da sie von Johanna unterbrochen wird.

»Ist ja auch vollkommen gleichgültig. Wichtig ist nur die Frage, ob ihr mitmacht.«

»Haben wir denn eine andere Wahl?«, fragt Georgi und öffnet dabei den Minigeschirrspüler, um seine mittlerweile vollständig geleerte Espressotasse darin zu deponieren.

»Aber geh, Georgi. Du bist ja in keinem Strafgefangenenlager. Natürlich basiert das alles auf Freiwilligkeit. Wer nicht mitmachen will, der muss auch nicht mitmachen.«

»Es gibt auch so etwas, dass man indirekten Zwang oder Gruppendruck nennt«, gibt ihr unser Kollege zu verstehen und wirft dann einen gehetzten Blick auf seine teure Armbanduhr. »Aber wie dem auch sei, ich hab gleich einen Termin und muss los. Also gib schon ein Los her.«

Kurzerhand greift er in die Schüssel und mischt die Lose noch einmal gut durch. Dann zieht er eines heraus, faltet es auf und liest, während wir gespannt zusehen. Schließlich nickt er.

»Easy cheesy. Die Person kann sich auf das Geschenk ihres Lebens freuen.«

»Ha ha … Du hast also eine Frau gezogen. Das schränkt die Möglichkeiten schon mal ein.«

Georgi grinst breit und macht sich dann aufbruchbereit: »Um es in Rudi Karrells Worten zu sagen: Lass dich überraschen. Gleich wird es geschehen …«

Mit diesen Worten verlässt er die Kaffeeküche, sodass ich mich nicht mehr wie eine Sardine in einer Dose fühle.

»Der Georgi wird wohl nie ganz erwachsen werden«, stellt Johanna mit einem Kopfschütteln fest.

»Wenn erwachsen sein bedeutet, so zu sein wie du, dann …«

Ich unterbreche Miriam rasch, ehe ein Streit zwischen den beiden Damen ausbricht: »Ich würd auch gern ein Los ziehen, bitte.«

Mit haifischartigem Lächeln wendet sich Johanna mir zu und hält mir die Schüssel entgegen.

»Wusste ich doch, dass auf unsere Luisa Verlass ist. Wenn du mich ziehen solltest, musst du mir auch nichts Teures schenken. Ich weiß ja, dass du zwei Kinder hast. und die wollen sicher teure Geschenke. Nicht, dass du uns noch verarmst.«

»Wenigstens kann die Luisa von sich behaupten, selbst für ihren Lebensunterhalt aufzukommen«, verteidigt mich Miriam mit zu Fäusten geballten Händen.

Johanna wirkt ehrlich schockiert: »Aber ich komme doch auch für meinen Lebensunterhalt auf.«

»So hat sie das auch nicht gemeint«, versuche ich die Situation wieder zu entspannen, nachdem ich ein Los gezogen habe.

»Aber …«, setzt meine Freundin zu einer Entgegnung an, kommt allerdings nicht weit, da sie Johanna ein weiteres Mal unterbricht und dabei das Thema wechselt.

»Luisa, ich hätte übrigens noch eine Bitte an dich. Könntest du am Nachmittag mein Telefon nehmen. Ich hab nämlich einen dringenden Arzttermin. Mammographie.«

»Oh, das ist halb so wild. Das hatte ich letztes Jahr schon, nachdem ich mir Sorgen wegen einer Verdickung gemacht hab, die sich wie ein Knoten angefühlt hat.«

»Ja, aber bei mir ist das etwas ganz anderes, Luisa. Weißt, meine Mutter und meine Großmutter hatten Brustkrebs. Du kannst dir gar nicht vorstellen, wieviel Angst einem das macht.«

»Wieso, weil du dann das Silikon aus deinen Brüsten entfernen lassen müsstest?«, höre ich Miriam in sich hineingrummeln.

Ich bemühe mich rasch darum, die Wogen zu glätten, indem ich festhalte: »Bei mir hatten beide Großmütter väterlicher- und mütterlicherseits Brustkrebs, aber es war trotzdem alles okay. Also kein Grund zur Sorge.«

Johanna tätschelt meine Schulter: »Ja, aber du bist auch ein viel robusterer Mensch als ich. Weißt, wenn man so zartbesaitet ist wie ich, dann schnappt man auch viele Krankheiten auf.«

»Genau, weil man Brustkrebs ja einfach so aufschnappt. Das können auch sehr robuste Menschen bekommen. Das hat doch damit nichts zu tun.«

»Miriam, wieso bist du eigentlich immer so schlecht gelaunt?«, fragt Johanna meine Kollegin schließlich. »Mir ist natürlich bewusst, dass das Leben für Menschen, die eher aus ärmeren Verhältnissen kommen, so wie du, schwerer ist, aber es hält dich ja niemand auf, mehr aus allem zu machen.«

»Wer sagt, dass ich aus ärmeren Verhältnissen komme? Nur weil ich keine Designerklamotten trage, bedeutet das nicht, dass ich arm bin. Ich verdiene dasselbe Gehalt wie du.«

Johanna betrachtet sie mit mitleidigem Blick: »Schon gut. Du musst dich hier für gar nichts schämen und auch gar nichts erklären. Du bist gut, so wie du bist, auch wenn du arm bist.« Sie beugt sich zu ihr vor, um ihr zuzuflüstern: »Weißt du was: du musst kein Los ziehen und ich beschenke die Person einfach, die auf deinem Zettel steht. Davon muss ja keiner erfahren.« Verschwörerisch zwinkert Johanna Miriam zu: »Das bleibt quasi unser kleines Geheimnis.«

Meine Freundin kneift ihre schönen blauen Augen zu engen Schlitzen zusammen und funkelt Johanna einen Moment lang wütend an, sodass ich bereits darauf gefasst bin, mitanzusehen, wie sie ihr eine knallt. Doch bleibt der erwartete Akt der Gewalt aus und Miriam greift stattdessen demonstrativ in die Schüssel, um ein Los zu ziehen.

»Auf deine Hilfe verzichte ich gern«, zischt sie die Johanna dabei zu.

»Manche Menschen wollen sich halt einfach nicht helfen lassen«, stellt sie kopfschüttelnd fest, ehe sie den Raum verlässt und Miriam und mich alleine zurücklässt.

»Wie ich diese GK hasse!«

»GK?«

»Gschissene Kuh. Ich hasse sie und ihre manipulative, boshafte Art. Wenn sie nicht immer mit all ihren Leiden im Vordergrund steht, hält sie das Leben nicht aus. Und natürlich ist bei ihr alles schlimmer als bei den anderen. Ich versteh nicht, wie es dir gelingt, in ihrer Gegenwart so ruhig zu bleiben«, erläutert meine Freundin ihre Wut.

Indessen zucke ich grinsend mit den Schultern: »Ich denke mir halt einfach meinen Teil. Ändern werde ich sie nicht mehr. Außerdem glaube ich nicht, dass jemand, der so wie sie ist, glücklich ist.«

»Trotzdem hätte ich ihr am liebsten eine geknallt.«

»Ich hab's bemerkt und ich fürchte, ich hätte dich nicht aufgehalten, weil die Vorstellung zu komisch ist. Nenne mich grausam.«

»Ich wusste gar nicht, dass du so eine Bitch sein kannst.«

»Tja, stille Wasser sind tief«, stelle ich fest und füge nach einer kurzen Pause hinzu: »Wollen wir mal nachsehen, wen wir gezogen haben?«

Miriam stimmt mir mit einem Nicken zu, wir falten beide die Lose auf und …

Oh nein! Ich glaube, das Schicksal verhöhnt mich soeben.

»So eine Scheiße. Soll das ein Witz sein?«, spricht mir meine Kollegin aus der Seele.

»Dasselbe habe ich mir auch gerade gedacht.«

»Wieso? Wen hast du gezogen?

»Den Chef.«

Kapitel 14

Oh mein Gott, wo bin ich hier bitte schön gelandet?

Mit pochendem Herzen steige ich die viel zu hohen, schmalen Stufen, die mit einem roten, schmutzigen Teppich ausgelegt sind, hinter meinem Chef und dem hünenhaften Besitzer des Beisls in das Kellergewölbe des alten Gemeindebaus hinunter. Dabei achte ich nicht nur tunlichst darauf, nicht über meine eigenen Beine zu stolpern, sondern frage mich auch, wer aus der Kollegenschaft über unseren derzeitigen Aufenthaltsort Bescheid weiß.

Niemand! Ich habe keine einzige Menschenseele über den Lokalaugenschein mit André in Kenntnis gesetzt! So eine Scheiße! Was habe ich mir bloß dabei gedacht? Wahrscheinlich ist der riesige Mann mit der noch riesigeren Wampe ein Psychopath wie dieser Outback-Killer aus dem Film *Wolf Creek*.

Ich werfe einen zaghaften Blick auf Rocky, der angeleint neben seinem Herrchen hertrottet.

Okay, der Hund ist unsere letzte Hoffnung. Dummerweise wirkt auch der Rüde nicht so, als würde er sich im Beisein des Hünen mit der Braunbärstatur wohlfühlen, denn sein Fell sträubt sich verräterisch.

Wunderbar! Das war's! Kurz vor Weihnachten tappe ich einem psychopathischen Beislbesitzer in die Falle und das alles nur, weil ich nicht »nein« sagen kann.

Der Hüne, der sich bei mir und André als Werner vorgestellt hat, verschwindet für einen kurzen Augenblick in der Dunkelheit, wo er einen Lichtschalter betätigt, woraufhin der Kellerraum erhellt wird. Indessen halte ich in der schlimmsten Erwartung meinen Atem an und bin beim Anblick der schlichten, etwas abgenutzten Bar beinahe enttäuscht.

»Also, då warat ma«, hält Werner fest und leckt sich dabei über seine aufgesprungenen schwulstigen Lippen. Mit der rechten Hand deutet er in Richtung der Bar, deren Wände zahlreiche Poster von vollbusigen halbnackten Frauen zieren.

»Des is die Bar und då miassens des Liacht aufdrahn. Wie gesagt, die Gerti måcht erna die Bar um an Spottpreis. Des is a gånz a Liabe.« Er zwinkert André verschwörerisch zu.

»Ja, das glaube ich Ihnen gerne«, erwidert mein Vorgesetzter verhalten und scheint nicht so recht zu wissen, was er noch sagen soll. Doch Werner findet genügend Worte für uns drei.

»I man, i waß, die Bar schaut nimmer bsunders modern und a wenig å'gnutzt aus.«

»Ein wenig ist noch stark untertrieben«, murmle ich André zu, während sich unser Gastgeber an ein paar Schaltern an der Bar zu schaffen macht, um diese zu beleuchten.

»Auf der Website hat das definitiv anders ausgesehen«, verteidigt sich mein Vorgesetzter im Flüsterton.

Werner spricht indessen weiter: »Åber es erfüllt ålles no sein Zweck. Wissens, i bin froh, dass i des überhaupt no betreiben kånn. I man, seit Corona is für uns Beislbesitzer ned unbedingt anfåcher wurdn. Zerst des depperte Rauchverbot und dånn Corona.«

Zur Unterstreichung seiner Aussage hustet er einen Batzen Schleim nach oben, den er ungeniert ins Waschbecken hinter der Theke spuckt, um ihn danach mit Wasser den Abfluss hinunterzuspülen.

»Die Regierung glaubt a, mit uns kånn ma ålles måchen.« Er schüttelt seinen nahezu halslosen Kopf. »Åber ned mit mir. Sicher ned mit mir. I bin a Querdenker. Mi kånn ma ned verorschn.«

Wenn ich es mir nach eingehender Betrachtung seiner Person recht überlege, ist nicht nur sein Denken im Querformat, sondern auch sein Körper. Das weiße Hemd, das er trägt, ist mit zahlreichen Fettflecken übersät und um mindestens zwei Nummern zu klein geraten, sodass darunter sein Bauch hervorlugt, der vom Hosenbund schmerzhaft eingequetscht wird.

»Außerdem bin i ohnehin der Meinung, dass ma mit am gscheiten Immunsystem a ka Problem mit so an Virus håt.«

Er unterbricht seinen Monolog wegen eines weiteren Hustenanfalls. Diesmal zu meinem und Andrés Glück jedoch ohne Auswurf.

»Ma hätt dem Virus anfåch sein Lauf låssn können. Warat fiar ålle besser g'wesen. I man, denkens amoi ån die gånzen årmen Weiber, die von earnere Männer daham g'schlågn werden.«

»Ja, das war schon einer der negativen Aspekte«, wendet mein Vorgesetzter in diplomatischer Manier ein und streichelt dabei seinem Hund über den Kopf. »Es hat halt leider wirklich niemand daran gedacht, was es für von Gewalt betroffene Frauen bedeutet, auf engstem Raum mit ihrem aggressiven Partner zusammenleben zu müssen und nicht ausweichen zu können.«

»Na des man i a. I man, wås glaubens, wie viel Männer daham auszuckt san, weils ned zum zum Saufen kummen håben können. Wie hålt ma sunst so a Ehe aus?«

Ich wollte bereits anerkennen, dass er gar nicht so ignorant ist, wie ich dachte, aber er hat mich eines Besseren belehrt.

»I man, i waß jå, wovon i red. I wår schließlich scho dreimål verheirat und es wår jedes Mol die große Liebe. Zumindest so lång, bis sa sie so deppert aufgführt håben, dass ma die Hånd ausgrutscht is. Die letzte håt mi eh verlåssn deshalb und i muass sågen, seither bleib i lieber allanich.« Er klopft André auf die Schulter. »Nix für ungut. I man, du håst da då schon a echt fesche Puppn ånglåcht.«

»Oh… Ich bin nicht seine Freundin«, erkläre ich rasch und spüre dabei meine Wangen heiß werden.

André lächelt mir zu: »Genaugenommen bin ich ihr Chef.«

Werner lacht laut auf: »Achso ... na dånn waßt jå eh wovon i red. Gö, es lebt si hålt scho anfåcher ohne Weiber.« Er stupst seinen Geschlechtsgenossen freundschaftlich mit dem Ellbogen an. »Und i man, wann ma si ehrlich is, san jå die goldenen Zeiten von Dating Apps a scho vorbei. Des is jå scho lång nimmer des, wås amoi wår.«

»Ich muss gestehen, dass ich damit leider keine Erfahrung habe«, wendet André vorsichtig ein, woraufhin Werner entsetzt seine eng beieinanderstehenden Schweinsäuglein aufreißt.

»Wås? Na geh, schleich di. Wia i no jünger wår, håb i hunderte Online Dates ghåbt. Månchmål drei oder vier Dates ån an Tåg.«

»Wow, das klingt nach einer Menge Stress«, kann ich mir nicht verkneifen, meinen Senf dazuzugeben.

Werner wedelt mit der Hand: »Åber geh, ma muass si hålt bei jeder Frau a Zeitlimit setzen, no. Dann geht si des scho aus.« Erneut leckt er sich über seine wulstigen Lippen, eher er weiterspricht: »I sågs eich. Då könnt i eich Gschichtn erzöhln, des glaubts ned. I hätt mindestens scho dreißig Bücher drüber schreiben können und i man, i wår jå a a fescher Månn.«

Das wiederum halte ich für ein Gerücht.

»Gut, i bin jå immer no fesch.« Er fasst sich mit seinen riesigen Pranken an den Bauch. »Jå, i man, a bissl rundlich bin i wurdn. I sågs eich, des is ålles die Schuld von meiner letzten Frau. Des wår so a Feederin. Håbts des scho amoi gheart?«

»Das sind doch Menschen, die ihren Partner so lange füttern, bis er übergewichtig und unattraktiv ist.

Damit verhindern sie, dass es Konkurrenz für sie gibt«, erläutert André mit einem Kopfnicken.

»Na genau, und mei Ex håt mi a immer gfüttert, damit i ihr treu bleib. Pffff, i man wås warat i denn für a Månn, wenn i treu warat?«

Ich weiß nicht, wie lange André und ich im muffigen, Kellerraum stehen, um Werners Lebensweisheiten zu lauschen. Irgendwann gelingt es André, sich mit dem Vorwand, wir hätten einen weiteren Termin, bei Werner zu entschuldigen.

Schweigend schlendern wir nach dieser Begegnung der dritten Art auf dem Gehsteig nebeneinander her. In der Mitte Rocky, der abwechselnd einen Blick auf sein Herrchen und mich wirft. André bricht schließlich die Stille zwischen uns.

»Tut mir wirklich leid, dass ich dich dafür von deiner Arbeit abgehalten habe. Ich wusste nicht, was das für ein Lokal ist. Ich glaub, ich muss ein ernstes Wörtchen mit meinem Bekannten wechseln.«

»Kein Ding. Irgendwie war der Kerl schon wieder so schräg, dass es lustig war. Davon abgesehen: Bevor du deinem Freund die Leviten liest, solltest du dich vergewissern, dass du dich nicht im Lokal geirrt hast.«

»Guter Einwand.«

Als würde die ganze Anspannung, die mich davor bewahrt hat, gegenüber Werner ausfällig zu werden, von mir abfallen, fange ich plötzlich lautstark zu lachen an. »So eine Scheiße! Der war ja noch schräger als meine letzte Klientin.«

»Ah, die, die ihre Familie verklagen wollte, weil sie sie nicht zu Weihnachten eingeladen hat!?«, hakt André grinsend nach.

»Genau die. Ich denke, sie wäre die perfekte Frau für Werner.«

»Fuck, nein«, gibt sich mein Begleiter entsetzt.

»Hab ich dich gerade fluchen gehört?«

»Klar doch. Ich fluche ständig.«

»Dann bist du in der Kanzlei aber besonders zurückhaltend.«

»Eigentlich nicht. Aber mein Vater hat vermutlich in weiser Voraussicht ziemlich dicke Türen einbauen lassen. Das Fluchen liegt nämlich in der Familie. Ich glaube, irgendwo in meinem Stammbaum finden sich italienische Wurzeln.«

»Ja, ich weiß, wovon du sprichst. Deiner Theorie zur Folge müsste ich allerdings adoptiert worden sein, denn meine Eltern schimpfen so gar nicht. In deren Gegenwart fühle ich mich immer wie die totale Proletin.«

»Du und eine Proletin? Das kann ich mir gar nicht vorstellen.«

Ich zucke mit den Schultern und zwinkere ihm zu: »Weil du mich noch nie fluchen gehört hast. Wahrscheinlich hatte ich auch aus genau diesem Grund niemals goldene Zeiten auf Dating Apps.«

Ich blicke André tief in seine schönen braunen Augen und bin dabei um Ernsthaftigkeit bemüht, was mir natürlich nicht gelingt, weswegen wir beide in lautstarkes Gelächter verfallen. Als wir uns wieder beruhigt haben, richtet mein Chef das Wort an mich: »Hast du noch Zeit?«

Ich werfe einen Blick auf meine altmodische Armbanduhr und antworte schließlich: »Ja, ich muss meine Tochter erst in zwei Stunden von der Schule abholen.«

»Wollen wir noch auf einen Kaffee gehen? Als Entschuldigung dafür, dass ich dich diesem Mann ausgesetzt habe.«

»Sehr gern«, antworte ich und spüre ein Kribbeln in meinem Bauch.

❄ ❄ ❄

»Was hältst du eigentlich von Johanna?«, fragt mich André, nachdem wir in dem kleinen Künstlercafé unsere Bestellung erhalten und uns ausgiebig über Werner ausgelassen haben.

»Wieso bloß überrascht mich diese Frage nicht?«, gebe ich mit ungewollt gekränktem Unterton von mir und stopfe mir ein Stück von meinem mit Schokolade gefüllten Croissant in den Mund.

Warum stört es mich eigentlich so, dass André Interesse an Johanna zeigt? Es könnte mir doch egal sein. Wieso bloß ist es mir dann nicht einerlei?

»Äh … ich glaube, du missverstehst mich.«

»Ich wüsste nicht, was ich an deiner Frage missverstehen könnte. Johanna ist eine gutaussehende Frau, die viel Sport betreibt und offenbar noch mehr Zeit in ihr Styling investiert. Du wärst also der erste Mann, der mir begegnet, der null Interesse an ihr hat. Und hey, wahrscheinlich passt ihr sogar ganz gut zusammen. Immerhin steht sie auf reiche, gutaussehende Männer, die ihr ein Leben ohne Arbeit und mit viel Shopping ermöglichen. Das perfekte Paar also.«

»Autsch … Das hat jetzt gesessen«, hält André fest und nippt an seinem Espresso, ehe er weiterspricht. »Hast du denn wirklich so eine schlechte Meinung von mir?«

Hilflos zucke ich mit den Schultern: »Wie kommst du darauf?«

Mein Gegenüber wendet sich seinem Haustier zu, das unter dem Tisch liegt: »Hast du das gehört, Rocky, sie fragt mich allen Ernstes, wie ich darauf komme, sie habe eine schlechte Meinung von mir. Ich glaube, sie hört sich manchmal nicht reden.«

Schmollend verschränke ich die Arme vor der Brust: »Hey, ich bin anwesend.«

»Ja, das ist mir bewusst. Du solltest das auch hören. Ich habe mich nicht meinetwegen nach Johanna erkundigt. Jetzt mal ernsthaft, sie ist so gar nicht mein Typ und ich kann ehrlich nicht nachvollziehen, was mein Bruder an ihr findet. Allerdings hatte er schon immer einen anderen Geschmack als ich. Im Gegensatz zu Pierre bevorzuge ich ehrliche und authentische Frauen, die mehr Wert auf den Inhalt ihres Kopfes als auf ihr Erscheinungsbild legen.«

Er zwinkert mir zu und verzieht seinen Mund dabei zu einem Lächeln, woraufhin ich erröte. Deshalb wende ich hastig ein: »Aber es kann dir doch eigentlich vollkommen gleichgültig sein, mit wem sich dein

Bruder abgibt. Das ist doch seine Sache, findest du nicht?«

Hilflos zuckt André mit den Schultern: »Ja, eh, aber er ist und bleibt mein kleiner Bruder und ich weiß, er hasst es, wenn ich mich um ihn kümmere. Trotz allem kann ich nicht aus meiner Haut heraus. Ich mache mir eben Sorgen um ihn. Weißt du, es wäre nicht das erste Mal, dass ihm eine Frau Probleme macht. Pierre neigt dazu, sich schnell mal zu verlieben und zwar Hals über Kopf. Und er hinterfragt die Motive anderer Menschen nicht.« Er beugt sich über den kleinen Kaffeehaustisch zu mir und sieht mir eindringlich in die Augen. »Pierre war schon zweimal verlobt und in beiden Fällen haben ihn die Damen verlassen, als mein Vater ihm den Geldhahn zugedreht hat. Ich will nur wissen, ob Johanna auch dieser Gattung Frau zuzuordnen ist.«

»Und was machst du, wenn ich dir sage, dass es so ist? Läufst du dann zu deinem Bruder und erzählst ihm … Ja, was eigentlich? Dass eine seiner Angestellten der Meinung ist, die Frau seines Herzens sei nicht die Richtige für ihn? Was glaubst du, was passieren wird, wenn du das machst?«

»Keinen Plan. Darüber habe ich noch nicht nachgedacht.«

»Solltest du aber, wenn du solche Fragen stellst.«

»Die du mir im Übrigen noch immer nicht beantwortet hast.«

»Na ja, irgendwie hab ich das schon. Johanna ist ein oberflächlicher Mensch, dem nur eines wichtig ist: sie selbst. Aber das ist nur meine bescheidene Meinung über sie.«

»Dachte ich es mir.« Er lehnt sich in seinem Stuhl zurück und verschränkt dabei nachdenklich die Arme vor der Brust. »Also habe ich mit meiner Einschätzung richtig gelegen. Manno, ich wünschte, Pierre würde sich hin und wieder für meine Ratschläge zugänglich zeigen.«

»Was ist eigentlich zwischen euch vorgefallen?«, erkundige ich mich rundheraus, nachdem ich einen Löffel aufgeschäumte Milch in meinen Mund geschoben habe.

»Eigentlich nichts Besonderes. Im Grunde waren wir als Kinder wie Pech und Schwefel und haben nahezu alles zusammen unternommen.« Seine Augen funkeln begeistert, als er sich in seinen Erinnerungen verliert. »Ich weiß noch, wie cool es war, wenn unser Vater uns erlaubt hat, in der Kanzlei unsere Geburtstage zu feiern.«

Ich grinse: »Das kann ich mir vorstellen. Es hat für Kinder bestimmt etwas Magisches, sich in so einer Kanzlei frei zu bewegen.«

»Jep, magisch trifft in der Tat zu. Vor allem die Versteckspiele waren in der Kanzlei kongenial und natürlich waren wir auch bei den Schulkollegen die Heroes.« Er schüttelt den Kopf, wobei ihm ein paar seiner braunen Haare in die Augen fallen, sodass er sich diese aus dem Gesicht wischen muss, ehe er weiterspricht. »Pierre und ich hatten sogar dieselben Freunde, aber als wir dann ins Gymnasium gekommen sind, hat sich etwas verändert. Ja, ich denke, das war nach diesem Vorfall mit dem Mädchen, das meinen Bruder vor der Schule abgepasst hat, um ihn zu verprügeln. Irgendwie habe ich Wind davon bekommen und mich in die ganze Sache eingemischt. Danach war das Verhältnis zwischen mir und Pierre schwierig.«

»Ein Mädchen wollte deinen Bruder verprügeln?«, hake ich ungläubig nach, woraufhin er mit den Schultern zuckt.

»Ja, glaubst du etwa, Mädchen können nicht aggressiv sein? Davon abgesehen hatte das Mädchen, glaube ich, einen Schnurrbart.«

Ich kichere lautstark und errege damit ein weiteres Mal an diesem Nachmittag die Aufmerksamkeit der anderen Gäste. Als ich mich wieder einigermaßen beruhigt habe, richte ich das Wort an André: »Aber kein Wunder, dass dir dein Bruder danach böse war. Bestimmt war es ihm total peinlich, dass du ihm zur Hilfe kommen musstest, um ihn vor einem Mädchen zu beschützen. Schnurrbart oder nicht.«

»Ich wollte ihm doch nur helfen.«

»Manchmal wollen einem nahestehende Menschen nicht, dass man ihnen hilft. Glaub mir, ich habe Erfahrungen damit. Meine ältere Tochter hält es im Moment gar nicht aus, wenn ich mir Sorgen mache.«

»Wie alt ist sie denn?«

»Sechzehn.«

André wedelt begütigend mit der Hand: »Na ja. Sie ist ein Teenager. Da ist das normal.«

»Sowieso, weil Teenies sich abkapseln. Dein Bruder hatte offenbar nie die Gelegenheit, das zu tun, weil du immer zur Stelle warst, um seine Probleme zu lösen. Zumindest wirkt es deinen Erzählungen zur Folge so. Insofern ist es verständlich, dass euer Verhältnis unterkühlt ist.«

»Aber ich kann doch nicht dabei zusehen, wie er in sein Unglück läuft.«

Ich zucke bedauernd mit den Schultern: »Manchmal ist zusehen das Beste, das man für eine Person machen kann. Wie sonst sollte diese lernen, ihre Konflikte selbst zu lösen?«

»Ich erinnere dich daran, wenn deine Tochter den ersten arbeitslosen Versager mit nach Hause bringt.«

»Schon geschehen und ja okay, ich gebe es zu: es ist schwierig, nur zuzusehen, aber was soll ich denn sonst machen? Betti muss ihre eigenen Erfahrungen sammeln. Das musste ich auch einmal.«

»Wow, weise du bist und noch viel zu lernen ich habe«, stellt André mit einem breiten Grinsen im Gesicht fest und ich stimme ihm mit einem Nicken zu, ehe ich einen Blick auf meine Armbanduhr werfe.

»Oh mein Gott! Wir haben uns total vertratscht. Ich muss jetzt echt los, wenn ich keinen Anschiss von der Nachmittagsbetreuung kassieren will.«

Hektisch bedeute ich der Kellnerin, dass ich zahlen will, doch kommt mir André zuvor und übernimmt die Rechnung. Danach hilft er mir noch galant in meinen Mantel und hält mir die Tür auf. Als ich in die winterliche Kälte trete und bereits im Begriff bin, mich zu verabschieden, fragt er mich schließlich.

»Was hast du eigentlich am Wochenende vor?«

Etwas perplex von der Frage stottere ich: »Ich … … am Wochenende!? Also … ähhh … gar nichts, denke ich.«

»Hast du vielleicht Lust, Eislaufen zu gehen?«

»Also, nachdem die Kinder dieses Wochenende bei mir sind, muss ich das erst mit den beiden klären, aber wenn keine Einwände bestehen, dann gerne.«

Mein Vorgesetzter zeigt sich mit der Antwort zufrieden: »Cool, also dann sagst du mir einfach noch Bescheid.«

Ich nicke und bin bereits im Begriff, Richtung U-Bahn loszustarten, als er mich ein weiteres Mal aufhält.

»Soll ich dich vielleicht noch wohin fahren?«

Ich zucke mit den Schultern: »In welche Richtung musst du denn fahren?«

»Ähhh …« Er kratzt sich am Hinterkopf. »Ich hab vergessen, dass ich ja gar nicht mit dem Auto hier bin.«

Diesmal kann ich mir ein Lachen nicht verkneifen.

»Du scheinst in der Tat ein äußerst zerstreuter Mensch zu sein.«

Ratlos starrt mich André an: »Wie meinst du das denn?«

»Ach, hab ich mir nur so gedacht. Vergiss es wieder. Wir sehen uns morgen!«

Mit einem dümmlichen Grinsen im Gesicht und einem wohlig warmen Gefühl im Bauch schlendere ich Richtung U-Bahn und spüre Andrés Blick in meinem Rücken.

Kapitel 15

oah, wo bitte schön sind meine dämlichen Eislaufschuhe? Das gibt es doch nicht. Schließlich habe ich die zuletzt vor vier Jahren angehabt und kann sie in diesem Chaos, das sich Keller nennt, dennoch nicht finden. Dabei habe ich bereits jedes Regal und jeden Schrank auf den Kopf gestellt, aber nichts da. Keine Chance. Ich habe alles gefunden, nur nicht das, wonach ich suche. Verzweifelt stehe ich zwischen alten Schrauben, diversen Dekoartikeln, die ich seit mindestens zehn Jahren nicht mehr gebraucht habe, einem Kinderpuzzle, Kinderkleidung und Lätzchen, alten Zeichnungen von Bettina, einem Plastiksackerl, das gefüllt ist mit Filzstiften, und Weihnachtsschmuck, von dem ich nicht wusste, dass er sich in meinem Besitz befindet. Und das … Was ist das da?

Ich greife vorsichtig nach einer weiteren Einkaufstüte und finde darin Boxershorts vor, die ein halbleeres Duschgel und eine halbleere Packung Shampoo bedecken.

Wow … Ich wusste gar nicht, dass Richard noch Sachen von sich hier hat.

Memo an mich: Richards Boxershorts unauffällig verschwinden lassen, um keine Familienkrise auszulösen.

Wenn ich bloß bei der Suche nach meinen Eislaufschuhen ähnlich lösungsorientiert wäre.

Mein Blick fällt auf einen alten Rucksack und mein Herz macht einen freudigen Sprung.

Das wird doch nicht mein Sportrucksack mit den Eislaufschuhen sein …

Aufgeregt nehme ich die Tasche an mich und werde sogleich von einem tiefen Gefühl der Enttäuschung durchströmt, da er so leicht ist, dass keine Schlittschuhe mehr darin sein können.

»So ein Schaß!«, verleihe ich meiner Frustration lautstark Ausdruck und schleudere den Rucksack wütend in eine Ecke des Kellers.

Was mache ich denn jetzt? André wird gleich da sein und ich bin schon vor dem Eislaufen restlos verschwitzt.

»Bettina!«, brülle ich, als mir einfällt, dass sie letzte Woche mit der Klasse eislaufen war und sich zu diesem Zweck meine Eislaufschuhe ausgeborgt hat.

Wie zu erwarten, reagiert meine Teenagerin nicht, weshalb ich meine Lautstärke erhöhe, sodass sich ein leichter brennender Schmerz in meinem Hals bemerkbar macht.

Das gibt es doch wohl nicht. Kann sie nicht ein einziges Mal auf meine Rufe reagieren? Ich könnte neben ihr tot umfallen, und sie würde es nicht bemerken.

Wutentbrannt erklimme ich die Treppen ins Obergeschoß und hämmere gegen ihre Zimmertür.

Nichts! Sie ignoriert mich nach wie vor. Was ist bloß los mit ihr? Vernebeln ihr die Hormone ihr komplettes Gehirn oder wie?

»Bettina!«, versuche ich mich bemerkbar zu machen, aber erhalte weiterhin keinerlei Reaktion.

Okay, jetzt reicht's!

Ich stürme in das Kinderzimmer meiner Tochter und muss zunächst den Atem anhalten, bis ich mich an den Teenie-Geruch gewöhnt habe. Währenddessen gleiten meine Augen über den Laminatboden, der übersät mit vorwiegend schwarzen Klamotten ist. Dazwischen liegen leere Chipstüten.

»Weißt du, wo meine Eislaufschuhe sind? Soweit ich weiß, hast du sie dir letzte Woche für einen Schulausflug ausgeborgt«, frage ich meine auf dem zerwühlten Bett liegende Tochter, die zusammenzuckt, als hätte sie soeben ein Geist überrascht.

»Mama, kannst du nicht anklopfen?«

»Ich habe angeklopft und das hättest du auch gehört, wenn du nicht ständig diese verdammten Kopfhörer aufhättest, um dich beschallen zu lassen. Hast du denn keine Hausaufgaben zu erledigen?«

»Doch, die hab ich vorher schon gemacht und jetzt schau ich eine Folge *Big Bang Theory*. Wo liegt dein Problem? Wenn ich die Kopfhörer nicht aufsetze, dann beschwerst du dich wieder über die Lautstärke. Dir kann man echt nichts recht machen, Mutter.«

»Das könnte unter Umständen daran liegen, dass du dich auch gar nicht darum bemühst, mir etwas recht zu machen«, erkläre ich Bettina mit vor Brust verschränkten Armen. »Allein, wie es hier wieder ausschaut. Ist dir eigentlich klar, dass du bald Ameisen in deinem Zimmer haben wirst?«

Bettinas Augen glänzen vor Schalk: »Geh bitte, wie sollen die Ameisen denn in den ersten Stock kommen? Klettern die etwa wie Spiderman die Wand nach oben durch mein Fenster in mein Zimmer?«

»Du, mir ist diese Diskussion wirklich zu blöd. Räum einfach auf und sag mir, wo meine Eislaufschuhe sind! Die brauch ich nämlich in zehn Minuten.«

»Keine Ahnung, woher soll ich wissen, wo deine Eislaufschuhe sind?«

»Bettina, du hattest sie zuletzt vor einer Woche.«

»Ja, aber ich hab sie wieder zurück gegeben.«

»Das wage ich zu bezweifeln, sonst hätte ich sie nämlich im Keller gefunden, wo sie normalerweise sind.«

»Dann hast du eben nicht gut genug geschaut. Not my fault«, erklärt mir Bettina ungerührt.

»Kannst du bitte Deutsch mit mir reden?«

»Wieso? Verstehst du mich etwa nicht?«

»Betti, ich bin immer noch deine Mutter und wenn du dich nicht zusammenreißt, dann kann ich darauf bestehen, dass du mitkommst.«

Meine Tochter wirkt von dieser Drohung jedoch gänzlich unbeeindruckt: »Du willst also, dass ich meine Hausübungen auf morgen verschiebe, damit ich dir dabei zusehen kann, wie du mit deinem Vorgesetzten flirtest? Echt jetzt? Was bist du bitte für eine Mutter.«

Okay, so betrachtet klingt das wirklich etwas schräg, aber das darf ich vor meiner Teenie-Tochter niemals zugeben. Jede Schwäche wird nämlich gnadenlos gegen mich verwendet.

»Ich dachte, du hast deine Hausübungen schon erledigt?«

»Ja, die die für übermorgen fällig waren. Aber die für Dienstag noch nicht.«

»Ist mir eigentlich auch egal. Ich will von dir nur mit Respekt behandelt werden, Betti. Pubertät oder her.« Nach einer kurzen Pause füge ich hinzu: »Und außerdem flirte ich nicht mit meinem Vorgesetzten.«

Bettina zieht eine Augenbraue nach oben - etwas, das sie definitiv von ihrem Vater hat – und richtet das Wort in provokantem Tonfall an mich: »Aha ... und warum trefft ihr euch dann am Samstagnachmittag zum Eislaufen? Meines Wissens machen das nicht alle Angestellten mit ihrem Chef. Oder müsst ihr beim Eislaufen irgendetwas Wichtiges besprechen?«

»Ja, vielleicht müssen wir das. Stell dir vor.«

»Mutter, jetzt wird's echt lächerlich. Da bin ich deutlich besser im Ausredenerfinden«, kontert meine Tochter genervt und mustert mich schließlich von oben bis unten. »Davon abgesehen, dafür, dass du nur etwas Wichtiges mit ihm besprechen willst, hast du dich aber ganz schön in Schale geworfen.«

Strahlend hake ich nach: »Findest du?«

Bettina verdreht ihre Augen und schenkt mir dann ein seltenes Lächeln: »Ja, du siehst super aus für deine dienstliche Besprechung am Wochenende.«

Bei dem Wort dienstlich malt sie Anführungszeichen in die Luft.

»Wie kommt es, dass ich mich hier immer mehr wie die Teenagerin von uns beiden fühle?«

»Weil Menschen, die verknallt sind, sich zuweilen wie Teenager benehmen?«

Ich atme einmal tief durch und geselle mich dann zu meiner Tochter auf das Bett.

»Aber ich bin nicht verknallt, Betti. Glaube mir. Ich möchte einfach nur gut mit André auskommen, weil er mein Chef ist.«

»Du bist echt eine grottige Lügnerin, Mama.«

»Hey, du hast mich ja mal wieder Mama genannt«, stelle ich erfreut fest und boxe Bettina dabei freundschaftlich gegen die Schulter.

»Gewöhn dich nicht dran.«

»Du wirst doch sowieso dafür sorgen, dass ich das nicht tue. Aber jetzt mal ehrlich. Fändest du es wirklich so schlimm, wenn ich André vielleicht doch ein kleines bisschen mehr mag, als ich zugebe?«

Bettina pausiert die Serie, die in ihrem Notebook läuft und legt mir den Arm um die Schulter, um mich eindringlich anzusehen: »Mutter, ich hasse es, das zuzugeben, aber eigentlich will ich nur, dass du so glücklich wirst wie der Papa. Das hast du verdient.« Sie zuckt mit den Schultern: »Weißt du, mir ist klar, dass ich damals bei der Trennung nicht ganz so fair dir gegenüber war.«

»Ach das passt schon. Dir hat halt der Papa leidgetan. Das ist normal.«

»Ja, aber ich hab auch nicht verstanden, warum du dich von ihm getrennt hast. Heute versteh ich das besser. Vor allem wenn man ihn mit der Hannah sieht. Ich meine, okay, ich hab keine Ahnung, was er eigentlich an ihr findet, aber irgendwie scheint sie ihn glücklich zu machen. Und sie ist ganz anders als du. Gott sei Dank. Insofern scheint es halt mit dir nicht gepasst zu haben. Also mach dir keinen Kopf und hab deinen Spaß heute!«

»Wow, ich wusste gar nicht, wie erwachsen du manchmal sein kannst«, stelle ich mit einem anerkennenden Nicken fest, woraufhin Betti ihre Augen verdreht.

»Bitte, werde jetzt nicht sentimental.«

Ich stehe auf und hauche meiner Tochter einen dicken Kuss auf die Wange, die sie sich sogleich mit dem Ärmel ihres AC/DC-Pullovers trockenwischt.

»Keine Sorge. Mehr Sentimentalität entlockst du mir heute nicht mehr. Ich geh jetzt und such weiter nach meinen …« Mein Blick fällt auf das Eck neben dem Kleiderschrank, in dem eine mir bekannte Sporttasche steht. »…Eislaufschuhe«, vervollständige ich meinen Satz schließlich nach einem Seufzen.

Wie kommt es, dass man immer dann, wenn man gerade glaubt, seine Kinder seien der schlimmsten Phase der Pubertät entwachsen, eines Besseren belehrt wird, indem sich eben diese in vollen Zügen zeigt?

Ohne etwas zu sagen, greife ich nach meinen Schlittschuhen, ehe ich das Zimmer verlasse.

»Kannst du hinter dir bitte die Tür zu machen!«, höre ich Betti noch rufen.

Kopfschüttelnd komme ich ihrer Aufforderung nach und eile dann die Treppen hinunter ins Erdgeschoß, wo ich noch einmal einen prüfenden Blick in den Spiegel werfe und befinde, dass meine Lippen etwas Farbe vertragen könnten. Indessen meldet sich meine Türklingel mit einer weihnachtlichen Melodie.

»Kannst du bitte aufmachen, Lotti?«, rufe ich meiner Jüngeren zu, die sich vor lauter Vorfreude bereits vollständig angezogen hat und sich die Wartezeit mit dem Ausmalen eines Mandalas vertreibt.

Während ich damit beschäftigt bin, meinen Lippen mehr Farbe zu verleihen, höre ich, wie Charlotte André freundlich begrüßt.

Okay, besser wird es wohl heute hinsichtlich meiner optischen Erscheinung nicht mehr.

Ich gebe ein semizufriedenes Seufzen von mir und schnappe mir meine Tasche mit den Eislaufschuhen, um mich zu André und Charlotte ins Vorzimmer zu gesellen, wo Grizabella und Tigger meinen Vorgesetzten neugierig umkreisen. André beugt sich mit einem Lächeln zu den Stubentigern hinunter und streichelt die beiden.

»Hey, ihr seid ja coole Kerle«, stellt er mit einem Schmunzeln fest, womit er Charlottes Amüsement erregt.

»Das sind keine Kerle. Also zumindest nicht beide«, erklärt sie und deutet dann auf meinen rotgetigerten Kater. »Das ist Tigger und die graue Langhaarkatze ist Grizabella.«

»Oh, danke für die Information. Ich will schließlich keinem von beiden das falsche Geschlecht zuordnen.«

Ein letztes Mal streichelt er Grizabella über den Kopf und richtet sich dann auf, um sich mir zuzuwenden.

»Hi!«

»Hi!«, grüße ich verhalten zurück.

Oh mein Gott! Wieso bin ich so nervös?

»Was ist das eigentlich für eine Rentierstatue da draußen?«, fragt mich André.

Augenrollend antworte ich: »Oh Gott! Frag lieber nicht. Die ist von meiner Mutter, die die blöde Angewohnheit hat, mein Haus beim Babysitten in meiner Abwesenheit aufzuräumen und sich mit kitschigen Dekorationsartikeln auszutoben.«

»Du wirst es kaum glauben, aber meine ist da um keinen Deut besser«, äußert André sein Mitgefühl mit einem Grinsen.

»Das Schlimme ist, dass sie denken, dass sie einem damit einen Gefallen tun, aber es ist eher das Gegenteil der Fall«, führe ich weiter aus und mache mich daran, in mein Schuhwerk zu schlüpfen.

»Wem sagst du das. Wann immer meine Mutter wieder mal der Meinung war, meine Wohnung aufräumen zu müssen – und in letzter Zeit tut sie das oft, weil ihr zu Hause die Decke auf den Kopf fällt – finde ich die Hälfte meiner Habseligkeiten nicht mehr.«

»Schön zu hören, dass es nicht nur mir so ergeht. Ob sie das absichtlich machen? Man könnte ja fast meinen, sie betrachten es als eine Art abartiges Spiel oder so.«

»Mama, manchmal hast du so einen Verfolgungswahn. Die Oma meint es nur gut mit dir.«

»Und dennoch schwingt permanent der Vorwurf mit, man wäre nicht ordentlich genug oder würde sich nicht ausreichend bemühen«, füge ich hinzu und greife nach meiner Jacke. Allerdings kommt mir André zuvor und hilft mir beim Hineinschlüpfen, was ich mit einem dankbaren Lächeln quittiere.

Gut zu wissen, dass er mir die Kleider nicht nur vom Leib reißen kann.

»Apropos Ordnung. Könntest du deine Malutensilien eventuell noch wegräumen, bevor wir uns auf den Weg machen, Lotti?«

Sie wirkt peinlich berührt: »Ups, das hab ich ganz vergessen.«

Mit rotem Gesicht macht sich Charlotte ans Werk. Indessen betrachtet André die bunt ausgemalten Mandalas, die auf dem Esstisch ausgebreitet liegen, neugierig.

»Wow, sehr hübsch. Du hast wirklich ein gutes Auge für Farben.«

»Danke. Magst du ein Bild haben? Du könntest es ja bei dir in der Firma aufhängen«, schlägt Charlotte freudestrahlend vor. Dankend nimmt André das dargebotene Bild entgegen.

»Wir sind dann weg!«, informiere ich Bettina noch lautstark, ehe wir uns auf den Weg machen. Antwort erhalte ich natürlich keine. Eh klar.

❄ ❄ ❄

In Andrés Auto ist es nicht unbedingt sauber, denn auf der Fußmatte finden sich nicht nur leere Getränkedosen, sondern auch zerknüllte Schokoriegel-Verpackungen und Erdbrocken.

»Ist dir kalt?«, fragt mich André fürsorglich, als ich meine Hände aneinanderreibe. »Soll ich die Heizung vielleicht etwas stärker aufdrehen?«

»Das wäre super. Ich will ja keine Frostbeulen riskieren.«

Er kommt meiner Bitte nach und kurz darauf wird es wärmer, sodass ich mich etwas entspanne.

»André, weißt du eigentlich, dass man nicht so viel mit dem Auto fahren sollte, weil das schlecht für das Klima ist. Das sagt zumindest die Greta Thunberg«, richtet Lotti das Wort in ihrem typisch neunmalklugen Tonfall an ihn, der daraufhin erwidert: »Du bist ein sehr schlaues Mädchen und hast vollkommen recht. Aus genau diesem Grund fahre ich in Wien meistens mit den Öffis.«

»Was ein echtes Opfer ist«, werfe ich trocken ein.

»Oh ja. Da hast du Recht. Weißt du, was mich beim Fahren mit der U-Bahn am meistens stört?«

»Menschen, die sich nicht waschen oder schlimmer noch, wenn eine ganze Horde Jugendlicher nach dem Sportunterricht einsteigt?«

»Guter Einwand, aber das ist es nicht. Vor allem nerven mich Fahrgäste, die in den öffentlichen Verkehrsmitteln per Videotelefonie mit ihren Bekannten und Verwandten kommunizieren. Ich meine, eigentlich ist es mir vollkommen gleichgültig, ob der Kacksi jetzt Blähungen hat und deshalb ein Spezialfutter braucht, oder nicht.«

»Oh yes, du hast Recht.«

»Aber ihr könntet doch Kopfhörer aufsetzen«, schlägt mein Kind vor.

»Könnte ich nicht nur, sondern tue ich sogar zuweilen, aber weißt du was: Das bringt nichts, weil manche Menschen ein derartig lautes Organ haben, dass man sie sogar über die Kopfhörer hinweg hört.«

»Okay, du sprichst mir aus der Seele. Was tut man nicht alles der Umwelt zur Liebe.«

»In der Schule haben wir im Sommer in meiner Theatergruppe ein Stück zum Umweltschutz aufgeführt. Da habe ich die Hauptrolle gespielt«, erzählt Lotti stolz.

»Du spielst Theater?«, hakt André nach einem Blick in den Rückspiegel erstaunt nach.

»Ja, schon seit der zweiten Volksschulklasse und jetzt zu Weihnachten werde ich im Krippenspiel als Maria mitwirken.«

»Sehr cool. Ich spiele übrigens auch Theater. Also Improvisationstheater, um genau zu sein.«

»Echt? Das ist ja voll cool. Mama hast du das gehört? Der André spielt Theater.«

»Ja, Charlotte, habe ich. Ich sitze nämlich im selben Auto.«

»Es ist auch keine besonders große Sache. Aber irgendwie habe ich einen Ausgleich zu dem Job als Anwalt gesucht.«

»Meine Mama hat früher auch Theater gespielt. Sie war die Beste in ihrer Schule und hat immer die Hauptrollen bekommen.«

André lächelt mir zu, als er an der roten Ampel anhält: »Ich wusste gar nicht, dass ich mit einer Berühmtheit im Auto sitze.«

»So, wie die Lotti das erzählt, war es ja auch nicht. Ich hab ein paar Hauptrollen gespielt, ja, aber das ist schon ewig her und seit ich die Kinder hab, spiel ich nicht einmal mehr hobbymäßig«, erkläre ich mit heiß gewordenem Gesicht.

»Mama, du hast nicht nur ein paar Hauptrollen gehabt. Du hast die Julia gespielt. Die Julia.«

»Wow Shakespeare also. Ich schwöre, Fräulein, beim heil'gen Mond, der silbern dieser Bäume Wipfel säumt, … dass ich hier definitiv nicht mithalten kann«, wendet mein Vorgesetzter mit einem Augenzwinkern ein, woraufhin ich mit der Hand wedle.

»Die Lotti übertreibt einfach nur maßlos.«

»Tu ich gar nicht. Ich übertreib nicht.«

»Wenn du Theater spielst, willst du dann eigentlich auch mal Schauspielerin werden, wenn du groß bist?«, lenkt André hervorragend vom Thema ab.

»Nein, ich will eigentlich mal Popstar werden.«

»Du siehst, meine Kinder haben nur realistische Vorstellungen vom Leben.«

»Na ja, man braucht halt seine Träume.«

»Außerdem ist das total realistisch, Mama. Ich übe nämlich eh schon jeden Tag auf der Playstation von der Betti, und sobald ich alt genug bin, melde ich mich bei einer Casting-Show an und werde da einfach Erste.«

»Du solltest den ersten Platz gar nicht anstreben, Charlotte. Erfahrungsgemäß sind die Zweitplatzierten erfolgreicher«, rät er meiner Tochter, sodass ich nicht anders kann, als meinen Mund zu einem breiten Grinsen zu verziehen.

»Du kennst dich aber gut aus im Casting-Business.«

André zuckt mit den Schultern: »Das habe ich alles meiner Ex zu verdanken. Die hat sich eine Casting-Sendung nach der anderen reingezogen.«

»Das sagen sie alle, aber in Wahrheit warst du wahrscheinlich der Besessene.«

»Okay, okay, ich gebe es zu: Hin und wieder schau ich gern Trash-TV. Ich meine, hey, man fühlt sich definitiv besser, wenn man Menschen dabei zusieht, wie sie langsam, aber sicher ihre Würde verlieren.«

Daraufhin lacht Charlotte laut auf: »So wie die Mama, als sie im Auto so gefurzt hat, dass mir von dem Gestank ganz schlecht geworden ist.«

Manno, wenn man Kinder hat, braucht man keine Feinde.

»Geh, so schlimm war's ja gar nicht«, bemühe ich mich darum, die Geschehnisse herunterzuspielen.

»Schön zu hören, dass deine Mama auch nur ein Mensch ist.«

»Jap, ein sehr stinkender Mensch.«

»Danke, Lotti, ich glaube, wir haben genug gehört.«

Mein Vorgesetzter schüttelt den Kopf: »Davon könnte ich nie genug bekommen. Ich meine, das ist quasi Real-Life-Trash.«

»Herzlichen Dank auch.«

»Du, André, lässt du eigentlich auch die Tür beim Pinkeln offenstehen?«, fragt mein Kind unseren Fahrer schließlich neugierig.

»Hm … ich bin mir nicht sicher, ob ich hier ehrlich antworten soll. Schließlich verliere ich dann meine Vormachtstellung im Real-Life-Trash.«

»Hey, quid pro quo. Nach meiner Offenbarung musst du das quasi.«

»Außerdem braucht dir das nicht peinlich sein, weil die Mama auch immer die Tür offenstehen lässt, wenn sie pinkelt.«

»Lotti, das mach ich aber nur dann, wenn ich alleine zu Hause bin.«

»Aha, und woher weiß deine Tochter das dann?«

»Okay, erwischt. Manchmal mache ich das auch, wenn die Lotti und die Betti daheim sind.«

»Die Mama pinkelt auch in die Dusche.«

»Okay, um fair zu sein: Wer macht das nicht?«

Gespielt theatralisch fasse ich mir an die Brust: »Oh mein Gott, wir müssen Seelenverwandte sein.«

❄ ❄ ❄

Ich bin ehrlich erleichtert, als André seinen Wagen in die Tiefgarage lenkt und die peinlichen Themen ein Ende nehmen. In heller Vorfreude schnappen wir uns unsere Sporttaschen und machen uns zum stimmungsvoll beleuchteten Adventmarkt am Rathausplatz auf, in dessen engen Gassen sich zahlreiche Menschen zwischen den Ständen tummeln. Bereits als wir das Haupttor durchschreiten, verkündet Lotti ihren Wunsch nach Zuckerwatte. Ich verspreche ihr, dass sie diese nach dem Eislaufen im beleuchteten Rathauspark bekommt.

André begutachtet indessen das Wiener Rathaus mit vor Begeisterung aufgerissenen Augen: »Ich kann mir nicht helfen, obwohl ich schon so oft hier war, ist es immer wieder beeindruckend, vor diesem Gebäude zu stehen. Fast so, als würde man in eine andere Zeit eintauchen.«

»Mir geht's auch immer so, wenn ich hier bin«, stimme ich ihm zu. »Schade eigentlich, dass die moderne Architektur solche Bauwerke nicht mehr hervorbringt.«

»Wie recht du hast. Diesen modernen Bauklötzen fehlt schlichtweg die Seele, weil sie vorwiegend mithilfe des Verstands geschaffen werden, und Schönheit lässt sich nun mal nicht mit dem Verstand erfassen«, erklärt er nach einem Seufzen und wirft mir einen bedeutungsschwangeren Blick zu.

Huch … Was meint er denn damit? Findet er mich etwa schön?

Ohne dass er seine Äußerung erläutert, setzen wir unseren Weg zum Eislaufplatz inmitten des Rathausparks, dessen Bäume mit bunten Laternen geschmückt sind, fort. Nachdem André Eintrittskarten besorgt hat, ziehen wir unsere Schlittschuhe an und wagen uns aufs schlecht präparierte Eis, das mit Gewissheit Mitschuld an meinen wackligen Beinen trägt.

»Geht's?«, fragt mich André liebevoll, als ich drohe, das Gleichgewicht zu verlieren und greift rasch nach meiner Hand, um einen Sturz zu verhindern und mich zu stützen.

»Äh … ja, wohl mehr schlecht als recht, aber ich werde mir schon nicht den Hals brechen«, erkläre ich zögerlich und sehe meiner Tochter neidisch dabei zu, wie sie ihre Eislaufkünste in Pirouetten präsentiert, die beinahe olympiaverdächtig sind.

»Shit«, erklärt André und kratzt sich dabei am Hinterkopf. »Tut mir leid. Das war wohl keine so geniale Idee von mir, oder?«

»Na ja, auch wenn ich mich vermutlich soeben in Todesgefahr befinde, muss ich zugeben, dass es bisher Spaß macht. Zumindest ein kleines bisschen.«

Mein Begleiter runzelt zweifelnd die Stirn: »Wirklich!? Du hast Spaß?« Er wirft dabei einen Blick auf meine behandschuhte Hand, die noch immer in seiner liegt.

»Klar doch. Siehst du es nicht?«, antworte ich mit einem breiten, gekünstelten Grinsen.

»Okay, ich glaube, jetzt habe ich Angst vor dir.«

»Ach wegen dem kleinen Psycholächeln?«

Wir brechen in Gelächter aus, von dem ich derartig übermannt werde, dass ich ein weiteres Mal das Gleichgewicht verliere und diesmal nicht wiedererlange, sondern auf mein Gesäß falle.

André steht sogleich über mir, um mir wieder auf die Beine zu helfen, nur bin ich leider derartig unbeholfen, dass ich ihn mit mir in die Tiefe ziehe und er auf mir landet. Lächelnd und mit geröteten Wangen stützt er sich auf dem Eis ab und mustert mich mit funkelnden Augen. Als er spricht, stößt er kleine Wölkchen aus. »Ich dachte, du kannst Eislaufen?«

Ich lächle verlegen: »Das dachte ich auch. Sorry.«

André sieht mich eindringlich an. Eine knisternde Spannung liegt in der Luft und ich fühle förmlich, wie sich seine Lippen den meinen nähern, da ertönt plötzlich ein Schrei von Lotti.

»Auaaaaaaaaa!!!! Mama!!!!«

Sofort gibt mich André frei, sodass ich zur Bande robbe, um mich an dieser hochzuziehen und die Eisfläche verzweifelt nach meiner Tochter abzusuchen. Ich entdecke Lotti schließlich umringt von einer Menschentraube. Weinend hält sie sich einen Arm, während eine junge Frau auf sie einredet.

»Scheiße, ich bin so eine grauenvolle Mutter«, schelte ich mich selbst.

»Sag so etwas nicht. Komm, ich helfe dir.«

André streckt mir seine Hand hin und so vorsichtig wie möglich fahren wir zu Charlotte, der dicke Tränen über die rotglühenden Wangen laufen. Schluchzend erklärt sie mir, dass sie mit einem Jungen zusammengefahren und gestürzt ist und ihr Arm nun schmerzt. Unser Begleiter beugt sich zu meiner Tochter hinunter, um den Arm zu begutachten.

»Tut das weh?«, fragt er Lotti, die unter Tränen nickt.

»Ich fürchte, er könnte gebrochen sein«, wendet sich André mir zu. »Wir sollten ins Spital fahren.«

Kapitel 16

Mit hängenden Schultern sehe ich mich in der vollen Ambulanz des Donauspitals um und schicke ein Dankgebet gen Himmel, da Charlotte bereits in den Genuss einer Röntgenuntersuchung gekommen ist, sodass wir nur noch die Ergebnisse abwarten müssen. Neben mir sitzt ein Mann mit hochgekrempelter Hose und stark geschwollenem nacktem Fuß. Sein schmerzerfüllter Blick streift für einen Moment mitleidvoll meine Tochter, die jedoch mit André in ein Gespräch über ihre Horrorlehrerin vertieft ist. Zu meiner Erleichterung scheint sie nicht einmal den Anflug von Schmerzen zu verspüren.

Manno! Ich schäme mich dafür, dass ich mich derartig habe ablenken lassen. Man sollte mich geteert und gefedert an den Pranger stellen, weil ich so eine verantwortungslose Mutter bin.

Ein plötzlicher Aufruhr vor einem der Behandlungszimmer erlöst mich von meinen quälenden Selbstzweifeln. Eine Dame mittleren Alters beschwert sich lautstark über die lange Wartezeit und versucht dabei mit einer beneidenswerten Leidenschaft die anderen Patienten für ihre Revolution zu gewinnen. Indessen ist ein Arzt darum bemüht, die energische Frau zu beschwichtigen. Ein Vorhaben, das von wenig Erfolg gekrönt ist. Denn als der Arzt mit einem kurz zuvor aufgerufenen Patienten ins Behandlungszimmer flüchtet, folgt ihm die aufdringliche Beschwerdeführerin ungeniert, wird aber nur wenig später von einer Krankenschwester und einer Ärztin zurück ins Wartezimmer geleitet, wo sie sich in einer Schimpftirade verliert.

Kopfschüttelnd halte ich fest: »Als wäre der Arzt gerne hier. Ich meine, der hat mich Sicherheit eine Familie, die zu Hause bereits auf ihn wartet und anstelle mit dieser gemeinsam zu Abend zu essen, muss er sich die Suderei dieser blöden Kuh anhören.«

»Es scheint so, als würdest du dich damit auskennen«, wirft André augenzwinkernd ein, woraufhin ich nicke.

»Mein Exmann ist Arzt.«

Bilde ich mir das nur ein, oder wirkt mein Begleiter angesichts dieser Neuigkeiten eingeschüchtert? »Oh … wow, das stelle ich mir für eine Beziehung nun wirklich nicht einfach vor.«

»Ja, einfach ist es nur dann, wenn man seine Geburtstage gerne alleine verbringt.«

»Aber Mama, der Papa hat das doch nicht absichtlich gemacht. Er musste Leben retten«, verteidigt Lotti ihren Erzeuger.

»Eh, das war dann immer die Ausrede. Aber im Falle einer plötzlich ausbrechenden Zombieapokalypse wären wir, wenn er sich dann endlich mal entschlossen hätte, zu seiner Familie zurückzukehren, bereits hirnlose Untote gewesen.«

»Und ich dachte immer, die Beziehung zu einer Influencerin sei schwierig gewesen.«

»Deine Ex ist Influencerin?«

»Ja, ihr Insta-Name ist Lola Love.«

Charlottes Augen leuchten auf: »Aber Mama, das ist doch die, von der die Oma ständig redet. Ich glaube, die kennt jeden Podcast und jeden Insta-Beitrag von der Lola Love. Ur cool, dass du die kennst.«

»Wenn du willst, besorg ich dir mal ein Autogramm von ihr«, schlägt André meiner Tochter mit einem lapidaren Schulterzucken vor.

Beim Gedanken daran, dass er noch Kontakt mit ihr hat, spüre ich einen Stich im Herzen.

»Ja, voll gern. Dann kann ich der Oma das zu Weihnachten schenken«, freut sich mein Kind indessen und wird einen Augenaufschlag später von einer mir bekannten Stimme aufgerufen. Mir wird beinahe übel.

»Alles okay mit dir?«, höre ich André besorgt fragen.

Ich schüttle den Kopf: »*Oh* … Ja, es ist nur … Die Ärztin ist …«

»Hannah!«, ruft Charlotte begeistert aus und läuft förmlich auf die Blondine im Arztkittel zu.

»… die neue Frau meines Exmannes«, vervollständige ich meinen Satz schließlich wenig begeistert.

❋ ❋ ❋

»Also, Lotti, so leid es mir tut, aber ich fürchte, dein Arm ist gebrochen«, klärt Hannah meine Tochter im Behandlungszimmer auf und deutet dabei auf ein Röntgenbild an der Wand. »Siehst du das hier? Die kleine feine Linie.«

Charlotte nickt stumm.

»Das ist der Bruch, aber zum Glück ist es nur ein ganz, ganz kleiner Bruch, der sicher schnell wieder heilt«, bemüht sich die Frau meines Exmannes darum, meine Tochter zu beschwichtigen.

Wie ich sie dafür hasse, dass sie so nett ist. Natürlich bewahrt sie im Gegensatz zu mir die absolute Ruhe. Warum kann ich nicht mehr von Hannah haben? Ich meine, die Frau ist perfekt. Schlank trotz Zwillingsgeburt und erneuter Schwangerschaft, blond und gestylt und nicht mal der Anflug von Augenringen. Wenn ich einen Tag mit meinen Kollegen feiern gehe, sehe ich aus, als hätte ich mindestens zehn Kinder in die Welt gesetzt, die mich jede Nacht wachhalten. Und dann auch noch ihre perfekte Haut. Wie Porzellan, nur ein wenig dunkler und kein einziger roter Fleck oder gar Falten. Was ist verdammt noch mal ihr Geheimnis?

»Das heißt, du bekommst jetzt von meinem Kollegen einen Gips.« Hannah deutet auf den bisher schweigenden Zimmergenossen, der ein paar Zeilen in den Computer getippt hat.

»Und wie lange muss ich den oben lassen?«, fragt Charlotte ihre Stiefmutter vorsichtig.

»Drei bis vier Wochen.«

»Aber das heißt ja, dass ich den Gips über Weihnachten haben werde.«

Hannah zuckt entschuldigend mit den Schultern: »Ich fürchte, ja. Aber hey, dafür hast du vor deinen Schulkollegen eine richtig coole Story zu erzählen.«

»Bei der sie von ihrer Mutter vernachlässigt wurde«, murmle ich in mich hinein und fühle plötzlich Andrés tröstende Hand auf meiner Schulter. Als ich ihn ansehe, schenkt er mir ein ermutigendes Lächeln. »Das ist nicht deine Schuld, Luisa.«

»Oh mein Gott. Sowieso nicht. So etwas passiert ständig und würde ich wirklich denken, dass es deine Schuld wäre, dann müsste ich dich hinausschicken, um deine Tochter alleine zu befragen. Du kannst dir nicht vorstellen, Luisa, wie viele Kinder sich gerade in der Vorweihnachtszeit beim Eislaufen oder anderen sportlichen Aktivitäten etwas brechen. Also mach dir bitte keinen Kopf«, wendet Hannah ein und ich verfluche sie ein weiteres Mal an diesem Abend für ihr Einfühlungsvermögen.

Sie gibt ihrem Kollegen zu verstehen, dass er den Gips nun vorbereiten und sich um Charlottes Arm kümmern kann. Während der Angesprochene der Aufforderung nachkommt, richtet André das Wort an Hannah.

»Wie merkt man eigentlich als Ärztin, wenn ein Kind seine Knochenbrüche nicht von einem Sturz, sondern von den Prügeln der Eltern hat? Ich meine, ich stelle mir das irrsinnig schwierig vor.«

»Ja, das ist auch nicht immer einfach. Vor allem, wenn man mitansehen muss, wie dasselbe Kind mit den immer gleichen Verletzungen hier auftaucht und dann behauptet, diese von einem Sturz zu haben. Meistens habe ich da so ein Bauchgefühl. Seit ich schwanger bin, ist das sogar so stark, dass mir die Tränen kommen.« Sie schüttelt traurig den Kopf. »Ich versteh nicht, warum manche Eltern ihre Kinder vorsätzlich verletzen. Ich meine, wenn sie überfordert sind, sollen sie meinetwegen auf ein Kissen einprügeln.«

»Meine Mama geht immer in den Keller und schreit da einmal ganz laut, wenn sie überfordert ist«, erzählt Charlotte, während ihr Arm schrittweise eingegipst wird.

»Aber das ist doch eine wunderbare Strategie. Ich sperre mich immer auf der Toilette ein, wenn die Zwillinge mir zu viel werden.«

Wie hält sie es bloß den ganzen Tag auf der Toilette aus?

»Du, Hannah, ist der Papa eigentlich auch im Spital?«, unterbricht uns Lotti, woraufhin sich die Angesprochene gegen die Stirn schlägt.

»Ach nein, ich sag's euch, seit ich schwanger bin, bin ich so was von vergesslich.«

Beruhigend, das von einer Ärztin zu hören.

Rasch greift sie zum Telefonhörer, um ihren Ehegatten anzurufen und ihm mitzuteilen, dass seine Tochter soeben einen Gips erhält. Kurz darauf legt sie den Hörer auf und richtet das Wort an Charlotte. »Er kommt gleich vorbei.«

»Wunderbar. Jetzt bekomme ich den Anschiss meines Lebens«, grummle ich indessen, sodass sich André ein weiteres Mal dazu bemüßigt fühlt, mir über die Schulter zu streicheln.

»Das kann ich mir nicht vorstellen. Er weiß sicher, dass das nicht deine Schuld war.«

»Du kennst Richard nicht.«

Hannah wedelt mit der Hand, nachdem sie einen prüfenden Blick auf das Werk ihres Kollegen geworfen hat, der beinahe fertig ist.

»Aber geh, der Richard ist in letzter Zeit ganz sanft.« Sie nimmt etwas ungeschickt auf einem Hocker Platz – okay, dabei empfinde ich ein kleines bisschen Schadenfreude – und erklärt mir mit plötzlich vor Begeisterung weit aufgerissenen Augen: »Hab ich dir eigentlich schon erzählt, dass wir uns nach einem Haus umsehen?«

Ich schüttle wie paralysiert den Kopf.

Hey, ich will nicht mit ihr befreundet sein, also soll sie auch gefälligst nicht so tun, als wären wir beste Freundinnen. Das sind wir nämlich nicht. Niemals! Den Feind holt man sich nicht ins Bett! Maximal den Chef.

»Die Wohnung ist ja doch recht klein für den Richard, die Kinder und mich.« Mit verträumten Blick streichelt Hannah über ihren Bauch. »Und wenn dann das Kleine auch noch da ist, wird die Situation nicht besser. Deshalb haben der Richie und ich beschlossen ein Haus zu kaufen und dreimal darfst du raten, wo?«

Keine Ahnung. Hoffentlich auf einem bisher unentdeckten und weit entfernten Planeten.

Hilflos zucke ich mit den Schultern, sodass Hannah weiterspricht. »Na, bei euch in der Nähe. Wir haben uns gedacht, dass das für die Kids super wäre. Dann könnten die Betti und die Lotti ihren Papa häufiger sehen. Außerdem ist der 22. Bezirk perfekt für Familien mit Kindern.«

Super wäre es, wenn sie und Richard einfach in der Twilight-Zone verschwinden würden, aber bei meinem Glück haben sie in ihrem neuen Haus einen Wasserschaden und ziehen für die nächsten drei Jahre in mein Gästezimmer.

Und als hätte mich das Leben verstanden, öffnet sich in genau diesem Moment die Tür zum Behandlungszimmer und mein aufgeregter Exmann stürmt herein wie ein Tornado. Ehe er Charlottes mittlerweile fertig eingegipsten Arm betrachtet, wirft er André noch einen argwöhnischen Blick zu.

»Hallo Mausi! Was machst du denn bitte für Sachen?«

»Ich bin beim Eislaufen hingefallen, aber die Mama und der André haben mir gleich geholfen.«

Wie der Terminator dreht sich Richard um und taxiert meinen Chef mit starrem Blick.

»Und Sie sind dieser André, oder wie? Wieso sind Sie mit meiner Familie unterwegs?«

Hannah erhebt sich schwerfällig von ihrem Hocker und legt ihrem Ehegatten beschwichtigend einen Arm auf die Schulter.

»Spatzi, halt dich ein bissi zurück. Das ist der Freund von der Luisa.«

»Oh … Er ist nicht mein …«, bemühe ich mich darum, diesen Irrtum wieder geradezubiegen, doch verschlimmere ich damit die Situation.

»Na, das ist ja noch besser. Während du einen vollkommen fremden Typen gemeinsam mit unserer Tochter datest und die meiste Zeit vermutlich mit Flirten verbringst, bricht sich die Lotti den Arm.«

»Ich versichere Ihnen, dass die Luisa in keinem Moment die Aufsichtspflicht verletzt hat. Sie ist hingefallen und …«

»Ich versichere Ihnen, dass ich das auch ohne Ihr Zutun mit der Mutter meiner Kinder klären kann.«

»Spatzi, beruhig dich doch bitte.«

Richard schüttelt den Arm seiner Frau ab: »Nein, ich beruhige mich sicher nicht. Stell dir mal vor, die Hand von der Lotti bricht so kompliziert, dass sich der Knochen nie richtig erholt. Dann kann sie niemals ein Skalpell halten.«

»Aber Papa, warum sollte ich denn ein Skalpell halten?«

»Na, wenn du so wie ich Chirurgin werden willst, dann musst du auch ein Skalpell halten und vor allem ruhig führen können.«

Charlotte verzieht das Gesicht: »Aber ich will gar keine Chirurgin werden. Ich will Popstar werden. Das weißt du doch, Papa.«

»Geh bitte, Popstar ist doch kein Beruf, Lotti. Wer setzt dir denn solche Flausen in den Kopf?« Sein wütender Blick trifft auf André.

»Wenn du deiner Tochter hin und wieder zuhören würdest, dann wüsstest du, dass sie schon lange von einer Karriere als Musikerin träumt. Und sollte dich dieser Berufswunsch nicht zufriedenstellen, dann hast du doch bald drei weitere Kinder, die eine berufliche

Laufbahn als Chirurgen anstreben könnten«, verteidige ich mein Kind mit vor der Brust verschränkten Armen.

Indessen zuckt Hannah mit den Schultern: »Wo sie Recht hat, hat sie Recht.«

»Ist das dein Ernst? Verteidigst du sie jetzt auch noch?«, fragt sie mein Exmann entgeistert, woraufhin mir Hannah zuzwinkert.

»Wir Frauen müssen schließlich zusammenhalten.«

Wunderbar, jetzt ist sie mir auch noch sympathisch. Ich will nicht, dass sie mir sympathisch ist. Ich will sie hassen, so wie jede normale Exfrau die neue Frau ihres Exmannes hasst. Aber natürlich ist bei mir rein gar nichts normal.

Kapitel 17

ut mir leid, dass der Abend so gelaufen ist«, entschuldigt sich André bei mir, als wir mit Charlotte in unserer Mitte über den verlassenen Gehweg zu meinem Haus spazieren. »Vielleicht war es doch keine so gute Idee, Eislaufen zu gehen. Dann wären dir zumindest die Schwierigkeiten mit deinem Exmann erspart geblieben.«

Ich zucke mit den Schultern: »Ach was, der Richard findet immer etwas an mir auszusetzen. Wäre es nicht das gewesen, dann etwas anderes. Also mach dir keinen Kopf.«

»Ja, der Papa ist noch immer wütend auf die Mama, weil sie ihn verlassen hat«, fügt Charlotte hinzu.

»Vereinfacht dargestellt, stimmt das vermutlich. Dabei ist das schon eine Ewigkeit her.«

André schmunzelt: »Das gekränkte männliche Ego ist nicht zu unterschätzen. Davon abgesehen: Definiere eine Ewigkeit!«

Nachdenklich mustere ich die festlich beleuchteten Häuser, die die Straße umsäumen, als könnten diese mir dabei helfen, die Jahre auszurechnen, in denen ich bereits geschieden bin. Schließlich halte ich fest: »Es müssten heuer fünf Jahre sein, wenn ich es richtig im Kopf habe, aber Zahlen waren leider noch nie so mein Ding.«

»Alles klar. Für einen Mann ist das quasi gar nichts. Ich meine, wenn wir verlassen werden, tragen wir das unserer Expartnerin ein halbes Leben lang nach.«

»Echt jetzt? Was ist bloß los mit euch? Ich meine, wenn wir da sind, wisst ihr uns nicht zu schätzen, und wenn wir euch dann aus genau diesem Grund verlassen, tut ihr so, als wäre das vollkommen überraschend gekommen und schiebt uns die Schuld zu. Wo doch ihr diejenigen gewesen seid, die sich nicht genügend um die Beziehung gekümmert haben.«

André erhebt mahnend seinen Zeigefinger: »Moment mal. Es sind nicht alle Männer gleich. Das sei an dieser Stelle betont. Manch einer tut alles für die Beziehung und wird trotzdem verlassen beziehungsweise eher zum Verlassen gezwungen.«

»War das bei dir so?«, fragt Charlotte vollkommen unverhohlen und ich bin ihr sehr dankbar dafür.

»Mehr oder minder. Wie ich schon erwähnte: Es ist nicht einfach mit einer Influencerin zusammen zu sein und zu akzeptieren, dass dein gesamtes Privatleben in Social Media geteilt wird.«

»Das kann ich mir vorstellen«, stimme ich ihm zu. »Aber weiß man das nicht schon, bevor man sich auf eine derartige Beziehung einlässt?«

Mein Begleiter schüttelt traurig den Kopf: »Leider nicht. Davon abgesehen war die Conny – so ist nämlich Lolas richtiger Name – bei unserem Kennenlernen noch keine Influencerin, sondern eine ganz normale, gänzlich durchschnittliche Studentin der Theater- und Filmwissenschaften, bis sie halt dann irgendwann damit begonnen hat, Kurzvideos für Instagram und später auch für TikTok zu drehen. Wobei ich ja mit all dem noch hätte leben können, was meinen Hang zur Leidensfähigkeit verdeutlicht.«

»Und was hat dich dann zum Umdenken bewogen?«, hake ich vorsichtig nach.

»Ich glaube, die Spitze des Eisbergs war der Moment, als ich ihr einen Heiratsantrag auf einem romantischen Wochenende in einem abgelegenen Berghotel machen wollte und ich bereits vor dem Antrag eine Nachricht von einem Freund erhalten habe, in der er mir zur Verlobung gratuliert hat.«

Meine Tochter wirkt ehrlich beeindruckt: »Dann kann dein Freund die Zukunft voraussehen! Das ist ja cool.«

»Das wäre die wünschenswertere Erklärung gewesen, aber leider war es anders. Es hat sich nämlich herausgestellt, dass Conny den Ring bereits gefunden und ihn für ein Foto auf Instagram angesteckt hat, um gemeinsam mit ihrer Community die passende Reaktion zu erwählen«, erzählt André mit einem milden Lächeln auf den Lippen.

»Das tut mir ehrlich leid für dich.«

»Muss es nicht, denn es hat mir die Augen geöffnet und mir klargemacht, dass Conny schlichtweg nicht die Richtige ist. Das habe ich ihr dann auch gesagt.«

»Scheiße. Das muss ja furchtbar für sie gewesen sein. Ich meine, vor allem, nachdem sie den Ring mit ihrer gesamten Community geteilt hat.«

»Scheiße darf man nicht sagen, Mama«, ermahnt mich Lotti mit ernstem Blick.

»Sorry«, entschuldige ich mich rasch, weil ich den Rest des Beziehungsdramas hören will.

»Auch wenn du natürlich grundsätzlich Recht hast, Charlotte, hat deine Mama den Zustand meiner Exfreundin perfekt in Worte gefasst. Sie war nämlich so am Boden zerstört, dass sie sofort abgereist ist. Allerdings hat die Social-Media-Schmutzkampagne gegen mich nicht lange auf sich warten lassen, sodass die Trennung für sie am Ende doch relativ profitabel war.«

»Hä … Wie geht denn das?«, fragt meine Tochter verwirrt nach.

»Na ja … Indem ihre gesamte Community sie als das bemitleidenswerte Opfer und mich als den empathielosen Täter, der vor einer festen Beziehung davongelaufen ist, wahrgenommen hat.«

»Als würde sich der Verlassende nicht ohnehin schon schuldig genug fühlen. Richard hat auch so getan, als hätte er die Scheidung nicht kommen sehen. Aber was erwartet man sich, wenn man quasi mit seinem Job verheiratet ist?«, wende ich kopfschüttelnd ein.

»Tja, immerhin hat er irgendwann begriffen, was er an dir hatte«, stellt unser Begleiter mit einem Schulterzucken fest und verwirrt mich damit gänzlich.

»Wie kommst du denn auf die Idee? Richard hat nie um unsere Ehe gekämpft, nachdem ich ihm gesagt habe, dass ich die Scheidung will. Er hat es einfach hingenommen. Seine Wut hat er dann in passiver Aggression geäußert. Zum Beispiel, wenn es um die Kinder ging, die ich ihm nicht pünktlich genug abgeholt habe, oder wenn die Lotti einmal krank in der Schule war. Weißt du, ich hätte ihm bestimmt noch eine Chance gegeben, wenn er etwas mehr Kampfgeist an den Tag gelegt hätte, aber nachdem er das nicht getan hat, wurde mir klar, dass er mich nicht ausreichend geliebt hat. Vor allem jetzt, wo ich sehe, dass er für Hannah all das tut, was er für mich nie getan hat.«

»Tut dir das weh?«, fragt mich André rundheraus und klingt dabei beinahe etwas ängstlich.

»Manchmal, aber nicht, weil ich noch mit Richard zusammen sein will, sondern eher, weil ich mich dann verglichen mit Hannah total wertlos fühle.«

»Also eines kann ich dir versichern, du bist mit Gewissheit nicht wertlos! Und wenn er nicht um dich gekämpft hat, dann ist er der größte Idiot auf diesem Planeten und hat dich eben nicht verdient.«

Wow, mein Herz macht einen riesigen Sprung, sodass ich unwillkürlich den Blick von meinem Begleiter abwenden muss. Mein Blick bleibt an einem grell beleuchteten Weihnachtsmann im Vorgarten eines Reihenhauses hängen, dessen grinsendes Gesicht sich in einer unablässigen Wiederholungsschleife von links nach rechts bewegt, was beängstigender wirkt als mein sich verselbstständigendes Herz.

»Danke, das ist echt lieb«, bringe ich gerade noch mit einem sanften Lächeln der Freude über die Lippen, während mein Blick langsam wieder zurück zu André gleitet.

Er zwinkert mir zu: »Im Übrigen glaube ich, dass es ihn ziemlich gewurmt hat, als Hannah mich als deinen Freund vorgestellt hat. Insofern kann ich dir mit Gewissheit sagen, dass du ihm nicht gleichgültig bist. Vermutlich macht er bei Hannah nur alles richtig, weil er nicht noch einmal eine tolle Frau verlieren will.«

Wenn er es nicht in Bälde unterlässt, so freundlich zu mir zu sein, dann verbringe ich auch den restlichen Abend im Krankenhaus, weil er meinen Herzrhythmus so durcheinanderbringt.

»Okay, kann ich dich vielleicht als persönlichen Motivator behalten?«, bemühe ich mich darum, die Situation aufzulockern.

»Das musst du dir mit Rocky ausmachen.«

»Ach, den hab ich schon zweimal um den Finger gewickelt. Da gelingt es mir auch ein drittes Mal«, gebe ich unbedacht von mir und würde mich einen Wimpernschlag später am liebsten dafür ohrfeigen.

»Wieso zweimal!?«, hakt André indessen nach.

»Oh… Äh … natürlich nur einmal.«

Dankbar für die Ablenkung bleibe ich an unserem weiß gestrichenen Zaun stehen und deute auf mein Haus. »Da sind wir.«

Irre ich mich oder erkenne ich einen Funken Wehmut in Andrés Augen?

»Alles klar. Dann hoffe ich, dass euch der Abend trotz des Unfalls zumindest ein kleines bisschen gefallen hat.«

Charlottes Augen strahlen, als sie sich an er Gartentüre zu schaffen macht, um diese zu öffnen.

»Ja, es war total lustig, aber du schuldest mir noch eine Zuckerwatte.«

»Hm … Was machen wir denn da?«

Charlotte hat bereits eine Antwort parat: »Die Mama und ich backen nächstes Wochenende Weihnachtskekse. Du könntest uns doch dabei helfen und mir bei der Gelegenheit auch gleich Zuckerwatte mitbringen. Dann hast du zwei Fliegen mit einer Klappe geschlagen.«

»Also wenn deine Mutter nichts dagegen hat und ich meinen Rocky mitbringen darf, komme ich gern«, erklärt er und wirft mir schließlich einen fragenden Blick zu, den ich mit einem Lächeln quittiere.

»Ich schätze mal, Grizabella und Tigger werden darüber weniger begeistert sein, aber die Chefin bin noch immer ich – auch wenn die beiden mit hoher Wahrscheinlichkeit einer anderen Meinung sind. Insofern kannst du gerne kommen und uns helfen.«

Sichtlich erleichtert über diese Zukunftsaussichten verabschiedet sich André von meiner Tochter und mir. Indessen schließe ich mit einem wohlig warmen Gefühl im Bauch die Eingangstüre auf und werde sogleich von einem Brechreiz erregenden Gestank aus meiner Seligkeit gerissen.

Scheiße. Was ist denn das bitte für ein widerlicher Geruch, der mir Tränen in die Augen treibt? Ist etwa eine der Katzen gestorben, oder was?

Auch Charlotte scheint der Mief nicht entgangen zu sein, denn sie schirmt ihre Nase mit der gesunden Hand vor dem unangenehmen Geruch ab und hält schließlich die Luft an, als sie ihre Winterstiefel einhändig öffnet. ich hingegen denke nicht einmal daran, mich meines Schuhwerks zu entledigen, sondern sehe mich stattdessen im Vorzimmer um, um die Quelle der Luftverpestung zu identifizieren. Mein Blick bleibt auf einem Paar riesiger weißer Sportschuhe hängen, die ich doch schon mal gesehen habe.

Moment mal. Wieso stehen die Sportschuhe von Mäx in unserem Vorzimmer?

Wie eine Antwort darauf ertönt »Take my breath away« aus dem Film *Top Gun*.

Oh Mann! Ich liebe diesen Song! Den haben Richie und ich immer gehört, wenn wir …

Oh du heilige Scheiße!

Schockiert lasse ich die Sporttasche mit den Eislaufschuhen an Ort und Stelle fallen und stürme vollständig bekleidet ins Wohnzimmer. Dabei stolpere ich beinahe über unsere Stubentiger, die offensichtlich aus ihrer alltäglichen Lethargie erwacht sind, sich jedoch nicht in die Nähe der von Mäx kontaminierten Schuhe wagen. Im Wohnzimmer angekommen, werde ich von schummrigem Licht empfangen, das von den winterlichen Laternen verströmt wird. Im Fernseher lodert stimmungsvolles Kaminfeuer, doch meine Augen sind starr auf meine Tochter gerichtet, die am Oberkörper lediglich mit einem BH bekleidet auf ihrem stinkenden Freund sitzt und wild mit ihm herumknutscht. Ich erwache erst aus meiner Schockstarre, als Mäx' Schaufelhände auf das Hinterteil meiner pubertierenden Tochter wandern.

Mit schriller Stimme schreie ich: »Nein! Wage es nicht! Wag es ja nicht!«

Erschrocken rutscht Bettina von ihrem Freund hinunter und schnappt sich ihr T-Shirt, um dieses an sich zu drücken.

»Mutter, was machst du hier?«

»Ich wohne hier!«, stelle ich mit in die Hüften gestemmten Armen fest. »Wenn jemand hier Fragen stellen darf, dann ich, junge Dame«, erwidere ich erzürnt.

Indessen hat sich auch Charlotte zu uns gesellt, um das Geschehen stumm zu beobachten.

»Mutter, das ist sowas von nicht mehr zeitgemäß«, gibt Bettina mit einem Augenrollen von sich.

»Es ist auch nicht zeitgemäß, mich in meinen Dreißigern zur Oma zu machen.«

Der unerwünschte Gast verteidigt sich: »Keine Sorge, Frau Sommer. Ich habe immer Kondome dabei.«

»Na das ist aber eine beruhigende Tatsache. Wirklich«, kontere ich und höre, wie meine Stimme immer schriller wird. »Ich will, dass du sofort deine Sachen zusammenpackst und hier verschwindest!«

Bettina funkelt mich daraufhin wütend an: »Aber das kannst du doch nicht machen!«

»Natürlich kann ich das. Immerhin bin ich diejenige, die die Miete und die anderen Fixkosten bezahlt und deshalb stelle auch ich die Regeln auf. Und wenn ich sage, dass dein pestilenzialischer Versager von Freund verschwindet, dann verschwindet er.«

»Hey, den Ton find ich aber gar nicht okay, Frau Sommer. Sie können doch wirklich höflich bleiben«, kontert Mäx und erhebt sich dabei träge vom Sofa, das ich nach seinem Besuch vermutlich mit Desinfektionsmittel und Tiergeruchentferner behandeln muss.

»Du hast meiner sechzehnjährigen Tochter soeben an den Hintern gefasst. Ich glaube, ich habe jedes Recht, unhöflich zu dir zu sein.«

»Mutter, so kannst du nicht mit ihm reden. Das nimmst du zurück!«, fordert mich Bettina wütend auf.

Mäx streichelt meiner Teenagerin beruhigend über die Schulter: »Ist schon gut, Baby. Wir sehen uns morgen.«

»Pffff …«, stoße ich bloß zwischen zusammengebissenen Zähnen hervor und sehe zu, wie meine Tochter den Stinker mit großen traurigen Augen umarmt. Als die beiden im Begriff sind, sich zu küssen, schreite ich blitzartig ein.

»Oh nein. In meinem Haus wurde heute schon genügend Speichel ausgetauscht.«

»Mutter, du bist sowas von oldschool«, zischt mich Betti an.

»Wenn ich damit verhindern kann, dass du zum Star von *Teenager werden Mütter* wirst, dann bin ich gerne etwas oldschool.« Meine Augen gleiten auf Mäx, der nach wie vor keinerlei Anstalten macht, unser Haus zu verlassen, weswegen ich ihn anschnauze:

»Jetzt bist du noch immer da. Raus hier! Oder verstehst du mich nicht?«

»Ja, ja, schon gut. Ich geh ja schon«, gibt sich Mäx geschlagen und streckt dabei abwehrend seine Arme von sich, um sich danach in Bewegung zu setzen. Bettina will ihm folgen, da halte ich sie am Arm zurück und schüttle den Kopf. »Nein, du gehst ihm nicht nach!«

»Aber …«

»Nichts aber. Er wird den Weg hinaus auch alleine finden.«

Charlotte kichert hinter vorgehaltener Hand, während sich Bettina ihre vor Wut zusammengekniffenen Augen auf mich richtet.

»Ich hasse dich! Ich hasse dich abgrundtief, Mutter!« Mit diesen Worten stampft meine Älteste ins Obergeschoß und kurz darauf höre ich sie die Tür zu ihrem Zimmer zuschlagen.

Charlotte, der nicht entgeht, dass meine Augen vor Betroffenheit feucht werden, ergreift meine Hand zum Trost. »Sei nicht traurig, Mama. Sie meint es sicher nicht so.«

»Ich weiß, aber es tut trotzdem weh. Dabei muss sie ja noch froh sein, dass es nicht ihr Vater war, der sie erwischt hat.«

Wir werden von Mäx aus unserem Gespräch gerissen: »Auf Wiedersehen, Frau Sommer.«

»Wohl eher auf Nimmerwiedersehen!«, grummle ich und höre die Eingangstür ins Schloss fallen.

»So, ich glaub, ich muss jetzt mal lüften, um den Gestank aus dem Haus zu bekommen«, stelle ich schließlich fest und wische mir mit dem Ärmel meiner Jacke die Tränen aus den Augen.

❄ ❄ ❄

Nachdem ich mich ein wenig beruhigt habe und in bequemere Kleidung geschlüpft bin, beschließe ich ein klärendes Gespräch mit Bettina zu suchen. Charlotte hat sich in der Zwischenzeit den Disneyfilm *Arielle* aufgedreht. Als ich vor Bettinas Zimmertür Halt mache, dröhnt aus dem Inneren lautstark Rammsteins »Puppe«.

Bleibt zu hoffen, dass meine Tochter nicht vorhat, mir den Kopf abzureißen.

Vorsichtig klopfe ich an die Zimmertür. Kurz darauf wird die Musik abgeschaltet und Bettinas aufgebrachte Stimme dringt durch die Tür: »Nein, aber es ist dir ja sowieso egal, weil du hier ja die Regeln aufstellst und damit aus deiner Sicht auch jederzeit in mein Zimmer kommen kannst.«

»Betti, ich mein es doch nur gut mit dir«, erkläre ich ihr seufzend.

»Du hast keine Ahnung, was gut für mich ist. Du bist echt die schlechteste Mutter auf diesem Planeten.«

Autsch … Das ist bereits die dritte Watschn an diesem Tag.

Traurig öffne ich die Tür. Mit Entsetzen stelle ich fest, dass diese soeben damit beschäftigt ist, ihre Habseligkeiten in einen schwarzen, mit zahlreichen Stickern übersäten Trolley zu packen, der geöffnet auf ihrem Bett liegt.

»Was machst du da, Bettina?«

»Wonach siehts denn aus? Ich packe meine Sachen. Ich hab genug von deiner Diktatur.«

»Wenn du glaubst, dass ich dich widerstandslos zu Mäx ziehen lasse, dann hast du dich getäuscht. Ich mein, bist du denn von allen guten Geistern verlassen? Was ist bloß los mit dir?«

Bettina hält in ihrer Tätigkeit inne und funkelt mich wütend an: »Du bist los. Du nervst einfach nur und verstehst mich überhaupt nicht. Und keine Sorge, ich zieh nicht zum Mäx, weil ich nämlich im Gegensatz zu dir eine unabhängige Frau bleiben will. Ich zieh zum Papa und zur Hannah.«

Watschn Nummer vier.

»Das kann nicht dein Ernst sein.«

»Doch, es ist mein voller Ernst. Das hätte ich schon längst tun sollen. Im Gegensatz zu dir ist die Hannah nämlich wenigstens ein gutes Vorbild.«

»Aha und woher kommt der plötzliche Sinneswandel?«, hake ich nach.

»Vielleicht daher, dass sich die Hannah für mich interessiert.«

»Aber hast du nicht vor einer Woche noch etwas anderes gesagt?«

»Na und? Seine Meinung kann man schließlich ändern. Ich bin eben flexibel und nicht so starrsinnig wie du. Außerdem hat mir die Hannah wenigstens zugehört, als ich mit ihr über Mäx geredet hab, und ist mit mir zur Gynäkologin gegangen, damit die mir die Pille verschreiben kann.«

Watschn Nummer fünf, sechs und sieben.

»Was? Aber das ist meine Sache als deine Erziehungsberechtigte. Sie hatte nicht das Recht dazu.«

»Ja, sie hat es aber trotzdem gemacht, weil sie dachte, es sei besser, als ich würde schwanger werden«, hält Bettina fest und verschließt dabei ihren Koffer.

»Bettina, bitte sag mir, dass du noch keinen Sex mit Mäx hattest.«

»Das geht dich überhaupt nichts an«, entgegnet meine Tochter und schnappt sich ihren Trolley. »Jetzt lass mich durch!«

»Ich verbiete es dir, dieses Haus zu verlassen«, gebe ich mich noch nicht geschlagen.

»Du kannst mir gar nichts mehr sagen«, kontert Bettina wutentbrannt und drängt sich dann unsanft an mir vorbei, um mit ihrem Gepäck die Treppen förmlich hinunterzulaufen. Mit klopfendem Herzen folge ich ihr. »Bettina, bleib sofort stehen!«

»Nein das werde ich nicht. Du kannst mich ab jetzt beim Papa besuchen.«

Entschlossen stapft sie ins Vorzimmer, wohin ihr nun auch ihre kleine Schwester folgt, die sie nun mit unsicherer Stimme fragt: »Wo willst du denn hin, Betti?«

»Weg von euch beiden. Das wünscht ihr euch doch sowieso«, antwortet ihre große Schwester und schnürt sich dabei ihre Sneakers zu.

»Du weißt, dass das Unsinn ist«, bemühe ich mich weiterhin darum, die Wogen zu glätten.

»So? Ist es das? Du hast mich doch noch nie liebgehabt, weil ich schuld dran war, dass du den Papa heiraten musstest.«

»Wie kommst du denn auf den Schwachsinn, Betti? Ich hab deinen Papa damals aus Liebe geheiratet und nicht, weil ich mit dir schwanger war.«

Bettina lacht bissig: »Ja, genau. Wer's glaubt, wird selig.«

Mit fahrigen Bewegungen schlüpft meine Teenagerin in ihre Plüsch-Winterjacke und zieht sich ihre Haube über den Kopf. Wie ein Wirbelwind verlässt sie ihr Zuhause und schlägt hinter sich die Tür zu, um ihre kleine Schwester und mich ratlos zurückzulassen. Aus dem Wohnzimmer dringt Arielles Lied, in dem sie ihren Wunsch, ein Mensch zu sein, äußert. Ein Traum, den ich so ganz und gar nicht nachvollziehen kann, denn an diesem Abend würde ich alles dafür geben, eine Meerjungfrau zu sein.

Kapitel 18

ch mach dir keine Sorgen, die Betti hält es sicher nicht länger als eine Woche bei ihrem Vater aus. Danach kommt sie mit Gewissheit angekrochen, um dich um Vergebung zu bitten«, bemüht sich Miriam beim Kaffeetratsch im Büro darum, mich zu trösten.

Im Gegensatz zu ihr bin ich mir allerdings nicht so sicher dass die pubertätsbedingte aus der Bahn geratene Tochter wieder auf Schiene gelangt: »Ich weiß nicht. Diesmal war es wirklich schlimm. Du hättest sie sehen und hören sollen.«

»Sie ist eine Teenagerin. Natürlich klingt das schlimm. Drama steht bei denen an der Tagesordnung. Hast du etwa schon vergessen, wie du als Teenagerin drauf warst?«, hält meine Kollegin fest und bläst danach vorsichtig in ihre Tasse.

»Nein, wie könnte ich das auch vergessen«, antworte ich mit einem energischen Kopfschütteln. »Aber das ist ja auch das Problem. Ich weiß noch genau, wie abgrundtief ich meine Mutter manchmal verachtet habe, nur weil sie mir hin und wieder etwas verboten hat.«

Schamerfüllt blicke ich auf meine unter dem Schreibtisch gefalteten Hände und knete diese. »Vielleicht hätte ich ihn nicht hinauswerfen sollen.«

Miriam tippt sich mit dem Zeigefinger an die Stirn, ehe sie entgegnet: »Come on. Du hast gesehen, wie der Skunk nach dem Hintern deiner Tochter gegrapscht hat. Der kann ja froh sein, dass ich nicht Bettis Mutter bin, sonst hätte er eine Ohrfeige epischen Ausmaßes kassiert.«

»Ich behaupte nicht, nicht in Versuchung geraten zu sein. Aber wenn ich ihm eine geknallt hätte, würde mir Betti niemals verzeihen.«

»Geh bitte, irgendwann verzeihen sie einem alle. Spätestens wenn sie selbst mal eine Tochter hat, kennt sie die Beweggründe deiner Handlungen«, stellt Miriam im Brustton der Überzeugung fest und wagt dann endlich, einen Schluck von ihrem Kaffee zu nehmen. »Scheiße! Kühlt das Ding denn niemals ab?«

Über ihre Ungeduld grinsend greife ich das Thema Kindererziehung erneut auf: »Mag schon sein, dass mir die Betti den Rauswurf ihres Freundes irgendwann verzeiht, aber das ist es ja auch nicht, was mich so fertigmacht. Am meisten trifft mich eigentlich, dass sie sich so ungeliebt fühlt und denkt, sie sei bloß eine Last für mich gewesen. Dabei habe ich mich doch immer so bemüht, ihr zu vermitteln, wie wichtig sie mir ist. Wie kommt sie denn bloß auf die Idee?«

»Ich wiederhole mich gerne: Sie ist eine Teenagerin. Die fühlen sich alle ungeliebt. Die lieben sich doch nicht mal selbst, wie kannst du dann voraussetzen, dass sie begreifen, wie sehr sie von anderen geliebt werden?«

»Meinst du? Du denkst also nicht, dass ich etwas falsch gemacht habe?«

»Du hast maximal den Fehler begangen, ein viel zu weicher Mensch im Umgang mit deinen Kindern zu sein. Und jetzt mal ehrlich: Du bist ja nicht alleine verantwortlich. Was sagt denn der Richard zu all dem?«

Hilflos zucke ich mit den Schultern: »Na ja, ich hab gestern versucht, ihn zu erreichen, bin aber nicht durchgekommen, weil er mal wieder Dienst hatte. Deshalb hab ich nur kurz mit Hannah telefoniert.«

»Alle Achtung, dass du es noch über dich gebracht hast, mit dieser verlogenen Bitch zu reden.«

»Es hat mich auch alle meine Kraft gekostet, freundlich zu ihr zu sein und du weißt, wie schlecht mir Heuchelei liegt.«

Miriam nickt und dabei baumelt einer ihrer lilafarbenen Zöpfe gefährlich über der Oberfläche ihres Kaffees: »Jep, man kann das ›Fuck you‹ förmlich aus deinem Gesicht ablesen. Zumindest wenn man dich gut kennt.«

»Das würde immerhin erklären, warum die letzte Klientin so ungehalten war, obwohl ich mich doch so um Höflichkeit bemüht habe«, halte ich fest und werde dann von einer plötzlich einlangenden E-Mail abgelenkt.

Ui … Die ist von André.

Mit vor Aufregung kribbelndem Bauch öffne ich die Nachricht:

Guten Morgen!

Ich hoffe der Ärger mit deinem Exmann hat sich wieder gelegt und Charlotte hat keine allzu großen Schmerzen. Tut mir wirklich furchtbar leid ... Das wollte ich nur noch mal sagen und dass ich bis zu diesem Moment wirklich sehr viel Spaß hatte. Das auch. Ja, also gut. Bevor ich mich jetzt weiter zum Affen mache: Wir sehen uns später! Es sei denn, du bist krank, dann natürlich nicht. In diesem Fall würdest du aber auch nicht meine Nachricht lesen, insofern ... Bis später!

André

Ich verziehe meinen Mund zu einem breiten Grinsen und tippe hastig eine Antwort:

Morgähn!

Es gab leider schon noch Ärger, aber der hatte nur am Rande mit meinem Exmann zu tun. Ist eine lange Geschichte und erzähl ich dir gern mal bei einem Kaffee ;)

Btw: Du musst dich für absolut gar nichts entschuldigen. Ich hab mich bis zu Charlottes Unfall auch sehr gut mit dir amüsiert. Und krank bin ich auch nicht! Überraschung!! :)

Bis später

Luisa :)

Bevor ich zufrieden auf Senden klicke, werfe ich noch einmal einen prüfenden Blick auf meine E-Mail. Danach lehne ich mich mit meiner Kaffeetasse in der Hand in meinem Schreibtischstuhl zurück und grinse selbstgefällig vor mich hin. Natürlich entgeht Miriam mein plötzlicher Stimmungswechsel nicht.

»Wieso glühst du auf einmal wie eine Christbaumkerze und grinst so dümmlich wie einer dieser beleuchteten Weihnachtsmänner, die mich immer an *Chucky die Mörderpuppe* erinnern?«

»Herzlichen Dank auch.«

»Bitte, ich gebe immer wieder gerne ehrliche Rückmeldung. Meine Frage ist damit aber nicht beantwortet.«

Ich seufze und stelle nach einem Schluck von meinem Kaffee die Tasse vor mir auf dem Schreibtisch ab: »Okay, ich erzähl es dir, wenn du versprichst, dass du den Gossip für dich behältst.«

Miriam grinst zufrieden und presst dann ihre Lippen zusammen, um mit der rechten Hand das Verschließen eines Reißverschlusses zu simulieren.

»André und ich waren ja letzte Woche ein mögliches Lokal für die Weihnachtsfeier inspizieren und danach hat er mich noch auf einen Kaffee eingeladen. Jedenfalls hat er mich dann gefragt, ob ich gern mit ihm am Wochenende Eislaufen gehen würde.«

»Und?«, hakt sie mit weit aufgerissenen Augen nach.

»Na ja, wir waren am Samstag gemeinsam mit Charlotte auf dem Rathausplatz und als ich gestürzt bin, hat es fast danach ausgesehen, als würde er mich küssen wollen«, erzähle ich zugegeben mit etwas verträumtem Unterton in der Stimme.

Miriam klatscht freudig in die Hände: »Wusste ich es doch! Der hat dich never ever vergessen.«

»Möglich.«

»Na und? Habt ihr euch geküsst?«

»Nein, Charlotte ist gestürzt und hat sich verletzt, was den romantischen Moment irgendwie gekillt hat.«

»Oh nein, wie schade.«

»Vor allem find ich es furchtbar, was für eine miese Mutter ich bin. Die eine bricht sich unter meiner Aufsicht den Arm, weil ich mit Flirten beschäftigt bin und die andere zieht zu ihrem Vater, nachdem ich sie beim Fummeln mit ihrem stinkenden Freund erwischt habe.«

»Geh bitte, jetzt reiß dich ein bissi am Riemen. Es ist doch wirklich nicht deine Schuld, dass sich die Lotti den Arm gebrochen hat.«

»Na dann bist du ja ausnahmsweise mal einer Meinung mit Hannah.«

»Wer hätte das gedacht. Aber viel brennender interessiert mich wie es jetzt eigentlich zwischen dir und dem André weitergeht? Ich meine, werdet ihr es leidenschaftlich in seinem Büro auf dem Schreibtisch treiben, oder eher konservativ auf der für Büroangestellte allgemein zugänglichen Toilette? Wird er dir einen Ring und einen Porsche zur Verlobung schenken oder vielleicht eher ein Pferd und eine Karibikreise? Das alles muss noch geklärt werden. Ach ja: Und wirst du dann zu meiner Chefin, wenn ihr erst mal verheiratet seid?«

»Okay, stopp, langsam. So weit sind wir noch lange nicht, aber wir sehen uns wieder. Nächstes Wochenende kommt er zu uns und hilft uns beim Kekse backen.«

Miriam sackt enttäuscht in sich zusammen: »Oh Mann! Wie langweilig ist das denn? Ich meine, du könntest Lotti doch zu ihrem Vater schicken und es dann mit dem Chef im Keksteig treiben.«

»Hey, ich will nichts überstürzen. Es ist schon gut, wenn die Lotti auch anwesend ist, dann laufe ich nicht Gefahr, mit André im Bett zu landen.«

»Süße, ich widerspreche dir nur ungern, aber da warst du schon mit ihm. Für Zurückhaltung ist es eindeutig zu spät.«

»Ja, ja, schon gut. Aber damals kannte ich ihn auch noch nicht. Das hat sich geändert und deshalb will ich jetzt, wo ich emotional mehr verstrickt bin, alles langsam angehen. Aber hören wir lieber auf, darüber zu reden. Das bringt nämlich nur Unglück.«

»Wie du meinst. Dabei hat es so gutgetan, mal etwas Positives zu hören.«

»Wieso denn das? Ist Tom denn noch immer krank?«

»Körperlich nicht mehr, aber ich fürchte im Geiste. Wir haben am Wochenende so heftig gestritten, weil ich nicht seiner Meinung war und dann hat er beschlossen, mich zu verlassen.«

Mir klappt die Kinnlade hinunter: »What? Der Tom hat dich verlassen? Der muss doch froh sein, dass er so eine tolle Frau wie dich hatte?«

»Jep, er hat alle seine Sachen gepackt und ist ausgezogen. Also, alle Sachen, die er fürs Erste braucht. Das sind sein Laptop, ein paar Unterhosen und andere Kleidungsstücke, eine Chipspackung aus der Vorratslade und ein Sixpack Bier aus dem Kühlschrank.«

»Und wohin ist er gezogen?«

»In seine alte Wohnung. Du weißt ja, dass er sich die behalten hat.«

»Das tut mir voll leid.«

»Muss es nicht. Wenn da nicht diese andere Sache wäre, wäre ich sogar erleichtert.«

»Welche Sache denn?«

»Jetzt musst du mir versprechen, kein Wort darüber zu verlieren. Auch Georgi gegenüber nicht«, erklärt mir Miriam mit ernstem Gesichtsausdruck und deutet dabei mahnend mit dem Zeigefinger ihrer rechten Hand nach oben.

»Also gut, ich schwöre ich verliere kein Sterbenswörtchen darüber.«

Miriam atmet einmal tief durch, ehe sie rundheraus gesteht: »Meine Periode ist schon seit ein paar Wochen überfällig und deshalb hab ich einen Schwangerschaftstest gemacht und tada … er war positiv.«

»Wow, aber das ist doch gut …« Ich unterbreche mich, ehe ich frage: »Moment mal, aber deshalb habt ihr nicht gestritten, oder?«

Meine Freundin schüttelt traurig den Kopf: »Der Tom weiß es gar nicht.«

»Oh wow, weniger gut. Warum hast du es ihm denn nicht gesagt?«

»Weil ich noch nicht sicher bin, ob ich es bekommen will oder soll. Ich meine, sieh mich doch an. Das ist der gänzlich schlechteste Zeitpunkt. Ich wollte doch mein eigenes Pole Dance Studio eröffnen, aber das kann ich mir alles abschminken, wenn ich mich dazu entscheide, das Baby zu bekommen. Wenn ich schwanger bin, werde ich keinen Sport an der Stange machen können, weil das zu gefährlich ist, und danach werde ich wohl neben dem Job hier kaum noch Zeit haben, mich im Studio zu engagieren. Das ist alles so megakacke. Warum musste das ausgerechnet jetzt passieren?«, redet sich Miriam ihren Frust von der Seele.

Indessen stehe ich auf, um auf meine Freundin zuzugehen und ihr zum Trost über die Schulter zu streicheln.

»Leider schert sich das Leben einen Dreck um den richtigen Zeitpunkt. Aber um ehrlich zu sein, bezweifle ich, dass es den überhaupt gibt.«

»Du hast ja Recht und eigentlich wollte ich ja auch immer Kinder. Nur ist Tom halt leider selbst noch wie ein Kind.«

»Man kann Kinder auch alleine großziehen, Miriam und …«

Ehe ich meinen Satz vollenden kann, werde ich von einem Klopfen unterbrochen und nachdem ich den Störenfried hereingebeten habe, stolziert Johanna wie ein Pfau mit einem Stapel Einladungskarten, die aussehen wie kleine Weihnachtspakete, in das Büro.

»Einen wunderschönen guten Morgen wünsche ich euch!«, flötet sie in den Raum und verströmt dabei ihren üppigen Blumenduft.

Gott, wieso ist die Frau eigentlich schon in den frühen Morgenstunden derartig gut gelaunt? Hat ihr Pierre etwa einen Diamantring geschenkt oder wie?

»Bitte, geht das auch leiser?«, spricht mir Miriam aus der Seele. »Welche Drogen hast du zu dir genommen, dass du so fröhlich bist?«

»Man braucht doch keine Drogen, um fröhlich zu sein. Es genügt vollkommen, sich in der Früh in den Spiegel zu sehen, sich selbst ein Lächeln zu schenken und zu sagen: Du bist super!«, entgegnet Johanna spitz.

»Bei mir ist eher das Gegenteil der Fall. Ich bin so lange gut drauf, bis ich mich in den Spiegel sehe. Dann bekomme ich einen Schreikrampf, hasse mich selbst und würde mich am liebsten wieder in meinem Bett verkriechen«, plaudere ich aus dem Nähkästchen und werde postwendend von ihr zurechtgewiesen.

»Siehst du, das ist die falsche Einstellung.«

»Außerdem: was hast du eigentlich für ein Problem mit dir selbst? Letztes Jahr in der Therme hat man dich für Bettis Schwester gehalten«, wendet Miriam verständnislos ein.

»Bitte erinnere mich nicht daran. Sie hat mir meine Freude darüber mindestens drei Wochen nachgetragen.«

»Ja, sehr schön. Äh … kann ich vielleicht wieder eure Aufmerksamkeit haben?«, bemüht sich Johanna indessen um unsere Aufmerksamkeit.

»Können schon, aber die Frage ist, ob wir wollen.«

Unter dem Schreibtisch verpasse ich Miriam einen deftigen Tritt auf ihr Schienbein, um sie zur Raison zu rufen.

»Scheiße! Aua … Was war das denn bitte?«

Während Johanna meine Freundin ahnungslos anstarrt, zucke ich lediglich mit den Schultern: »Ich weiß es nicht. Du musst dich wohl am Tischbein gestoßen haben.«

»Wie dem auch immer sei«, hält unser blonder Gast fest und stöckelt dabei auf unsere Schreibtische zu, um sowohl mir als auch Miriam eine Einladung zu überreichen.

»Ich wollte euch eigentlich nur die Einladungen für die Weihnachtsfeier vorbeibringen. Unser Chef ist Gott sei Dank zu Verstand gekommen und hat meine Hilfe angenommen, sodass wir jetzt ein tolles Lokal gefunden haben.«

André hat mit ihr ein Lokal ausgesucht und die Einladungen!? Echt jetzt? Wieso hat er mich nicht gefragt?

»Ja, ich kann mir schon vorstellen, wie du ihm deine Hilfe angeboten hast«, kann sich Miriam nicht verkneifen, nachdem sie die Einladung in ihrer Hand einer eingehenden Musterung unterzogen hat.

»Miriam, Miriam, woher kommt bloß diese schlechte Meinung über mich?«

»Nenne es Realitätssinn.«

Johanna ignoriert den Konter ihrer Kollegin und stöckelt in ihren Hotpants und den Overknees aus dem Zimmer.

»Was für eine GK!«, faucht Miriam erzürnt, als die Tür hinter unserer Assistentin ins Schloss gefallen ist. »Ich bekomme schon Kabel, wenn ich ihre Schritte höre.«

»Weißt du, was ich denke!?«

»Nein, was!?«

»Ich denke, du solltest heute mit Charlotte und mir zum Weihnachtsshopping. Du brauchst dringend ein paar Glückshormone.«

Kapitel 19

Nachdem ich meine Tochter gemeinsam mit Miriam von der Nachmittagsbetreuung abgeholt habe, betreten wir in freudiger Erwartung das ersehnte Einkaufszentrum, das sich sogleich als vorweihnachtlicher Albtraum entpuppt, woran auch der dezente Geruch nach Zimt und Orangen nichts ändern kann. Ich kämpfe mich durch die Menschenmasse, die sich selbstverständlich nur noch um das Wohlergehen der Wirtschaft sorgt. Dabei werfe ich immer wieder einen prüfenden Blick über die Schulter, um sicherzustellen, dass meine Tochter und Miriam in der Menge nicht untergehen. Immerhin sind Menschen im Konsumrausch wie Raubtiere.

An den Rolltreppen, die ins Obergeschoß führen, hat sich ein Stau gebildet, den eine Social-Media-süchtige Teenagerin in bauchfreiem Top und Daunenjacke zu verantworten hat. Seelenruhig bemüht sich die talentierte Selbstdarstellerin um den perfekten Winkel für ihr Video und erklärt dabei in TikTok-reifer Manier, wie man die Rolltreppen korrekt benutzt. Mit einem Schmunzeln auf den Lippen beobachte ich die exponentiell ansteigenden Kollisionen und atme erleichtert auf, als ich den Ausstieg im Obergeschoß unverletzt überstehe. Meine Erleichterung hält jedoch nicht lange an, denn das Drama der Zivilisation nimmt auch im ersten Stock kein Ende. Wie Ameisen auf Futtersuche tummeln sich gefühlte tausend Menschen mit Einkaufstüten vor und in den Läden, sodass es keinerlei Ausweichmöglichkeit gibt.

Manno! Was für ein Albtraum! Ich will nach Hause! Kein Wunder, dass der Planet dem Untergang geweiht ist. Der Mensch verbreitet schließlich nicht nur Viren. Er ist wie ein Virus!

Mein Blick gleitet unverhofft auf eine der zahlreichen Lichterketten an der Decke.

»Ob die robust genug sind, dass man sich an ihnen auf die andere Seite schwingen kann, wie Tarzan?«, wende ich mich an Miriam, deren Gesichtsausdruck mir verrät, dass es ihr in dieser Einkaufshölle nicht besser ergeht als mir.

»Ich hoffe es, denn ich will da mit Sicherheit nicht durch.« Sie deutet mit dem Kinn auf die anderen Konsumenten und fügt dann hinzu: »Was ist bloß aus der guten alten besinnlichen Zeit geworden?«

»Duuuu? Mamaaaa?«, wechselt Charlotte rasch das Thema, als wir uns Richtung Drogeriemarkt bewegen, in dem Miriam und ich uns ein Wichtelgeschenk für unser Bengerl zu finden erhoffen. »Darf ich heute einen Lippenstift haben?«

»Also, wenn wir dafür den Shoppingtag mit einem Abendessen ausklingen lassen, gerne.«

»Weißt du eigentlich schon, was du für André kaufen wirst?«, fragt mich meine Freundin indessen neugierig, woraufhin ich mit den Schultern zucke.

»Ehrlich gesagt habe ich nicht die geringste Ahnung. Ich kenne ihn schließlich kaum.«

»Na ja … Ganz richtig ist das jetzt aber nicht«, kontert Miriam mit einem breiten Grinsen.

»Können wir das Thema vor meiner Tochter bitte sein lassen?«

»Was denn für ein Thema?«, fragt Charlotte nach und treibt mich damit in eine Zwickmühle, weswegen ich genau das tue, was ich an meiner Mutter stets so verachtet habe. »Nichts. Das geht nur die Erwachsenen etwas an.«

Sie wirkt enttäuscht, unterlässt es allerdings weitere Frage zu stellen. Indessen lenke ich geschickt vom Thema ab, indem ich Miriam eine Gegenfrage stelle: »Hast du schon eine Idee für Johannas Geschenk?«

»Bitte nenne ihren Namen in meiner Gegenwart nicht. Wenn wir alleine sind, ist sie die GK, okay!?«

»Was bedeutet GK?«, hakt Lotti nach.

Ehe meine Freundin dazu in der Lage ist, wahrheitsgemäß zu antworten, erkläre ich rasch: »Das bedeutet Geliebte Königin.«

Meine Freundin verzieht ihr Gesicht zu einer angewiderten Miene: »Echt jetzt?«

Ich werfe ihr einen bedeutungsschwangeren Blick zu: »Ja, echt jetzt.«

»Schon gut, schon gut. Ich gebe mich geschlagen. Manno, ich dachte, der Shoppingnachmittag soll mich von meinen Sorgen ablenken, aber du verdirbst mir wirklich jeden Spaß.«

»Man kann auch Spaß haben, ohne Menschen zu beleidigen.«

»Ja, aber mehr Spaß hat man trotzdem, wenn man es macht«, quengelt Miriam, während wir uns durch die verstopften Gänge im Einkaufszentrum quälen. »Genügt es denn nicht, dass ich der GK ein Geschenk kaufen muss? Damit werde ich eh schon an die Grenzen meiner Belastbarkeit getrieben.«

Liebevoll klopfe ich Miriam auf die Schulter: »Du musst das pragmatisch sehen. Immerhin hast du die einzigartige Chance, ihr ein vollkommen grottiges Geschenk zu machen, über das sie sich auch noch Jahre später ärgern wird.«

»Du bringst mich auf eine Idee. Ich könnte ihr das neue Buch von Lola Love schenken. Ich glaub, es heißt *Mut zur Hässlichkeit. Wie sie auch als hässliches Entlein ihr Glück finden.* Damit würde ich sie in nagende Selbstzweifel stürzen.«

»Sounds like a plan«, stimme ich meiner Freundin zu und spüre, wie meine Tochter an meinem Arm zupft.

»Du Mama, ist diese Lola Love nicht die Exfreundin von André?«

Miriam wird hellhörig: »What? Wieso weiß ich nichts davon?«

»Weil es nicht wichtig ist.«

»Aber ist das dann nicht der Typ, der seinen Heiratsantrag wieder zurückgezogen hat?«

»Na ja, so einfach ist die Geschichte nicht. Er wollte sich mit ihr verloben, nur ist sie ihm zuvorgekommen und hat den Ring vor seinem Antrag bereits mit ihrer kompletten Social Media Gemeinde geteilt.«

»Was für eine Schlange. Auf ihrem Kanal hat sie das nämlich ganz anders dargestellt. Das ist übrigens auch der Grund, warum sich ihre Bücher und Podcasts so gut verkaufen: Sie wirbt mit einer traumatisierenden Erfahrung.«

»Machen das nicht alle Verfasser von Ratgebern?«

»Das schon, aber die meisten sprechen diesbezüglich nicht die Unwahrheit.«

Ich zucke mit den Schultern: »Wer weiß, womöglich ist es gar nicht die Unwahrheit. Es ist doch durchaus möglich, dass es für sie traumatisierend war, als André die Verlobung noch vor dem Zustandekommen gelöst hat.«

»Aber das ist doch auch total verständlich. Wenn der Tom unser gesamtes Privatleben auf Instagram teilen würde, würde ich mich auch nicht wohl damit fühlen«, verteidigt Miriam das Vorgehen unseres Chefs.

»Ich habe ja auch nicht behauptet, dass ich ihn nicht verstehen kann. Ich meinte lediglich, dass es in Lolas Welt, die übrigens Conny heißt, womöglich wirklich ein traumatisierender Schock war.«

»Geh bitte, komm mir nicht damit. Für die meisten Menschen heutzutage ist es schon traumatisierend, wenn ihre Klopapiermarke ausverkauft ist oder sie der Busfahrer mal angeschnauzt hat.«

»Die Inge-Oma sagt immer, dass die Menschen total verweichlicht sind und gar nicht wissen, was Entbehrungen bedeuten. Sie sagt, sie hat das als Kind aber schon noch erlebt.«

»Wieso überrascht mich das nicht«, stelle ich fest und halte schließlich vor dem Drogeriemarkt *Müller* an. Die Schlange vor der einzigen geöffneten Kassa zieht sich bis tief in den Laden hinein und zwischen den Regalen tummeln sich Menschentrauben.

Alles klar. Es war eine Schnapsidee, am heutigen Tag einkaufen zu gehen.

Wie die Helden in Horrorfilmen beschließen Miriam und ich uns aufzuteilen. Sollte einer in der Hölle untergehen, überlebt wenigstens der andere. Während meine Kollegin nach dem neuen Buch von Lola Love sucht, bemühe ich mich darum, ein passendes Geschenk für André zu finden, bleibe jedoch erfolglos, weswegen Charlotte und ich uns zu dem Lippenstiftregal begeben. Bevor wir jedoch selbst in den Genuss des Begutachtungsverfahrens gelangen, sind wir dazu verdammt, darauf zu warten, dass eine wenig entscheidungsfreudige Konsumentin eine entsprechende Farbe wählt. Nachdem sich der Prozess eine halbe Ewigkeit dahinzieht, räuspere ich mich lautstark, um die zaudernde Frau auf mich aufmerksam zu machen.

Nichts! Nada! Null Reaktion! Ich glaube, ich explodiere gleich.

»Mamaaaa! Glaubst du, mir würde ein roter Lippenstift stehen?«

Es ist mir vollkommen gleichgültig, ob sie roten, grünen, gelben oder blauen Lippenstift trägt. Mein Rücken schmerzt von meinem und Charlottes schweren Rucksack, ich schwitze, als befände ich mich in der Sauna und ich habe nicht nur von der Geräuschkulisse, sondern auch von den sich mischenden Gerüchen Kopfschmerzen. Kurz gesagt: Ich will hier weg!

Ich atme einmal tief durch, um meine negativen Emotionen in den Griff zu bekommen und antworte meiner Tochter: »Ich denke, dir würde jede Farbe gutstehen, solang sie dezent ist.«

»Was bedeutet denn dezent?«

Tief ein- und ausatmen! Tief ein- und ausatmen!

»Keine Ahnung, wie ich das jetzt erklären soll. Dezent halt«, antworte ich patziger, als ich wollte, weshalb ich postwendend von einem schlechten Gewissen geplagt werde.

Meine schroffen Umgangsformen dürften auch der Geschlechtsgenossin vor uns nicht entgangen sein, die endlich Notiz von mir nimmt und mir einen verächtlichen Blick zuwirft, um dann mit ihrem auserwählten Produkt von dannen zu ziehen.

Endlich! Ich bin von meinem Leid erlöst. Der Allmächtige hat mich doch nicht verlassen.

Zumindest denke ich das, als ich zielsicher nach meinem üblichen Lippenstift greife, nur um dann meiner Tochter eine gefühlte Ewigkeit dabei zuzusehen, wie sie sich nicht entscheidet.

Ich weiß nicht wie, aber es gelingt mir, durchzuhalten, bis Charlotte und ich die Kassa erreicht haben, vor der sich bereits der nächste Stau bildet, weil eine gestylte Frau mittleren Alters mit ihren langen Fingernägeln ihr gesamtes Kleingeld aus der Börse puhlt, um damit die Rechnung zu bezahlen. Indessen ertönt hinter mir die aufgebrachte Stimme einer älteren Dame am Rollator: »Zweite Kassa bitte!«

❄ ❄ ❄

Um der Hölle des Einkaufszentrums zu entgehen, haben Miriam, Charlotte und ich beschlossen, unsere leeren Mägen beim Asiaten zu füllen. Deshalb sitzen wir jetzt an einem der gemütlichen Tische des *Wok-Tempels* und warten geduldig auf unsere sorgfältig zusammengestellten Gerichte. Indessen widmet sich meine Tochter den gebackenen Speisen vom Buffet, die sie in typisch österreichischer Manier mit reichlich Ketchup verfeinert, was ich lediglich mit einem angewiderten Blick auf ihren Teller quittiere. Miriam und ich haben uns zur Verkürzung der Wartezeit am Vorspeisenbuffet bedient. Eine Sushi-Rolle verschlingend hält meine Freundin schmatzend fest: »Bist du deppert, ich fühle mich jetzt schon so, als würde ich für zwei essen.«

Ungerührt zucke ich mit den Schultern und kann mir ein Grinsen nicht verkneifen: »Tja, so ist das, wenn man schwanger ist. Und ehe man sich versieht, wiegt man so viel wie ein Lastkraftwagen … und bewegt sich auch ähnlich träge.«

Miriam hält ruckartig inne und lässt dabei eine Sushi-Rolle in die Schale mit der Sojasauce platschen.

»Echt jetzt? Oh Mann, dann muss ich mein Tattoo am Bauch entfernen lassen. Sonst verwechselt man den Traumfänger mit einem Fischernetz.«

»Das war ein Scherz, Miriam.«

»Du sollst aber nicht scherzen, wenn ich mich in einem derartig vulnerablen Zustand befinde. Das ist nicht witzig.«

»Aber es ist doch voll schön, dass du ein Baby bekommst, Miriam«, mischt sich Charlotte in das Gespräch ein.

»Erstens habe ich das noch nicht entschieden und zweitens: Nein, es ist nicht schön. Es ist gar nicht schön. Es könnte eigentlich nicht schlimmer sein. Ich meine, seht mich doch mal an«, verteidigt sich die Angesprochene mit vorgerecktem Kinn und legt dabei ihre Stäbchen beiseite.

Meine Tochter und ich tauschen einen verständnislosen Blick aus und wenden uns dann beinahe gleichzeitig an Miriam.

»Ja, und? Wir sehen dich die ganze Zeit an.«

»Na eben. Sehe ich etwa aus wie eine normale Mutter? Mein Kind wird sich für mich schämen.«

»Was für ein Blödsinn? Wie sieht denn bitte deiner Meinung nach eine normale Mutter aus?«

Hilflos zuckt Miriam mit den Schultern: »Na ja … Keine Ahnung. Langweilig? In konservativer Kleidung, die vorwiegend in Beigetönen gehalten ist und mit adrettem Haarschnitt und dezentem Make-up. Eben nicht so wie ich.« Sie macht eine Pause, in der sie offenkundig über etwas nachdenkt und spricht dann mit bestürzter Miene weiter: »Oh mein Gott! Was mache ich eigentlich, wenn mein Kind so wie ich ist und die Schule schwänzt, um mit irgendwelchen Bikern und Rockern abzuhängen?«

»Geh bitte, jetzt mach nicht so ein Drama. Es dauert doch noch ewig, bis dein Baby zur Schule geht. Davon abgesehen, ist ja aus dir trotz Schule-Schwänzen und Bikertypen etwas geworden.« Hastig wende ich mich an Charlotte: »Was nicht bedeutet, dass Schuleschwänzen okay ist.«

»Ja, aus mir ist eine Frau geworden, die mit einem unreifen Mann zusammen ist, der bei einem grippalen Infekt sein Testament verfasst und bei Zugluft so tut, als wäre er einem Tornado ausgesetzt.«

»Ohne dich verletzen zu wollen, aber genaugenommen bist du derzeit nicht mit Tom zusammen.«

»Mah … danke für diesen Seitenhieb.«

»Sorry, aber eigentlich ist das ja etwas Positives, weil es zeigt, dass du in der Lage warst, dich gegen die Beziehung mit einem unreifen Typen zu entscheiden.«

Miriam rollt mit den Augen und greift dann wieder nach ihren Stäbchen: »Okay, okay. Du hast gewonnen. Ich sag nichts mehr.«

Ich zwinkere meiner Freundin zu: »Sehr gut. Ein Drama genügt mir nämlich. Ich brauch nicht auch noch ein zweites.« Danach wende ich mich an Charlotte: »Hat sich die Betti eigentlich bei dir gemeldet?«

»Nein. Dabei hätte ich sie heute so dringend gebraucht«, antwortet Lotti kopfschüttelnd und ihre Augen nehmen einen eindeutig traurigen Ausdruck an.

Ich mustere meine Tochter einen Augenblick ernst, und frage sie schließlich: »Wieso denn das? Ist irgendetwas passiert?«

»Ja, meine Lehrerin hat gesagt, dass ich nicht beim Krippenspiel mitwirken darf.«

Ehe ich in der Lage bin, eine für eine schockierte Mutter adäquate Reaktion an den Tag zu legen, gibt Miriam entrüstet von sich: »Wieso denn das? Du bist doch super talentiert.«

»Ich … Na ja … Sie will mich nicht dabeihaben, weil sie meint, dass mein Gipsarm historisch nicht autotentisch wäre und ich damit die ganze Illusion zerstören würde.«

Tief ein- und ausatmen! Tief ein- und ausatmen!

»Das darf doch wohl nicht wahr sein. Für wen hält sich diese blöde Kuh etwa? Für Spielberg oder was? Ich meine, das ist ein Krippenspiel für die Eltern der Volksschulkinder und die tut so, als würde sie mit dem Stück auf dem Broadway auftreten«, verleihe ich meiner Empörung lautstark Ausdruck und ziehe damit die Aufmerksamkeit der anderen Gäste auf mich, was Lotti sichtlich unangenehm ist.

»Mama, kannst du nicht leiser reden? Die anderen Leute schauen uns alle schon an.«

»Nein, ich rede nicht leiser. Die sollen ruhig alle hören, was für eine rückständige Lehrkraft du hast. Außerdem: wer wird denn jetzt die Maria spielen, wenn du es nicht mehr darfst? Die Vorführung ist doch schon kommende Woche«, zeige ich mich kämpferisch.

»Na, wer wohl. Die Frau Lehrerin meint, dass die Daniela die Maria spielen soll, weil die mit den langen blonden Haaren eh viel besser in die Rolle passt als ich.«

Miriam lacht laut auf: »Eine blonde Maria. Total authentisch, wirklich.«

»Also eines verspreche ich dir«, erkläre ich mit eng zusammengekniffenen Augen, »in der Sache ist definitiv noch nicht das letzte Wort gefallen.«

Kapitel 20

Was führt sie zu mir, Frau Sommer?«, fragt mich Charlottes Lehrerin mit einem aufgesetzten Psychopathenlächeln, während sie mich hinter ihren Brillengläsern aus kalten blauen Augen mustert.

Was glaubt sie denn, was mich zu ihr führt? Sicher nicht die Überforderung beim Kaufen von Weihnachtsgeschenken oder die Problematik der überfüllten öffentlichen Verkehrsmittel.

Ehe ich antworte, atme ich einmal tief durch: »Meine Tochter. Sie hat mir gestern sehr aufgelöst erzählt, dass sie nicht am Krippenspiel teilnehmen darf, weil sie einen Gipsarm hat.«

Frau Humpelsdorfer zeigt sich gänzlich ungerührt: »Ja, das ist wahr. Zu meinem Bedauern kann ich sie in diesem Zustand nicht mitmachen lassen. Sehen Sie, die Kinder müssen während des Krippenspiels auf die Bühne in der Schulaula und vorher helfen alle dabei, die Kulissen aufzubauen. Es ist nicht nur die Sturzgefahr, die mich davon abhält, Charlotte auf der Bühne auftreten zu lassen, sondern auch die Gegebenheit, dass sie beim Aufbau des Bühnenbilds nicht mithelfen kann und das wäre den anderen Kindern gegenüber doch sehr ungerecht.« Sie zuckt entschuldigend mit den Schultern, als sie erklärend hinzufügt: »Ich kann halt leider kein Kind bevorzugen.«

»Aber haben Sie nicht auch die Verpflichtung, auf schwächere Kinder Rücksicht zu nehmen?«, hake ich um Höflichkeit bemüht nach und nehme erst jetzt wahr, dass ich wieder einmal an meinen Fingernägeln zupfe und reiße.

Mein Gegenüber nickt indessen seelenruhig und noch immer mit diesem aufgesetzten Lächeln, das meine Wut im Bauch anschwellen lässt wie einen riesigen Ballon.

»Natürlich ist es für uns als Lehrpersonal Pflicht, auf die schwächeren Schülerinnen und Schüler Rücksicht zu nehmen, womit wir auch schon beim Kern des Problems angelangt wären. Sehen Sie, die Leistungen von Charlotte haben in letzter Zeit doch empfindlich nachgelassen.«

»Das versteh ich nicht. Sie hat doch auf die letzte Deutschschularbeit einen Einser bekommen und in Mathe, soweit ich weiß, auch. In welchem Fach hat Charlotte denn Probleme?«

»Na ja, mir ist aufgefallen, dass sie bei den Hausübungen nicht mehr so viel Elan an den Tag legt wie im letzten Schuljahr.«

Frau Humpelsdorfer setzt zu einer Pause an, um ihre Aufzeichnungen in der blauen Mappe zu studieren, die aufgeschlagen auf dem Lehrertisch vor ihr liegt. Während ich geduldig auf eine Erläuterung warte, betrachte ich die von den Kindern aus Papier ausgeschnittenen Schneeflocken, die an die riesigen Fensterscheiben geklebt wurden. Von draußen dringen die dumpfen Freudenschreie der im Schulhof tobenden Kinder nach oben.

Ich wäre auch gern wieder ein Kind. Dann würden mich vermutlich keine anderen Sorgen als meine Weihnachtsgeschenke plagen.

»Ah ja … Da haben wir es ja«, reißt mich die Lehrerin aus meinen Gedanken. »Charlottes Schrift wird immer schlampiger und Zierleisten macht sie auch keine mehr.«

Zierleisten!? Echt jetzt? Wer macht denn heute bitte noch Zierleisten? Ich animiere Charlotte stets dazu, diese bei den Hausübungen wegzulassen.

Frau Humpelsdorfer richtet ihre großen blauen Glupschaugen mit ernstem Blick auf mich: »Ich glaub fast, das ist ein Anzeichen dafür, dass sie sich mit der Scheidung von ihrem Mann doch sehr schwer tut. Wissen Sie, das fällt mir immer wieder auf, dass Scheidungskinder nicht dieselben Schulleistungen bringen wie Kinder aus intakten Familien.«

»Ehrlich gesagt, verstehe ich noch immer nicht so ganz, wo das Problem liegt. Die Noten von Charlotte sind doch mehr als nur in Ordnung?«

»Ja, nur leider setzt sich halt die Gesamtnote nicht nur aus den Bewertungen der Schularbeiten zusammen.«

»Aber sie macht doch alle Hausübungen, oder etwa nicht?«

Frau Humpelsdorfer gemahnt mich mit erhobenem Zeigefinger zur Geduld: »Moment, da muss ich jetzt wirklich noch einmal meine Liste befragen. Alles kann ich mir schließlich auch nicht merken, wissen Sie.«

Sie beugt sich ein weiteres Mal über ihre Aufzeichnungen und nimmt diesmal ein Lineal zur Hilfe, mit dem sie die Zeile, in der Charlottes Name steht, markiert.

»So, also dann wollen wir mal schauen. Hm … Nein, also … Moment … Nein, sie hat bisher noch keine Hausübung vergessen. Ich hab hier als Notiz stehen, dass sie äußerst schlampig schreibt und eben, wie gesagt, keine Zierleisten macht. Dabei trage ich den Schülern das stets auf und ich muss schon sagen, dass ich mir erwarte, dass die Aufgaben, die ich ihnen gebe, auch umgesetzt werden.«

»Ich fürchte, es ist meine Schuld, dass sie keine Zierleisten macht. Ihr haben schon so häufig die Finger vom Schreiben wehgetan, dass ich ihr gesagt habe, sie soll das doch lassen, weil das nicht wichtig ist«, gebe ich um einen reumütigen Ton bemüht zu.

Frau Humpelsdorfer lächelt milde, so als handle es sich bei mir um eine Grenzdebile und erläutert ihre Prioritäten schließlich: »Also, Frau Sommer, ich sag Ihnen, die Zukunft ihrer Tochter kann maßgeblich von einem schönen Schriftbild abhängen.«

Jetzt reicht es aber. Das ist doch lächerlich. Sie will mir doch nicht ernsthaft weismachen, dass Charlotte ihre Fachbereichsarbeit mit einer Zierleiste versehen muss, um die Matura zu bestehen?

»Mein Exmann ist Arzt und ich entsinne mich keines einzigen Augenblicks, in dem er schön geschrieben oder Zierleisten gemalt hat. Insofern wüsste ich nicht, wie einem eine schlampige Schrift die Karriere verbauen kann. Davon abgesehen, bin ich nicht wegen Charlottes Schulleistungen hier sondern weil sie sich darüber kränkt, nicht am Krippenspiel teilnehmen zu können. Was hat also die Schrift meiner Tochter mit der Teilnahme am Krippenspiel zu tun?«

Die Mundwinkel der Lehrkraft zucken für einen Moment, ehe sie wieder in ihr Psycholächeln verfällt und den Kopf dabei leicht neigt.

»Schauen Sie, Frau Sommer, wenn Charlottes Schulleistungen nicht passen, dann kann ich sie unmöglich mit zusätzlichen Projekten belasten. Das wäre äußerst verantwortungslos von mir. Hinzu kommt, dass die Charlotte im Augenblick auch nicht selbst mitschreiben kann und dadurch mit einem Defizit im kommenden Jahr zu rechnen ist. Das war noch bei allen Kindern so, die nicht nur mit der Scheidung der Eltern, sondern auch mit einer Verletzung zu kämpfen hatten.«

»Meine Tochter bekommt den Gips noch in der letzten Ferienwoche abgenommen und wird dann wieder voll einsatzfähig sein. Nachdem schon seit Anfang Dezember keine Schularbeiten mehr geschrieben, geschweige denn Hausübungen aufgegeben werden, wüsste ich nicht, inwiefern Charlottes schulische Leistungen unter ihrer Verletzung leiden könnten. Und was Ihr Argument mit der Scheidung betrifft – die ist schon lange her und hat sich auch in den letzten Jahren in keiner Weise auf Charlotte ausgewirkt. Was sich allerdings schon auswirkt, ist Ihre Ablehnung ihr gegenüber.«

Der hab ich es gezeigt. Die Hippo-Mama ist zurück!

»Aber Frau Sommer, ich lehne Ihre Tochter doch nicht ab. Im Gegenteil: sie gehört zu meinen liebsten Schülerinnen, weshalb ich auch besonders Acht auf sie gebe. Deshalb bin ich beim Krippenspiel so vorsichtig«, lügt sie mich geradeheraus an und wagt es, dabei auch noch zu lächeln.

»Aha, und was soll ihr da passieren? Ich meine, als Maria sitzt sie ja nicht am Dach des Stalls, oder?«, hake ich deshalb etwas bissig nach.

»Also bitte, Frau Sommer, ungehalten müssen Sie nun wirklich nicht werden. Ich lege eben auch sehr viel Wert auf die historische Authentizität, die mit einem Gipsarm nicht gegeben ist.«

Ich recke herausfordernd das Kinn nach vorne: »So? Historische Authentizität also? Wie kommt es dann, dass Maria jetzt von einem blonden Mädchen gespielt wird? Ich kann mir schließlich nicht vorstellen, dass die echte Maria blond gewesen ist.«

»Aber ausschließen können wir es nicht«, kontert Frau Humpelsdorfer mit mahnendem Zeigefinger.

»Ja, das mag stimmen, aber wir können auch nicht ausschließen, dass sie einen Gipsarm hatte, selbst wenn das höchst unwahrscheinlich bleibt.«

Mein Gegenüber schüttelt missbilligend den Kopf und hält nach einem auffälligen Seufzen fest: »Wieso überrascht mich diese Reaktion nicht? Auch Ihre Tochter neigt dazu, alles in Frage zu stellen. Vor allem wenn es um traditionelle Feste geht.«

Sie deutet auf die Tafel hinter sich, in deren Mitte in roter und weißer Schrift die Frage »Warum feiern wir Weihnachten?« steht. Rundherum finden sich Begründungen wie Geschenke, Weihnachtsmann, weil Mama das Fest so mag, damit Oma nicht so alleine ist, wegen dem Essen, Kekse, Kinderpunsch, weil Jesus da Geburtstag hat.

»Wir haben heute das Weihnachtsfest durchgenommen und die damit verbundenen Feiertage und Charlotte hat doch tatsächlich gefragt, wie sich die Geburt Jesus' mit Maria Empfängnis ausgehen kann, wenn werdende Mütter neun Monate schwanger sind. Wissen Sie, keines der anderen Kinder hat diese Frage gestellt.«

Ich kann nicht umhin, meine Brust stolz nach vorne zu drücken und festzustellen: »Tja, dann ist meine Tochter eben besonders schlau.«

»Frau Sommer, ich denke, Sie verkennen den Ernst der Lage. Charlotte ist aufmüpfig und hat keinerlei Respekt vor dem christlichen Glauben und den damit verbundenen Traditionen.«

»Wunderbar. Das muss sie nämlich auch nicht. Sie ist ohne Bekenntnis.«

Frau Humpelsdorfer fasst sich theatralisch an die Brust: »Na, also jetzt überrascht mich aber wirklich gar nichts mehr. Kein Wunder, dass sie so rebellisch ist.«

Wahrscheinlich erklärt sie mir jetzt gleich, dass Charlotte die Brut des Satans ist.

»Wissen Sie, Sie sollten sich das noch mal überlegen. Erfahrungsgemäß haben Kinder mit einem religiösen Bekenntnis auch ein besseres moralisches Gespür und fühlen sich fester in der Welt verankert.«

Provokant verschränke ich meine Arme vor der Brust: »Ist das so? Ich denke, dass das meine und die Sache meines Exmannes ist und Sie nichts angeht. Und was ich noch denke, ist, dass Charlotte rein gar nichts falsch macht und eine vorbildliche Schülerin ist, die nur deshalb nicht beim Krippenspiel mitmachen darf, weil Sie ein Problem damit haben, dass sie Dinge hinterfragt und nicht mit Drill und Gehorsamkeit erzogen wird wie andere Kinder. Das dürfte dann nämlich auch erklären, warum sie bereits zugunsten ihrer Mitschülerin vom Singen abgezogen wurde, was sie ursprünglich machen wollte, bevor sie fürs Krippenspiel eingeteilt wurde.«

»Also … Na … Also, Frau Sommer. Diese Anschuldigungen sind wirklich an den Haaren herbeigezogen.«

Müde erhebe ich mich von dem Stuhl, der neben dem Lehrertisch für mich platziert wurde.

»Nein, sind sie nicht. Und egal, was Sie sagen, nichts kann mich vom Gegenteil überzeugen und wenn Sie verhindern wollen, dass ich mich an den Direktor dieser Schule wende, dann würde ich Ihnen ans Herz legen, meine Tochter zumindest singen zu lassen. Das dürfte dann auch die Authentizität ihres Krippenspiels nicht stören.«

»Drohen Sie mir jetzt auch noch?«, fragt mich Frau Humpelsdorfer nach Luft schnappend.

Ich zwinkere ihr mit einem freundlichen Lächeln auf den Lippen zu und halte fest, ehe ich mich der Klassentür zuwende: »Ich sehe, wir haben uns verstanden. Auf Wiedersehen, Frau Humpelsdorfer. Danke für dieses aufschlussreiche Gespräch.«

Kapitel 21

anno! Ich wünschte, ich wäre in den Konfrontationen mit Richard ebenso kämpferisch wie in der Auseinandersetzung mit Charlottes Lehrerin. Dann würde ich den Rückruf auf die fünf versäumten Anrufe meines Exmannes nicht aufschieben, sondern hätte bereits Richards Nummer gewählt, als ich mich im Wohnzimmer niedergelassen und den Fernsehapparat eingeschaltet habe. Stattdessen kauere ich wie ein verängstigtes Mädchen unter meiner wärmenden Fernsehdecke und starre wie gebannt auf den Bildschirm, um die Handlung dennoch kaum zu registrieren, weil meine Gedanken unentwegt um die Reaktion meines Exmannes auf Bettinas kurzfristigen Auszug kreisen. Ich hasse mein Leben! Gerade da läutet mein Smartphone ein weiteres Mal, sodass ich vor Schreck zusammenzucke und einen verstohlenen Blick auf das Display wage, auf dem Richards Name prangt.

Scheiße, Scheiße, Scheiße! Ich will nicht mit ihm reden.

Zögerlich greife ich nach meinem Mobiltelefon und starre es einen Moment lang wie in Trance an, ehe ich den Ton ausschalte und das Handy mit dem Display nach unten wieder neben mir auf der Couch platziere. Danach widme ich mich mit all der Konzentration, die ich aufzubringen vermag, dem Film *Hexenjagd*. Grizabella und Tigger kuscheln sich dabei schnurrend an mich, um ihre täglichen Streicheleinheiten zu beziehen. Als John Proctors Frau soeben vom Büttel abgeführt wird, erhalte ich einen weiteren Anruf von Richard. Ich schlucke.

Oh mein Gott! Allmählich fühle ich mich wie die mutmaßliche Delinquentin im Film, nur dass ich nicht einmal fünf der zehn Gebote aufzählen könnte. Ich werde für mein sündiges Verhalten bestimmt im ewigen Fegefeuer schmoren!

Andererseits, was ist eigentlich mit Richie los? Als wir noch verheiratet waren, hat er sich nicht annähernd so viel um das Wohlergehen seiner Kinder gesorgt, sondern mehr um das seiner Patienten und jetzt tut er so, als wäre er der Übervater schlechthin. Der soll gefälligst warten, bis der Film zu Ende ist.

Nachdem mein Smartphone verstummt ist, wende ich mich wieder dem Film zu, werde allerdings mit zunehmender Dauer nervöser.

Warum hat es Richard denn so verdammt eilig, mich zu erreichen? Ist womöglich doch etwas Schlimmes passiert und ich tue ihm Unrecht? Oh no! Vielleicht ist Betti schwanger?

Die Angst packt mich mit ihren eiskalten Händen, sodass ich mit klopfendem Herzen nach meinem Handy greife und Richards Nummer wähle.

Nichts. Nada. Niemand hebt ab und es läutet und es läutet. Manno, wieso dauert das denn so lange? Bestimmt macht mein Exmann das mit voller Absicht, um meine Schuldgefühle zu verstärken.

Nach einer schieren Unendlichkeit ertönt am anderen Ende der Leitung schließlich Hannahs Stimme.

»Hallo, Luisa! Der Richie ist gerade dabei die Zwillinge zu wickeln. Es kann aber eh nicht mehr lange dauern.«

Er wickelt die Zwillinge um einundzwanzig Uhr? Interessant. Bei mir hat er immer ein Drama gemacht, wenn ich Charlotte oder Betti nicht um Punkt zwanzighundert zu Bett gebracht habe. Die Zwillinge allerdings dürften Auserwählte mit besonderen Privilegien sein, wenn sie sich zu so später Stunde noch außerhalb ihrer Betten aufhalten dürfen.

Ich höre Hannah nach ihrem Ehegatten rufen, der daraufhin etwas für mich Unverständliches entgegnet, danach richtet seine Frau wieder das Wort an mich. »Er kommt gleich.«

»Danke dir.«

»Es tut mir übrigens leid wegen Betti. Ich hätte mit ihr nicht einfach so zum Frauenarzt gehen dürfen«, entschuldigt sich Hannah kleinlaut bei mir. Ein Moment, den ich zugegeben sehr genieße.

Gönnerhaft antworte ich ihr: »Halb so wild. Du hast es ja mit Sicherheit nur gut gemeint.«

»Ja, aber ich hätte dennoch vorher mit dir reden sollen.«

»Ja, das wäre fein gewesen.«

»Nun ja.« Es folgt eine kurze Pause, ehe Hannah weiterspricht. »Mir ist klar, dass das jetzt viel verlangt ist, aber … na ja … kannst du die Sache mit der Gynäkologin und der Pille Richard gegenüber vielleicht verschweigen?« Nachdem ich zögere, fügt sie hinzu: »Ich weiß, ich sollte dich nicht darum bitten, aber Richard und ich haben es in letzter Zeit nicht so leicht. Die Zwillinge sind sehr fordernd und dann auch noch die Schwangerschaft. Das alles macht unsere Beziehung nicht unbedingt unkomplizierter. Ich … Ach, vergiss es. Das war eine blöde Idee.«

»Kein Problem. Ich werd ihm nichts sagen«, antworte ich, ohne großartig darüber nachzudenken, was das für mich bedeutet.

»Danke dir«, höre ich Hannah erleichtert aufatmen. »Ich mach's … da ist Richie schon. Warte, ich …«

Sie kommt nicht mehr dazu, auszusprechen, da er ihr offensichtlich das Handy aus der Hand reißt.

»Na, endlich bequemt sich Madame dazu, mit mir über unsere Tochter zu sprechen. Warst du so beschäftigt mit deinem neuen Lover, dass du nicht abheben konntest?«

Der spinnt doch wohl. »Ich wüsste nicht, was dich das angeht, aber gestern war ich mit Lotti und Miriam shoppen und heute hatte ich ein Gespräch mit Frau Humpelsdorfer.«

»Schön, dass du Shoppen gehst und mit Lottis Lehrerin plauderst, während Betti bei uns einzieht. Wann hattest du denn vor, mit mir darüber zu sprechen?«

»Keine Ahnung. Wenn es zeitlich passt?«, antworte ich herausfordernd. »Schließlich habe ich wie du einen Job.«

»Wie deine Arbeit aussieht, habe ich bereits von Betti gehört.«

»Was soll das jetzt bitte heißen?«, hake ich wutentbrannt nach, sodass Grizabella zusammenzuckt. Nur Tigger zeigt sich von meinem emotionalen Ausbruch wenig beeindruckt und schnurrt weiter vor sich hin.

»Luisa«, gibt Richard nun in ruhigerem Tonfall von sich und erinnert mich dabei an einen Vater, der mit seiner aufmüpfigen Tochter spricht, »wenn du Geld brauchst, dann musst du dafür nicht mit deinem Chef schlafen, sondern brauchst mich lediglich darum zu bitten.«

Ich schnappe nach Luft, ehe ich entgegne: »Hast du noch alle Tassen im Schrank!? Ich brauche weder dein Geld noch sein Geld!«

»Und warum triffst du dich dann am Wochenende mit deinem Vorgesetzten?«

»Vielleicht mag ich André und verbringe deshalb gern Zeit mit ihm. Auf die Idee bist du noch gar nicht gekommen, oder?«

»Was weißt du schon von ihm, um das sagen zu können? Ich meine, was ist, wenn er in Wirklichkeit ein psychopathischer Stalker ist und meine Töchter an einen Menschenhändlerring verkaufen will?«

»Richard, du siehst dir zu viele Filme an.«

»Aber ausschließen kannst du es nicht«, gibt er mir zu bedenken und fügt nach einer Pause hinzu: »Und solange das so ist, will ich nicht, dass der Kerl mit meinen Töchtern Kontakt hat.«

»Nur spielt dein Wille in meinem Leben Gott sei Dank eine untergeordnete Rolle. Gepriesen sei der Scheidungsanwalt.«

»Luisa, sei doch vernünftig.«

»Ich bin vernünftig«, krächze ich ins Telefon und verscheuche damit nicht nur Grizabella, sondern auch Tigger. »Du hast doch nur Angst davor, dass André irgendwann mehr Zeit mit deinen Töchtern verbringen könnte als du.«

»Geh bitte. Das ist reine Einbildung. Wieso sollte ich mich davor fürchten? Falls du dich erinnern kannst, ist eine deiner Töchter soeben zu mir gezogen, weil sie es bei dir nicht mehr ausgehalten hat. Und ehrlich gesagt, bin ich gar nicht unglücklich darüber, weil ich andernfalls nicht bemerkt hätte, wie wenig du deine erzieherischen Pflichten als Mutter wahrnimmst. Ist dir eigentlich aufgefallen, wie Betti sich in der Schule anzieht?«

»Ja, denn falls du dich daran erinnerst, habe ich unsere Tochter mit wenigen Ausnahmen in den letzten sechzehn Jahren beinahe täglich gesehen. Ganz im Gegensatz zu dir. Also spiel dich jetzt nicht auf, als seiest du der Pädagogik-Gott«, gebe ich zurück.

»Du findest es also in Ordnung, dass unsere älteste Tochter in der Schule bauchfreie Pullover trägt und ihre Lippen blauschwarz bemalt?«

»Sie probiert sich eben aus.«

»Siehst du, da liegt das Problem. Du bist viel zu weich mit ihr und deshalb respektiert sie dich nicht als

Mutter«, wirft mir Richard in diesem unerträglich ruhigen Tonfall vor.

»Na wenigstens bin ich etwas zu ihr und sehe sie nicht nur an jedem zweiten Wochenende«, kontere ich mit heiß gewordenem Gesicht.

»Und wusstest du eigentlich auch, dass Bettina einen älteren Freund hat?«

Oh no! Da ist sie: Richards K.O.-Frage. Zuverlässig wie immer.

»Ja«, antworte ich beschämt. »Das wusste ich.«

»Und das ist für dich okay? Du machst dir keine Sorgen, dass sie irgendwelchen Unfug treibt?«

Ich könnte ihm jetzt mitteilen, was vorgefallen ist. Die Betonung liegt auf könnte, denn unter Umständen vertreibe ich Betti damit gänzlich und erlange nie wieder ihr Vertrauen. Deshalb entscheide ich mich dagegen und erwidere lediglich: »Auch wenn ich den Typen nicht mag, ist es ihre Entscheidung und die müssen wir respektieren.«

Womöglich hätte mir das jemand sagen sollen, ehe ich Betti in flagranti mit Mäx erwischt und einen Wutanfall epischen Ausmaßes erlitten habe.

»Die Betti hat doch ein Tagebuch, oder?«, hakt Richard in seiner typisch nüchternen Art nach.

»Ja.«

»Dann sollte es einer von uns lesen, um herauszufinden, ob sie eh noch keinen Sex hat.«

»Richard, nichts für ungut, aber das steht uns auch als Eltern nicht zu. Bettina hat ein Recht auf ihre Privatsphäre.«

»Sagst du das auch dann noch, wenn sie schwanger ist?«

Wahrscheinlich nicht, aber das kann ich im Moment schlecht zugeben. Gott sei Dank eilt mir Hannah zur Hilfe.

»Schatz, das geht zu weit. Die Luisa hat Recht«, höre ich sie im Hintergrund sagen.

»Aha ... und was schlägst du stattdessen vor?«, wendet sich Richard an sie.

»Na ja ... wie wärs, wenn wir ihr die Pille ver ...«

Sie hat ihren Satz noch nicht vollendet, als Richard entrüstet nach Luft schnappt: »Bist du denn von allen guten Geistern verlassen. Das wäre ja förmlich eine Einladung.«

»Richie, sie ist sechzehn. Du kannst es ihr doch ohnehin nicht verbieten«, bemüht sich Hannah um Beruhigung.

»Außerdem ist es mir lieber, sie ist vor einer ungewollten Schwangerschaft zuverlässig geschützt«, melde ich mich zu Wort.

»Das klingt ja beinahe so, als hättest du ihr schon die Pille verschreiben lassen?«, stellt Richard in den Raum und ich bin zu meiner Überraschung ehrlich versucht, die Verantwortung dafür zu übernehmen. Allerdings kommt mir meine Nachfolgerin zuvor.

»Nein, Luisa hat ihr nicht die Pille verschreiben lassen. Ich hab sie ihr verschreiben lassen, nachdem sie mich darum gebeten hat, sie zur Gynäkologin zu begleiten«, gesteht sie ihrem Mann, der daraufhin tief Luft holt und sich an mich wendet.

»Die Hannah und ich müssen etwas besprechen. Bitte entschuldige mich, Luisa!«

Er wartet meinen Abschiedsgruß nicht ab, sondern legt sofort auf.

Scheiße! Ich dachte immer, ich würde mehr Schadenfreude dabei empfinden, wenn ich die beiden beim Streiten erlebe, aber stattdessen tut mir Hannah aufrichtig leid. Wie ist das denn bitte möglich? Ich brauche dringend ein Hirnupdate!

Kapitel 22

Es ist wie verflucht. Wenn es in einem Bereich meines Lebens gut läuft, dann kann ich von einem mit Sicherheit ausgehen: der andere Teil entwickelt sich vollkommen entgegengesetzt. Zumindest ist das im Moment der Fall, denn Bettina spricht auch eine Woche nach ihrem Auszug nicht mit mir. Dafür wurde ich beinahe täglich von ihrem besorgten Vater kontaktiert. Thema war stets das rebellische Wesen unserer gemeinsamen Tochter, an dem natürlich ich die alleinige Schuld trage. Wenigstens ist es mir gelungen, mich bei Charlottes Lehrerin durchzusetzen, denn bereits einen Tag nach meinem Besuch hat sie meiner Tochter mitgeteilt, dass sie doch das Lied »All I want for Christmas« auf dem Weihnachtsfest der Schule performen darf. Es lässt sich allerdings darüber streiten, ob ich mir damit einen Gefallen getan habe, denn seither übt Lotti den einst von mir so geliebten Song mehrmals täglich, sodass ich allmählich eine ernsthafte Abneigung gegen das Musikstück entwickle. Was tut man nicht alles für seine Kinder!

Ich schenke meiner Jüngeren, die fest in ihre Decke eingewickelt auf dem Bett liegt und ihr Einhorn-Kuscheltier an sich drückt, ein mildes Lächeln und hauche ihr einen Kuss auf die Stirn.

»Und hattest du heute Spaß?«, frage ich sie schließlich vorsichtig und meine damit den Besuch von André und seinem vierbeinigen Begleiter, die unten im Wohnzimmer auf meine Rückkehr warten.

Charlottes Augen strahlen, als sie antwortet: »Oh ja! Es war so ein toller Abend und der Rocky war auch so lustig, weil er die Kekse nicht einen Moment aus den Augen verloren hat.« Sie kichert. »Ich glaube, er hätte auch gern einen Keks gekostet.«

»Das glaube ich auch, aber du weißt ja, für Hunde sind Süßigkeiten Gift.«

»Ja, ich weiß. Das hat mir der André auch erklärt.« Sie hält einen Augenblick inne, ehe sie mit plötzlich aufleuchtenden Augen weiterspricht. »Hast du eigentlich schon die Arielle gesehen, die er auf meinen Gips gezeichnet hat?«

Ich schüttle den Kopf: »Nein. Zeig mal her!«

Meine Tochter streift die Decke ab und krempelt den Ärmel ihres rosafarbenen Pyjamas hoch, um mir ihren bunt bemalten Gips zu präsentieren, auf dem die Zeichnung von Arielle besonders ins Auge sticht.

»Wow … Die ist aber wirklich schön.«

»Ja. Er kann gut zeichnen, nicht?«

Ich nicke.

»Und er ist wirklich sehr lieb, auch wenn es ein bissi peinlich ist, dass er sich vor den Gremlins gefürchtet hat, als er noch ein Kind war.«

»Es kann halt nicht jeder so mutig sein wie du«, erkläre ich Charlotte und kitzle sie vorsichtig, was sie mit einem Kichern quittiert, während sie sich windet.

Als sie sich wieder beruhigt hat, hält Lotti fest: »Aber der Gizmo ist doch auch wirklich nicht gruselig.«

»Der eh nicht, aber die anderen sind schon unheimlich. Außerdem find ichs irgendwie süß, dass er sich als Kind ein bissi gegruselt hat.«

»Mamaaa?«

»Ja!«

»Willst du eigentlich mit dem André gehen?«

Schmunzelnd antworte ich: »Das weiß ich noch nicht so genau, aber im Moment sieht es schon danach aus.«

»Ich fände es schön, wenn er zu Weihnachten auch hier wäre. Dann könnte ich ihm mein Geschenk persönlich geben.«

»Hast du ein Geschenk für André?«

Lotti nickt eifrig: »Ja, ich hab ihm auch ein Freundschaftsarmband geknüpft. Voll schön, in grün, rot und weiß.«

»Sehr cool. Darüber wird er sich sicher freuen.«

»Hoffentlich.« Ihr Gesicht nimmt plötzlich einen traurigen Ausdruck an. »Eigentlich hab ich auch ein Freundschaftsarmband für die Betti geknüpft, aber jetzt weiß ich gar nicht, ob ich sie zu Weihnachten überhaupt sehe.«

Das versetzt mir einen Stich und ich streichle meiner Tochter behutsam über den Kopf. »Die wird sich schon wieder einkriegen. Du wirst sehen.«

»Denkst du, dass sie wiederkommt?«, fragt mich Charlotte vorsichtig.

»Ja, ganz sicher.«

Ich wünschte, ich wäre von dieser Äußerung überzeugt, denn tief in mir drinnen bin ich mir keineswegs so sicher, dass sich die Beziehung zu Bettina in nächster Zeit wieder entspannt.

»Und jetzt mach dir keinen Kopf mehr und versuche zu schlafen«, füge ich schließlich seufzend hinzu und erhebe mich dann von dem Stuhl neben Lottis Bett, um das Licht auszumachen.

»Mama, kannst du die Tür bitte einen Spalt offenlassen?«, hält mich Charlotte auf.

»Klar doch. Mach ich ja immer so«, erkläre ich und wünsche meiner Tochter schließlich eine Gute Nacht, ehe ich die Treppen nach unten steige.

André hat die zwei Weingläser, die ich ihm zuvor überreicht habe, in der Zwischenzeit mit rotem Rebensaft befüllt. Rocky liegt zu Andrés Füßen und stört sich sichtlich nicht an meinen schnurrenden Katzen, die sich an ihn schmiegen, als würden sie den Vierbeiner bereits eine Ewigkeit kennen. Als André meiner gewahr wird, schenkt er mir ein Lächeln, bei dem mir warm ums Herz wird.

»Und, alles erledigt?«, fragt er mich schließlich, als ich mich zu ihm auf das Sofa geselle, und begleitet von den weihnachtlichen Klängen aus meiner Musikanlage eines der Weingläser ergreife.

»Ja, alles erledigt. Sie hat den Abend wirklich sehr genossen. Danke dafür.«

André wedelt mit der Hand: »Eigentlich müsste ich mich bei euch dafür bedanken, dass ihr mir noch einmal eine Chance gegeben habt, das Fiasko auf dem Eislaufplatz wiedergutzumachen.«

»Da kannst ja du nichts dafür. Solche Dinge passieren eben bei Kindern und Richard ist manchmal eine Drama Queen.«

»Ich wollte dir trotzdem keine Probleme bereiten«, erklärt sich André schulterzuckend und sieht mir dabei eindringlich in die Augen.

Zu eindringlich. Manno, macht mich das nervös. Es sieht beinahe so aus, als würde er mich gleich … Nein, ich darf es nicht einmal gedanklich aussprechen. Er ist mein Chef und es genügt, dass wir Sex hatten. Schlechten Sex, an den er sich nicht erinnert, aber wir hatten Sex und …

Mein Gegenüber ergreift ebenfalls ein Weinglas und führt es an seine Lippen, um schließlich einen ziemlich großen Schluck davon zu nehmen.

Bilde ich mir das ein, oder ist er nervös?

»Luisa, ich …« Er kratzt sich am Hinterkopf und atmet dabei tief durch. »Ehrlich gesagt, hab ich nicht die geringste Ahnung, wie ich das am besten sagen soll, aber ich denke, ich mag dich!«

Ich nippe rasch an meinem Rotwein, lächle ihm dann unbedarft zu und halte mit einem hoffentlich lockeren Schulterzucken fest: »Ich mag dich auch!«

Er lächelt: »Nein, du verstehst nicht. Ich mag dich sehr.«

Mit bis zum Anschlag pochendem Herzen und Millionen Schmetterlingen im Bauch stelle ich mein

Weinglas auf dem Couchtisch ab und streichle André schließlich sanft über den Unterarm, ehe ich erwidere: »Ich mag dich auch sehr!«

Danach fasse ich all den Mut zusammen, den ich aufzubringen vermag und beuge mich zu ihm nach vorne, um ihn zu küssen. Endlich! Und diesmal fühlt es sich viel besser an als im Pub.

Für einen Moment lang vergesse ich all meine Sorgen und genieße einfach nur den Augenblick, der mir seltsam surreal und gleichzeitig wunderschön erscheint. Ich spüre, wie Andrés kräftige Hände meine Hüften umfassen und er mich an sich zieht, sodass ich mich rittlings auf ihn setze und dabei beinahe die Weingläser vom Couchtisch stoße. Ich fühle, wie der Kuss langsam fordernder wird. Ich will mehr! Ich will ihn ganz nah an mir spüren und am liebsten nicht mehr loslassen. Und obwohl es nicht das erste Mal ist, dass ich ihn küsse, fühlt es sich dennoch so neu und unbekannt an. Das ist es. Das muss der siebte Himmel sein.

Wir vergessen gänzlich die Zeit und als André und ich schweren Herzens voneinander lassen, brennen meine Lippen. André streichelt mir liebevoll über die Wange und lächelt mich dabei an.

»Wo hast du bloß so lange gesteckt?«

Ich zucke grinsend mit den Schultern, während mein Herz vor Freude hüpft: »Keine Ahnung. Ich denke, du hast nicht gut genug nach mir gesucht, denn ich war schon immer da, wo ich jetzt bin.«

»Daran muss es liegen. Ich war schon in meiner Kindheit beim Versteckspielen grottenschlecht.«

»Und ich darin besonders talentiert.«

Seine Finger gleiten in mein Haar und ehe er mich erneut an sich zieht, um mich zu küssen, stellt er flüsternd fest: »Das dürfte dann alles erklären.«

Nachdem wir uns eine wunderschöne Unendlichkeit später wieder voneinander gelöst haben und ich mich in einer Umarmung an Andrés Schulter schmiege, haucht er mir ins Ohr: »Ich hoffe übrigens, du hast das jetzt nicht für eine Gehaltserhöhung gemacht.«

»Und wenn es so wäre, würde ich sie dann bekommen?«, hake ich mit einem breiten Grinsen im Gesicht nach.

»Dann würdest du sie auf jeden Fall bekommen und wärst damit vermutlich noch unterbezahlt.«

»Na, wenn das so ist, will ich auch noch eine Woche extra Urlaub dazu und fünf Tage Home Office«, erkläre ich ihm kichernd, woraufhin André mich in die Seite knufft.

»Da musst du aber noch mindestens drei Küsse draufpacken.«

»Ich glaube, das lässt sich machen«, erkläre ich mich einverstanden und presse meine Lippen ein weiteres Mal auf seine.

So geht das noch die ganze Nacht weiter. Wir liegen Arm in Arm auf dem Sofa, reden über unsere Familien, unsere Freunde und unsere Sorgen und Ängste. Wir bauen gemeinsam Luftschlösser, teilen unsere Erinnerungen miteinander und schmieden Zukunftspläne. Wir blödeln und philosophieren über das

Weltgeschehen, die Menschheit und dazwischen küssen wir einander wie zwei Ertrinkende, die bisher in einem Meer aus Einsamkeit getrieben sind und endlich ihren Anker gefunden haben. Und ehe wir uns versehen, vertreibt das Sonnenlicht allmählich die verschneite Dunkelheit und bietet einen herrlichen Blick auf den glitzernden Schnee, der den Garten wie Zuckerwatte bedeckt. Die Müdigkeit kaum spürend, lösen wir uns schweren Herzens voneinander, um das Frühstück unter Kichern und Blödeleien zuzubereiten und als Charlotte nach unten kommt und uns beide zusammen erblickt, strahlt sie bis über beide Ohren und gesellt sich zu uns.

Oh mein Gott! Ich bin zum Bersten voll mit Glück und ich will es nie wieder verlieren! Oh bitte, lass es mich nicht wieder verlieren!

Kapitel 23

as wär doch eine Frisur für dich«, erklärt mir Miriam mit vor Schalk glänzenden Augen, während wir auf unsere Haarschneider warten. Wenigstens habe ich beim Shoppingbummel davor endlich ein Wichtelgeschenk für André gefunden, damit fühle ich mich für ihre Einfälle etwas besser gewappnet.

Bereits ahnend, was mich erwartet, begutachte ich das Foto in dem Katalog, den mir Miriam aufgeschlagen präsentiert und schüttle schließlich angewidert den Kopf. »Du spinnst ja wohl. Der Vokuhila ist schon lange out. Aus welchem Jahrzehnt ist der Katalog bitte? Aus den Achtzigern?«

Miriam zuckt mit den Schultern: »Gut möglich, aber hey, es wär die totale Metamorphose, wenn du auf der Weihnachtsfeier heute im Nena-Look auftauchst.«

»Ja, und am besten ich besorg mir noch Haarwuchsmittel, das ich mir dann unter die Achseln schmiere.«

»Immerhin wäre das das totale feministische Statement«, gibt mir Miriam zu bedenken und blättert weiter in dem Katalog.

»Ich enttäusche dich nur ungern, aber mittlerweile
gilt es als feministisches Statement, sich die Lippen
aufspritzen zu lassen. Apropos: Ist dir eigentlich etwas an Johanna aufgefallen?«

Meine Freundin zeigt sich ahnungslos: »Nein. Was
hätte mir denn auffallen sollen?«

»Na ja, ihre Lippen waren noch nie so voll, oder?«

Miriam nickt und bricht schließlich in derartig lautes Gelächter aus, dass die anderen Gäste sie selbst
über das Getöse der Föns hinweg hören.

»Schau dir das mal an!«, fordert sie mich schließlich auf und präsentiert mir eine weitere aufgeschla-
gene Seite des Katalogs, auf dem sich zwei Bilder befinden.

»Welche Frisur meinst du? Die gelben Krepphaare
oder die toupierte Mähne, die definitiv keine verjüng-
ende Wirkung hat?«

Meine Kollegin zieht den Katalog wieder an sich,
um die Fotos einer weiteren Begutachtung zu unter-
ziehen. »Schwer zu sagen. Wirklich schwer zu …«

Weiter kommt sie nicht, da hinter ihr eine kleine
bullige Friseuse mit Rastazöpfen auftaucht. Ein breites
Lächeln erscheint in ihrem Mondgesicht, als sie
Miriam begrüßt: »Hallo, ich bin die Mila. Was darf ich
denn Schönes für dich machen?«

Während Miriam ihrer Haarschneiderin erklärt,
welche Frisur sie auf der abendlichen Weihnachtsfeier

gerne tragen würde, werde ich von einem hochgewachsenen, schlanken Mann mit gestyltem blondem Haar in Empfang genommen, der nicht minder freundlich wirkt und der bereits mit einer zündenden Idee für mein braunes langes Haar aufwartet. Deswegen lasse ich Paul gänzlich freie Hand und er geleitet mich voller Vorfreude zu den Waschbecken. Ich okkupiere den Platz neben meiner Freundin, um beim Haarewaschen mit geschlossenen Augen das vergangene Wochenende mit André Revue passieren zu lassen.

Manno, ich kann gar nicht in Worte fassen, wie sehr ich mich darauf freue, ihn wiederzusehen. Zwar musste er nach dem gemeinsamen Frühstück nach Hause fahren, um seine Mutter zum Friedhof zu begleiten. Trotzdem haben wir den gesamten Sonntag lang verliebte Nachrichten ausgetauscht.

Huch … Da sind sie schon wieder, die Schmetterlinge, die sich in meinem Bauch tummeln wie in einem Moshpit auf einem Punkrock-Konzert.

Ich stelle mir vor, wie ich in meinem wunderschönen Tüllrock und dem weinroten schulterfreien Top in den Partyraum schreite und sich Andrés und meine Blicke unwillkürlich treffen. Der Mann meines Herzens, zuvor noch vertieft in ein Gespräch mit irgendeiner ehemaligen Klientin, lässt unwillkürlich von der Frau ab, weil er nur noch Augen für mich hat. Er kommt auf mich zu und schließt mich in seine Arme und …

»Sag, hast du eigentlich schon etwas von Betti gehört?«, reißt mich Miriam unsanft aus meinem Tagtraum.

Widerwillig öffne ich meine Augen und werfe einen vorsichtigen Seitenblick auf sie.

»Nein, leider spricht die Betti noch immer nicht mit mir und als wär das nicht eh schon schlimm genug, hab ich jetzt auch noch Mitleid mit der Hannah, weil der Richie ihr noch immer grollt.«

»Na ja, aber auch nicht ganz zu unrecht. Wenn ich mir vorstelle, dass jemand meinem Baby ungefragt die Pille verschreiben lässt.«

»Heißt das, du bekommst es jetzt doch?«, hake ich vorsichtig nach und spüre, wie Paul meine Haare in ein Handtuch wickelt, um mich im Anschluss daran zu bitten, ihm zurück zum Platz zu folgen.

Miriam, die sich beinahe zeitgleich mit mir erhebt, zwinkert mir verschwörerisch zu: »Du glaubst nicht, wer am Freitag nach der Arbeit vor meiner Tür gestanden hat!«

Ich kreische vor Freude auf und ignoriere die restliche Kundschaft, die mich begafft wie eine aus dem Irrenhaus entflohene Patientin.

»Hat sich der Tom doch noch normalisiert.«

»Mehr als das.« Sie streckt mir ihre Hand linke Hand entgegen, auf deren Ringfinger ein mit einem funkelnden Stein besetzter Ring prangt.

Mir klappt beinahe die Kinnlade herunter, als ich neben Miriam Platz nehme: »Hat er …«

Meine Freundin nickt aufgeregt und auf ihren Wangen zeichnet sich eine sanfte Röte ab: »Ja, er hat mich gefragt, ob ich ihn heiraten und mit ihm eine Familie gründen will. Da hab ich gemeint, dass wir eines von beiden schon erledigt hätten.«

»Und wie hat er reagiert?«

»Er hat sich total gefreut und sich bei mir dafür entschuldigt, dass er so ein Volltrottel war. Nur beim Namen sind wir uns noch nicht einig. Stell dir vor, falls wir ein Mädchen bekommen, will er es Waltraud nennen, und einen Jungen Siegfried.«

»Na ja ... besser als Adolf«, kann sich Paul nicht verkneifen, nachdem er meine Haare von dem Handtuch befreit hat.

»Das ist ein guter Einwand«, stimmt ihm meine Freundin anerkennend zu. »Mir würd trotzdem Hermine oder Liam besser gefallen.«

»Wie kommt er eigentlich auf derartig veraltete Namen?«

»Das hat ihm bestimmt seine Mutter in den Kopf gesetzt. Ich schwör's dir, wenn ich reich genug wäre, würde ich auf sie einen Auftragskiller ansetzen.«

»Okay, das klingt ganz danach, als sollten wir mal anstoßen.« Ich wende mich meinem Friseur zu, der soeben dabei ist, meine Haare durchzukämmen: »Können wir vielleicht zwei Gläser Sekt haben? Ich würde sie natürlich auch bezahlen.«

Er zwinkert mir zu: »Ist nicht notwendig. Das gehört quasi zum Kundenservice.«

»Ja, aber bitte statt dem zweiten Glas Sekt ein Glas Apfelsaft gespritzt«, korrigiert mich Miriam, ehe Paul von dannen zieht, um meiner Bestellung nachzukommen. Entschuldigend streichelt sich meine Freundin über ihren Bauch: »Ich darf ja jetzt nichts mehr trinken. Zumindest die nächsten neun Monate. Oh Gott, wie überlebt man das bloß?«

»Frag nicht, ich bin noch immer schwer traumatisiert von der alkoholfreien Zeit.«

»Und wissen Sie schon, wann Sie heiraten werden? Vor oder nach der Geburt?«, fragt Mila ihre Kundin schließlich neugierig. Dabei entwirrt sie die leicht verknoteten Haare Miriams vorsichtig.

»*Puhhh*, das hab ich mir noch gar nicht überlegt.«

»Also, wenn ich einen Vorschlag machen darf, dann würde ich dafür plädieren, erst nach der Geburt zu heiraten. Dann darfst du auch schon wieder was trinken und was wäre so ein Polterabend ohne Wodka und Red Bull.«

Miriam kneift ihre Augen zu engen Schlitzen zusammen und deutet mit dem Zeigefinger auf mich: »Du hast vollkommen Recht. Tja, jetzt weißt du, warum du meine Trauzeugin sein wirst.«

Paul kehrt im richtigen Moment mit dem Sekt und dem Apfelsaft gespritzt zurück, sodass Miriam und ich sogleich auf ihren Entschluss und ihre rosigen Zukunftsaussichten anstoßen. Danach sinnieren wir gemeinsam mit unseren Stylisten über den Polterabend und die Hochzeit. Von Strandhochzeit bis Hochzeit in den Highlands ist alles dabei und auch wenn ich mich für Miriam wirklich wahnsinnig freue, kann ich nicht verhehlen, dass es mich allmählich nervös macht, noch keine Replik von André auf meine in der Früh so liebevoll verfasste Nachricht erhalten zu haben. Natürlich entgeht das auch meiner Freundin nicht, weswegen sie mich nach dem fachkundigen Trocknen unserer Haare fragt: »Wieso schaust du eigentlich dauernd auf dein Handy?«

Ich zucke hilflos mit den Schultern, ehe ich erläutere: »Na ja, André war am Wochenende bei Charlotte und mir, um uns beim Keksebacken zu helfen und …«

Miriams Augen leuchten auf: »Och, ist das süß. Seid ihr jetzt ein Paar?«

»Eigentlich dachte ich, dass das schon so ist, weil er mir auch gestanden hat, dass er mich mag.«

Meine Freundin wirkt beinahe enttäuscht: »Was? Er mag dich? Was ist denn bitte mit dem Kerl los? Ich mag Georgi auch, aber deshalb will ich noch lange nicht mit ihm zusammen sein.«

»Er meinte, dass er mich sehr mag.«

Um Miriam zu beruhigen, schildere ich ihr den ganzen Abend in allen Details, an die ich mich noch zu erinnern vermag, und als ich fertig bin, sieht meine Kollegin so aus, als hätte sie soeben einen Liebesroman zu Ende gelesen.

»Und wo liegt dein Problem?«, fragt sie mich deshalb verständnislos und erntet ein zustimmendes Nicken von Mila, die Miriams lilafarbene Haare zu einer kunstvollen Flechtfrisur verarbeitet. Indessen wirft ihr Paul einen mahnenden Blick zu, mit dem er ihr zu sagen versucht, dass sie sich nicht in die Angelegenheiten ihrer Kundinnen einmischen soll.

»Ich weiß ja auch nicht, ob es überhaupt ein Problem gibt, aber ich hab André heute Morgen eine Nachricht geschickt und bis jetzt noch keine Antwort erhalten. Keine Ahnung, ob das ein schlechtes Omen ist oder nicht? Eigentlich haben wir den ganzen Sonntag lang Mitteilungen ausgetauscht, sodass ich mir die plötzliche Funkstille schlichtweg nicht erklären kann.«

»Was haben Sie ihm denn geschrieben?«, hakt die Friseuse mit den Rastazöpfen neugierig nach und diesmal bleibt es von Pauls Seite nicht nur bei einem mahnenden Blick.

»Mila, das ist doch ihre Sache«, mischt er sich ein, während er meine Haare mit dem Lockenstab bearbeitet. Er wendet sich dann an mich: »Entschuldigen Sie bitte.«

»Aber geh. Das ist kein Problem. Vielleicht könnt ihr mir eh alle dabei helfen, die Situation zu bewerten.«

»Jep, außerdem hätte ich ihr dieselbe Frage gestellt.«

»Also dann schieß los. Was hast du ihm geschrieben?«, fordert mich Miriam mit Nachdruck auf, sodass ich mein Smartphone zur Hand nehme, um den Text auch korrekt wiederzugeben und damit eine Fehlinterpretation zu vermeiden.

»Also, ich hab geschrieben: *Guten Morgen, Umarmungsemoji! Ich hoffe, du hast gut geschlafen und bist fit für die Weihnachtsfeier. Freu mich schon total darauf, dich wiederzusehen. Küsschen-Emoji.«*

Schweigen und ratlose Blicke. Oh mein Gott! Was habe ich getan?

»Ich hätte ihm gar nichts schreiben sollen … Hätte ich ihm gar nichts schreiben sollen?«, frage ich die Anwesenden restlos verunsichert.

Paul zuckt mit den Schultern: »Na ja … es gibt doch diese Dreitage-Regel nach Dates, oder?«

Diesmal wirft Mila ihrem Kollegen einen vernichtenden Blick zu: »Was für ein Schwachsinn. Natürlich kann man seinem Date auch schon früher schreiben. Außerdem sagte er doch, dass er sie mag. Und Sie haben echt nichts Verwerfliches geschrieben.«

»Sicher?«, frage ich sie vorsichtig und erhalte stattdessen eine Antwort von Miriam.

»Klar doch. Das war eine total normale, liebe Nachricht.«

»Vielleicht hätte ich ihm doch kein Küsschen-Emoji schicken sollen. Ich meine, das könnte zu viel gewesen sein?«

»Blödsinn«, bemüht sich meine Freundin darum, mich zu beruhigen. »Ich meine, ihr habt doch fast den ganzen Abend herumgeknutscht. Warum soll das also zu viel gewesen sein?«

»Er könnte Bindungsphobiker sein und ich hab ihn damit womöglich vertrieben?«, schlage unsicher vor.

»Der ist doch kein Bindungsphobiker. Wenn diese Beschreibung auf jemanden zutrifft, dann auf seinen Bruder. Pierre sucht sich doch immer für ihn unerreichbare Objekte seiner Begierde aus, nur um dann enttäuscht zu werden, aber auf den André scheint das nicht zuzutreffen.«

»Aber warum schreibt er mir dann nicht zurück? Es ist mittlerweile über sechs Stunden her und in der Kanzlei hab ich ihn heute auch noch nicht gesehen. Bestimmt geht er mir aus dem Weg, weil ihm das alles unangenehm ist.«

Miriam neigt ihren Kopf mitleidig zur Seite und erschwert ihrer Stylistin damit die Arbeit: »Luisa, er könnte einen Auswärtstermin oder so wie ich einfach einen Home Office Tag haben und ist schlichtweg noch nicht dazugekommen, dir zu schreiben. Bei einem Anwalt jetzt nicht so unwahrscheinlich, oder?«

»Ja, eh. Ich weiß ja auch nicht, was mit mir los ist.«

»Na ja, es scheint ganz so, als seiest du total verknallt in den Typen. Als ich damals in den Tom frisch verliebt war, war ich auch kaum wiederzuerkennen. Das sind die Hormone. Die spielen da total verrückt. Wenn der Tom sich mal ein paar Stunden nicht gemeldet hat, hab ich immer gedacht, dass er bereits eine andere kennengelernt hat, die er lieber mag als mich.«

»Wirklich äußerst hilfreich, Miriam.«

Sie seufzt: »Aber das war doch alles nur in meinem Kopf und schau mal, heute sind wir verlobt.« Ihre Stimme nimmt einen schrilleren Ton an: »Verlobt und wir bekommen ein Baby.«

»Also ob ich nochmal ein Baby bekommen will, steht in den Sternen.«

»Darum geht's ja auch gar nicht. Es geht darum, dass du dir klarmachst, dass all deine Sorgen höchstwahrscheinlich unbegründet sind. Du wirst sehen, er wird sich schon bald bei dir melden und dann wirst du über unser Gespräch lachen.«

Kapitel 24

Er hat sich nicht gemeldet! Es ist Abend und ich bin bereit für die Weihnachtsfeier und er hat mir nicht geschrieben! Oh mein Gott! Warum hat er mir denn nicht geschrieben?

Mit einem dicken Kloß im Hals betrachte ich mein Spiegelbild im Vorzimmer der Kanzlei. Meine Haare liegen in prächtigen großen Locken über meiner rechten Schulter und mein roter Lippenstift hält perfekt. Ein schwarzer bauschiger Tüllrock umschmeichelt meine Hüften und wird von dem schulterfreien Top perfekt abgerundet.

»Wow, du siehst aus wie Cinderella!«, höre ich Miriams Stimme hinter mir, die das Vorzimmer in einem blauen Kleid im Fiftys-Look betritt.

»Wohl eher wie eine Ginderella«, berichtige ich meine Freundin schmunzelnd, woraufhin Miriam und ich in Gelächter ausbrechen, was auf mich eine beinahe befreiende Wirkung hat.

»Du wirst sehen. Am Ende des Abends reißt dir André die Kleider vom Leib«, fügt meine Freundin schließlich mit einem Augenzwinkern hinzu und erregt damit Georgis Aufmerksamkeit, der seiner Frisur bei offenstehender Bürotür noch den letzten Schliff verpasst. »Wer reißt wem die Kleider vom Leib?«

Miriam rollt mit den Augen: »Das war ja wieder einmal klar, dass du von all den Dingen, die gesagt wurden, ausgerechnet das verstehst.«

Unser Kollege wirkt wenig reumütig, als er sich zu uns ins Vorzimmer gesellt und nach seinem langen schwarzen Mantel greift.

»Natürlich, ich bin bekannt dafür, mich nicht auf unnötige Details zu versteifen, sondern stattdessen auf die wichtigen Gegebenheiten zu fokussieren.«

»Außerdem wirkt es im Moment ohnehin eher danach, als hätte André den gesamten Samstagabend aus seinem Gedächtnis gestrichen«, gebe ich betrübt von mir.

»Wieso? Was war am Samstagabend?«, hakt Georgi neugierig nach und schlüpft dabei in seinen Mantel.

Miriam ignoriert ihn und streichelt mir stattdessen zum Trost über die Schulter: »Bestimmt nicht. Du wirst sehen, es wird alles gut. Es gibt sicher eine Erklärung dafür, dass er sich noch nicht gemeldet hat.«

»Wer hat sich nicht gemeldet? Könnte mich mal jemand aufklären?«, gibt Georgi nicht nach, wird jedoch weiterhin ignoriert.

»Und hey, wenn du dir nicht sicher bist, dann schreib ihm doch einfach noch eine Nachricht. Womöglich hat er die erste nicht bekommen«, fügt Miriam schließlich nach einem Geistesblitz hinzu.

»Von wem sprecht ihr denn bitte?«

Beinahe gleichzeitig antworten meine Freundin und ich mit genervtem Stöhnen: »Von André. Was hast du denn gedacht?«

Unser Kollege blickt ratlos von meiner Kollegin zu mir und dann wieder zurück, sodass sich Miriam dazu bemüßigt fühlt, ihn aufzuklären: »Unser Chef hat Luisa am Wochenende gestanden, dass er sie gern hat. Allerdings hat er sich heute noch nicht bei ihr gemeldet, obwohl sie ihm geschrieben hat.«

»Na, dann hat er sie womöglich doch nicht so gern, wie er behauptet hat«, wendet Georgi schulterzuckend ein und versetzt mir damit einen schmerzhaften Stich. Indessen wirft ihm Miriam einen erbosten Blick zu. »Herzlichen Dank für deine einfühlsame Art. Wirklich.«

»Was denn? Es ist halt die naheliegendste Erklärung«, verteidigt sich Georgi und wendet sich dann mir zu, um mir in den Mantel zu helfen und mich zu warnen: »Und ich würde ihm keineswegs eine weitere Nachricht zukommen lassen. Du willst doch nicht wie ein co-abhängige Stalkerin wirken!?«

»Du bist so ein gefühlloser Idiot. Natürlich kann sie ihm schreiben. Es ist doch durchaus möglich, dass ihre Nachricht niemals angekommen ist.«

»Zeigt WhatsApp zwei Häkchen an?«

Ich nicke und kämpfe dabei mit den Tränen, weil mir durchaus bewusst ist, dass Georgi Recht haben könnte.

»Dann ist die Nachricht auch angekommen und er will aus irgendeinem bestimmten Grund nicht zurückschreiben.«

»Wunderbar. Ganz klasse. Wahrscheinlich hat er sich beim Küssen an die gemeinsame Nacht mit mir erinnert und deshalb beschlossen, Reißaus zu nehmen«, kann ich meine aufkommenden Emotionen nun nicht länger unterdrücken.

»Aber dann hätte er dir doch am Sonntag nicht mehr geschrieben«, bemüht sich Miriam darum, mich wieder zu beruhigen.

Hilflos zucke ich mit den Schultern: »Vielleicht musste die Erinnerung erst sickern.«

»Blödsinn, und selbst wenn er sich erinnert hat, dann ist es ihm vermutlich peinlich, weil er sich bei eurem ersten Zusammentreffen«, beim letzten Wort malt meine Freundin Anführungszeichen in die Luft, »so ungeschickt angestellt hat.«

»Oder aber, du denkst nur, dass er die miese Nummer war, und in Wirklichkeit warst du so schlecht.«

Miriam funkelt unseren Kollegen erbost an: »Weißt du was, warte einfach unten auf uns und rauch einstweilen eine. Du bist hier nämlich keine große Hilfe.«

»Wie du meinst«, erklärt sich Georgi einverstanden. Als die Tür hinter ihm ins Schloss gefallen ist, umfasst meine Freundin meine Schultern mit beiden Händen und sieht mir dabei ernst in die Augen.

»Okay, weißt du was: Du atmest jetzt mal tief ein und aus!«

Ich tue, was sie sagt, fühl mich danach aber wenig besser als davor.

»Du wirst sehen. Es wird alles gut. André hat dem Partykomitee bestimmt bei den Vorbereitungen im Lokal geholfen und wenn wir dort ankommen, wartet er mit Sicherheit bereits sehnsüchtig an der Bar auf dich.«

Sie gibt mir einen Moment Zeit, ehe sie mich fragt: »Hast du dieses Bild im Kopf?«

Ich nicke vorsichtig.

»Sehr gut. Dann können wir jetzt los.«

❋ ❋ ❋

Mein Bauch kribbelt wie verrückt, als ich mit Miriam an meiner Seite den stimmungsvoll beleuchteten Gastgarten des Restaurants *Bonaparte* durchquere, um vor dem Festsaal von Johanna empfangen zu werden.

»Ah … Luisa! Miriam! Da seid ihr ja«, begrüßt sie uns überschwänglich und stöckelt dabei mit ausgebreiteten Armen und breiten Grinsen auf uns zu. »Und was sagt ihr? Ist schön geworden, nicht?«

Sie deutet dabei in den Veranstaltungssaal des Restaurants, an dessen Decke kleine Papierlaternen in Sternenform hängen. Eine Discokugel über der Tanzfläche und ein paar Kronleuchter sowie Lichterketten hüllen den Raum in ein Licht, das zum Träumen einlädt. Inmitten des Raumes stehen gut verteilt weiß umhüllte Stehtische, die mit kleinen weißen Laternen, in denen Kerzen flackern, dekoriert wurden und an denen sich bereits zahlreiche Gäste tummeln. Außerdem gibt es ein Buffet mit warmen und kalten Speisen sowie eine Bar, an der ich Frau Lang ausmache. Nur eine Person kann ich in dem Getümmel nicht sehen: André. Wo steckt er bloß?

»Wisst ihr, es war gar nicht so einfach, Frau Lang davon zu überzeugen, hier im *Bonaparte* zu feiern, weil das Essen und die Saalmiete doch ziemlich teuer sind, aber«, sie zwinkert Miriam und mir verschwörerisch zu, »ich hab da so meine Connections. Und stellt's euch vor: Es haben doch tatsächlich fünfzig Leute zugesagt.«

Im Gegensatz zu mir, die sich um ein anerkennendes Nicken bemüht, murmelt meine Kollegin wenig beeindruckt in sich hinein: »Na, wenn man nebenbei in einer Begleitagentur arbeitet, keine große Überraschung.«

Sogleich richtet Johanna ihre kleinen, stechend hellblauen Augen auf Miriam und mustert sie vom Scheitel bis zur Sohle, ehe sie mit einem aalglatten Lächeln auf den rotbemalten Lippen festhält: »Du siehst übrigens toll aus heute. Das ist man von dir gar nicht gewöhnt. Wie hast du das denn bewerkstelligt?«

Um meine Freundin an einem Wutausbruch epischen Ausmaßes zu hindern, ergreife ich rasch ihr Handgelenk.

»Was …«, will Miriam gerade sagen, als ihr Johanna ins Wort fällt und dabei das Thema wechselt.

»Also eure Mäntel könnt ihr da hinten aufhängen.« Sie deutet auf eine Garderobe, an deren Haken bereits zahlreiche Mäntel und Jacken hängen. »Und euer Wichtelgeschenk könnt ihr auf dem Tisch da neben der Garderobe ablegen. Um Mitternacht wird das Geheimnis dann gelüftet.«

Miriam und ich nicken beinahe gleichzeitig und schlüpfen dabei aus unseren Mänteln, um diese aufzuhängen.

»Wo habt ihr denn eigentlich den Georgi gelassen? Wollte der sich nicht mit euch in der Kanzlei treffen?«, hakt Johanna schließlich nach, als wir unsere Wichtelgeschenke abgelegt haben.

»Der ist …«

»Hab ich hier jemanden meinen Namen sagen hören?«, unterbricht mich Georgi, der das *Bonaparte* mit der Präsenz eines Hollywoodstars betritt und Miriam zu einem Augenrollen veranlasst.

»Eh klar. Er braucht halt immer den Starauftritt.«

Nachdem auch unser Kollege seiner Pflicht nachgekommen ist und unsere Assistentin begrüßt hat, um im Anschluss daran seinen Mantel und sein Wichtelgeschenk abzulegen, betreten wir begleitet von weihnachtlicher Musik den Veranstaltungsraum.

Oh mein Gott! Ich glaube, ich bekomme keine Luft mehr!

Kurzatmig sehe ich mich ein weiteres Mal in dem Raum um. Frau Lang ist an der Bar in ein anregendes Gespräch mit einem hageren Mann im knallroten Sakko und Sonnenbrille vertieft, der mir merkwürdig bekannt vorkommt und wenige Plätze daneben sitzt eine dunkle Schönheit im knappen roten Kleid, auf die Georgi sogleich ein Auge wirft. An den Stehtischen plaudern ehemalige Klienten miteinander und ich sehe Pierre, der mit einem Glas Sekt in der Hand zielstrebig den Raum durchquert. Es wird gegessen, gelacht und getrunken. Ja, ein Pärchen ist gar dabei, sich im Takt der besinnlichen Töne auf der Tanzfläche zu bewegen. Nur André kann ich weit und breit nicht ausmachen.

»Alles okay?«, fragt mich Miriam schließlich, der meine Stimmung nicht entgangen ist.

»Er ist nicht da!«, flüstere ich enttäuscht und spüre, wie in mir langsam etwas zerbricht.

»Ach der kommt bestimmt noch«, hält Miriam mit einem Handwedeln fest und wendet sich dann mit mahnendem Blick an Georgi. »Oder nicht?«

Unser Kollege zeigt sich verwirrt: »Wer?«

»Sag mal, bekommst du eigentlich irgendetwas von deinem Umfeld mit? Du hast echt die Aufmerksamkeitsspanne eines Kleinkindes.«

»Wisst ihr was?«, erklärt Georgi, ohne dabei das Objekt seiner Begierde aus den Augen zu lassen. »Wir sollten an die Bar gehen und etwas trinken. Das würde auch Luisas Nerven beruhigen.«

Ich verziehe meinen Mund zu einem breiten Grinsen: »Genau, und natürlich geht's dir bei deinem Vorschlag ausschließlich um mein Wohlergehen, nicht!?«

Georgi zuckt mit den Schultern: »Natürlich. Du bist wichtig und sonst niemand.«

Miriam, die in der Zwischenzeit offenkundig ebenso auf die Frau im roten Kleid aufmerksam geworden ist, zieht eine ihrer Augenbrauen skeptisch nach oben: »So!? Dein plötzlicher Geistesblitz hat also nichts mit der Frau im roten Kleid zu tun?«

»Nein … Ich meine, welche Frau im roten Kleid denn? Ich seh gar keine.«

»Die kann nicht einmal ich übersehen, Georgi.«

»Ach, jetzt seid doch nicht solche Spielverderberinnen und gönnt mir ein bissi Spaß.«

»Georgi, du hattest mit der Hälfte der ehemaligen Klientinnen ein bissi viel Spaß«, wendet Miriam in ernstem Tonfall ein.

»Na und? Daran ist nichts Verwerfliches, weil ich erst Spaß hatte, nachdem ich sie vertreten habe.«

Wie auf Kommando kreuzt plötzlich eine Frau mit ausladenden Hüften und knappen schwarzen Nietenkleid unseren Weg, woraufhin Georgi sein Gesicht rasch hinter dem Saum seines weihnachtlich gemusterten Sakkos versteckt.

»Oh mein Gott! Im gedämpften Licht der Bar hat sie definitiv besser ausgesehen. Bitte schützt mich!«, flüstert er Miriam und mir entsetzt zu.

Meine Freundin lacht lautstark auf: »Ah ... Verstehe. Der Herr hat also doch noch so etwas wie ein Schamgefühl.«

»Genau, Georgi«, stimme ich in das Lachen mit ein und spreche den Namen meines Kollegen dabei besonders laut aus. »Kaum zu glauben, dass du etwas bereust.«

Als sich die rothaarige Frau nicht mehr in Reichweite befindet, hakt Georgi zur Vorsicht noch einmal nach: »Ist die Luft rein?«

»Ja, sie ist weg. Aber mal ehrlich. Das, was du da abziehst, ist voll das Bodyshaming«, kontert Miriam mit einem Augenrollen.

»Was denn? Sie ist halt nicht mein Typ und außerdem ziemlich dominant.« Er zwinkert. »Wenn ihr versteht, was ich meine.«

»Ja wir verstehen nur allzu gut, was du meinst. Du musst das wirklich nicht weiter ausführen«, wende ich rasch ein.

»Aber wenn sie nicht dein Typ ist, warum hast du dich dann auf sie eingelassen?«

»Ich hab halt mal ein wenig zu viel Alkohol erwischt. Ist doch nicht meine …«

Wir werden plötzlich von Pierre unterbrochen, der von einer Parfumwolke umgeben ist, die eine beinahe toxische Wirkung hat.

Gehetzt wendet sich der jüngere Sohn Frau Langs an meine Freunde und mich: »Habt ihr zufällig meinen Bruder gesehen?«

»Hallo erstmal!«, begrüßt ihn Georgi mit verschmitztem Gesichtsausdruck, wobei Pierre die unterschwellige Botschaft offenkundig nicht versteht, da er die Begrüßung nicht erwidert.

Indessen schüttelt Miriam den Kopf, nachdem sie mir einen vielsagenden Blick zugeworfen hat: »Nein, wieso?«

Pierre, der einen augenscheinlich teuren Anzug mit rot gestreifter Krawatte trägt, verdreht die Augen: »Ich glaube, meine Mutter will ihm einen neuen Klienten vorstellen.«

Er deutet mit dem Daumen an die Bar auf Frau Lang und den hageren Mann mit der Sonnenbrille. Interessiert hört ihm die Mutter meines Chefs zu und nippt dabei immer wieder an dem Inhalt ihrer Sektflöte.

»Oh mein Gott! Ist das nicht dieser Typ aus dem Reality TV?«, gibt Miriam schließlich aufgeregt von sich.

»Voll. Das ist Mark Kaufmann wie er leibt und lebt.«

»Jetzt weiß ich, warum mir der Typ so bekannt vorgekommen ist. Das ist doch dieser Rapper, oder?«

»Das ist nicht irgendein Rapper, Luisa. Das ist der Rapper in Österreich.«

»Jep, und ÖTV hat ihn richtig groß rausgebracht. Ich glaub sogar, der hat in dieser Casting Sendung für neue Supertalente in der Jury gesessen«, fügt Georgi mit vor der Brust verschränkten Armen hinzu.

Strahlend erklärt meine Freundin: »Und er hat sich in seiner Kritik kein Blatt vor den Mund genommen. An ihm könnten sich wirklich ein paar TV-Stars ein Beispiel nehmen. Außerdem setzt er sich total für das Klima ein.«

»Soweit mir bekannt ist, hat er auch eine eigene Partei gegründet. Geld hat er ja genug verdient. Wie auch immer. Ich vermute, meine Mutter würde ihn gern als neuen Klienten gewinnen, weshalb er auch auf der Einladungsliste gestanden hat. Das war Johannas Idee.« Pierres Augen leuchten, als er ihren Namen ausspricht. »Sie ist echt eine tolle Frau.«

»Ja, wahnsinnig toll und auch so natürlich«, grummelt Miriam indessen in sich hinein, woraufhin ich ihr in die Rippen boxe.

»Na, wie dem auch sei. Wenn ihr nicht wisst, wo mein Bruder ist, werde ich wohl oder übel weiter nach ihm suchen müssen. Ich frag mich nur, wo der heute den ganzen Tag steckt? Ich hab ihn, seit wir am Sonntag am Friedhof waren, nicht mehr gesehen, und da war er auch schon so merkwürdig drauf.«

Merkwürdig? Wieso merkwürdig? Oh mein Gott! Er hasst mich. Ich wusste es. Er hat es ganz furchtbar mit mir gefunden und weiß jetzt wieder, wer ich bin.

Ohne großartig darüber nachzudenken, frage ich: »Wie merkwürdig? War er miesepetrig oder irgendwie anders unrund? Oder war er abgelenkt und glücklich?«

Pierre ist sichtlich irritiert von meiner Frage: »Keine Ahnung. Vielleicht ein wenig unrund. Warum ist das für dich so wichtig?«

»Nichts, nichts. Sie liest in letzter Zeit einfach nur viele Bücher über menschliches Verhalten und tendiert seither dazu, dieses zu analysieren«, eilt mir Miriam rasch zur Hilfe.

»Ah ja … Dann wünsch ich euch viel Spaß«, erklärt Pierre und zieht von dannen, um weiter in dem sich langsam füllenden Raum nach seinem Bruder zu suchen.

Als er sich außer Hörweite befindet, richte ich das Wort an meine Begleiter: »Da habt ihr es. Er war nicht gut drauf. Wahrscheinlich bereut er den Abend mit mir und will mich nie wiedersehen.«

»Aber das hat er doch gar nicht gesagt«, bemüht sich Miriam darum, mich zu trösten.

»Na ja … irgendwie schon«, wendet Georgi ein.

Meine Freundin wirft unserem Kollegen einen vernichtenden Blick zu, ehe sie zum Trost einen Arm um meine Schulter legt und mich Richtung Bar schiebt.

»Hör nicht auf die beiden Männer. Die haben keine Ahnung von menschlichem Verhalten. Er wird ganz sicher kommen.«

Diese Hoffnung sinkt allmählich, als wir uns zwei Stunden später nach wie vor an der Bar befinden und ich keinen Ton von André gehört, geschweige denn ihn gesehen habe. Insofern fällt es mir auch nicht besonders schwer, wie von meiner Freundin angeordnet, für zwei Personen zu trinken, um ihre Alkoholabstinenz auszugleichen. Wenigstens hatte Georgi Glück, denn ihm ist es in der Zwischenzeit gelungen, die Frau im roten Kleid in ein Gespräch zu verwickeln, das jetzt mit Sicherheit bereits über eine Stunde anhält. Ein Rundumblick durch den Veranstaltungsraum verrät mir, dass der Großteil der Gäste eingetroffen ist und der Rotwein- und Bierkonsum veranlasst die Eingeladenen zu einer immer ausgelasseneren Stimmung, die sich vor allem auf der Tanzfläche zu den Klängen der Achtziger und Neunziger zeigt. Außerdem gibt es eine Foto Box und das Buffet leert sich allmählich.

»Oh oh … Ich glaub, da hinten bekommt Pierre gerade Konkurrenz«, sagt Miriam. Sie deutet auf Johanna und einen dünnen Mann im Smoking, der unverhohlen mit ihr flirtet. Diese wiederum scheint dem Mann nicht abgeneigt zu sein.

»Das ist echt keine große Überraschung. Wahrscheinlich hat der Typ mehr Geld als Pierre«, gebe ich von mir und nippe an meinem Rotwein, um ihn danach wieder auf der Bar abzustellen.

»Irgendwie tut er mir leid. Er ist echt total verliebt in die Johanna.«

»Ich tu mir vor allem selbst leid, weil ich keinen Mann abbekomme oder nur einen schwierigen, während Johanna zwischen drei wählen kann.«

»Glaubst du, sie ist noch mit ihrem Freund zusammen? Wie hieß er doch gleich?«

»Matthias.« Ich nicke. »Ich denke schon. Zumindest habe ich nichts Gegenteiliges gehört, aber ich vermute, Pierre weiß nicht Bescheid.«

»Gut, wer weiß. Womöglich ist der Kerl da vorne auch nur ihre geheime Geldquelle. Wie sonst sollte sich die Kanzlei diese Feier hier leisten können? Ich will allerdings wirklich nicht wissen, was sie für die Finanzierung dieser Party machen musste. Wahrscheinlich …«

»Nein, bitte sprich es jetzt nicht aus. Dafür hab ich zu viel Wein in meinem Magen und wenn ich mir das vorstellen muss, woran du gerade denkst, bleibt der da nicht mehr lange.«

»Du hättest auch wirklich etwas essen sollen, Luisa.«

»Aber was soll ich denn machen, wenn ich nichts hinunterbekomme?« Ich schüttle traurig den Kopf. »Weißt du, ich hab ja mit vielem gerechnet, aber garantiert nicht damit, dass André einfach abtaucht. Ich dachte, er mag mich.« Nach einer kurzen Pause füge ich hinzu: »Gott, ich bin eine furchtbare Begleitung, oder? Tut mir leid, dass ich so eine Spielverderberin

bin. Du solltest mit den anderen Gästen auf der Tanzfläche sein und deine Verlobung feiern und nicht mit
mir hier abhängen.«

Miriam streichelt mir zum Trost über die Schulter:
»Mach dir keinen Kopf. So etwas machen Freunde
nun mal füreinander. Außerdem habe ich hier einen
super Überblick über das Geschehen.« Sie sieht noch
einmal zu Johannas Tisch und schildert das Geschehen mit effektheischendem Unterton in der Stimme:
»By the way: jetzt taucht Pierre bei den beiden auf. Er
sieht nicht besonders happy aus.«

»Ich hab mir eindeutig den falschen Bruder gean-
gelt. Pierre ist doch wesentlich zielstrebiger.«

»Unsinn. Es gibt bestimmt eine gute Erklärung dafür, dass André noch nicht da ist.«

»Ach so … und welche bitte?«

»Keinen Plan. Vielleicht ist mit seinem Hund ir-
gendwas passiert. Das wäre doch möglich, oder?«

»Ja, oder er ist einfach nur ein Arschloch.«

Nach diesen Worten leere ich mein Weinglas auf
einen Satz und bestelle mir beim Barkeeper ein weiteres. Indessen gesellt sich Georgi mit seiner überaus at-
traktiven Begleitung zu uns.

»Meine Damen. Ich verabschiede mich für heute
Abend. Der Whirlpool ruft!«

»Aber willst du nicht noch die Verteilung der En-
gerl-Bengerl-Geschenke   abwarten?«,   fragt   ihn
Miriam.

Mein Kollege wirft der Frau im roten Kleid einen
vielsagenden Blick zu, ehe er entgegnet: »Es gibt
Wichtigeres zu erledigen als das.« Mit einem breiten

Grinsen im Gesicht und vom Whisky glühenden Wangen beugt er sich zu mir nach vorne, um mir mit alkoholgeschwängertem Atem ins Ohr zu flüstern: »Falls du heute auch noch ein wenig Spaß haben willst, empfehle ich dir, den Schönling dort hinten anzusprechen. Der himmelt dich jetzt bestimmt schon eine halbe Stunde lang sehnsüchtig an.«

Er deutet auf einen jungen Mann mit auffallend großen, hellblauen Augen.

»Den kenne ich«, erkläre ich Georgi und nehme meine Bestellung dankbar vom Barkeeper entgegen, der mich mit mitleidigem Blick betrachtet. »Den habe ich vor ein paar Wochen beraten. Ich glaub, es ging da irgendwie um einen möglichen Sorgerechtsstreit oder so.«

Der Angesprochene prostet mir mit einem Lächeln zu, als sich unsere Blicke begegnen, und ich erwidere seinen Gruß, um mich anschließend an meinen Kollegen zu wenden: »Aber der ist viel zu jung für mich.«

»Zu jung gibt es nicht. Du bist eine Milf, also verhalte dich gefälligst auch so und geh ran. Der wartet doch nur darauf, es dir zu …«

Weiter kommt er nicht, da ihn seine Begleitung mit einem laustarken, aber eindeutigen Räuspern unterbricht. »Wie auch immer. Wir sind eine Staubwolke.«

Ich sehe den beiden noch eine Weile dabei zu, wie sie sich durch den gut besuchten Veranstaltungsraum zwischen den Stehtischen vorbeischlängeln, und denke sehnsüchtig an die Nacht mit André zurück.

Es war doch alles so perfekt. Die Kekse, die Musik, der Wein, seine Lippen auf meinen, seine Hände auf mir, seine Worte in meinen Ohren ... Ich kann nicht glauben, dass er mich sitzen lässt. Wieso bloß tut er das? Was ist los mit ihm?

Ein dicker Kloß bildet sich in meinem Hals, denn die Gewissheit, dass André heute nicht mehr kommt, steigt ins Unermessliche, während die Hoffnung ins Bodenlose sinkt.

Warum war ich bloß so dumm? Ich hätte es besser wissen müssen. Das war doch von vornherein zum Scheitern verurteilt. Eh klar ...

Ich höre Miriam sprechen, aber verstehe keines ihrer Worte, weshalb ich mich bei meiner Freundin für einen Augenblick entschuldige, um frische Luft zu schnappen.

Wie in Trance kämpfe ich mich durch den Raum. Meine Beine fühlen sich an, als müssten sie durch eine zähflüssige Masse schreiten und als ich draußen im Garten ankomme, spüre ich die Kälte auf meinen nackten Oberarmen kaum. Ich nehme einen tiefen Atemzug, halte die Luft für einen kurzen Augenblick an und atme dann wieder aus. Dabei blicke ich in den sternenklaren Nachthimmel und wünsche mich in den Orbit. Da oben ist bestimmt alles einfacher als hier unten. Manno, wie soll ich André denn je wieder in die Augen sehen? Gut, ich könnte es so wie er machen und so tun, als wüsste ich nichts mehr. Allerdings bezweifle ich, dass mein Plan aufgeht.

Mit dem letzten Rest meiner Hoffnung nehme ich mein Smartphone zur Hand, um nachzusehen, ob mir André nicht doch noch geschrieben hat.

Nichts. Keine einzige Nachricht von ihm.

Ich atme noch einmal tief ein und aus.

Okay, reiß dich zusammen. Du kennst den Grund für sein Schweigen nicht. Vielleicht ist ja wirklich etwas mit Rocky passiert. Er könnte von einem Auto angefahren worden sein oder er ist davongelaufen und André sucht ihn bereits seit Stunden. Er könnte auch Gift gefressen haben und sein Herrchen versucht, ihm das Leben zu retten. Natürlich hat er da keine Zeit dafür, mich anzuschreiben. Ja, womöglich ist Rocky sogar gestorben und er will jetzt einfach nur alleine sein. Kein Wunder. Ich würde an seiner Stelle auch alleine sein wollen.

Mit neuer Hoffnung drehe ich mich um, um wieder hineinzugehen, da ertönt Pierres Stimme aus dem Garten und lässt mich vor Schreck zusammenzucken. »Ah … Luisa … Du schaust auch aus, als wäre dir ein Geist über den Weg gelaufen.«

Wenn man Pierres Erscheinung genauer betrachtet, könnte man auch meinen, er sei ein Geist. Torkelnd und mit einem Glas Gin oder Wodka kommt er auf mich zu und verschüttet dabei die Hälfte seines Getränks.

»Ach, halb so wild«, entgegne ich mitfühlend. »Ich habe nur ein bissi zu viel Alkohol erwischt und zu wenig gegessen. Aber die Frischluft hat gutgetan.«

»Ich wünschte, das könnte ich auch sagen. Aber ich fürchte, bei mir hilft auch keine Frischluft mehr. Ich bin einfach vom Pech verfolgt. Die Venus mag mich nicht, glaub ich«, lallt mein zweiter Vorgesetzter in die kalte Nachtluft und gerät dabei gefährlich ins Schwanken, sodass ich mich bereithalte, um ihn gegebenenfalls stützen zu können. Zu meinem und vermutlich auch seinem Glück stabilisiert er sich selbstständig wieder und spricht dann weiter: »Ich bin einfach ein Trottel.«

»Nein, Pierre, du bist kein Trottel.«

»Aber du hast doch mitbekommen, was sich da drinnen abgespielt hat, oder?«

»Na ja, nicht ganz. Es …«

Mein betrunkenes Gegenüber schüttelt traurig den Kopf: »Ich wollte sie heute zu einem romantischen Wochenende in einer Therme einladen.« Er klopft auf die Brusttasche seines Sakkos. »Da drinnen sind die Gutscheine. Gut verstaut. Ich bin mir sicher, es hätte ihr gefallen.«

»Das bin ich auch.«

»Aber sie wollte mich nicht. Sie will diesen reichen Spargel-Tarzan da drinnen. Kannst du dir das vorstellen?«

Er lässt sich müde auf den kalten Boden sinken und weil mir Pierre wirklich leidtut und ich womöglich in Bälde mehr mit seiner Familie zu tun haben werde, nehme ich ungeachtet der nahenden Blasentzündung neben ihm Platz.

»Leider ist das alles keine große Überraschung für mich. Tut mir ehrlich leid, aber Johanna ist nicht die, für die du sie gehalten hast.«

»Darauf trink ich.«

Er nimmt einen Schluck von seinem Glas und erklärt dann: »Weißt du, was mich an all dem am meisten ärgert?«

Ich schüttle den Kopf.

»Mein Bruder. Der hat immer so ein verdammtes Glück. Dafür hasse ich ihn. Schau dir das an.«

Pierre zieht sein Handy aus der Hosentasche und hält es mir vor die Nase. Als ich den Instagram-Beitrag erblicke, durchzuckt ein schmerzender Stich mein Herz. Da ist ein Foto von André und Lola Love, die an einem Tisch in einem Kaffeehaus sitzen und in die Kamera lächeln. Darunter steht *Versöhnung in Wien*. Ich habe das Gefühl, meine Arme und Beine werden taub.

»Aber … ist das Foto von heute?«, frage ich Pierre nahezu panisch, doch der ist so betrunken, dass er meinen Zustand nicht registriert.

»Jep. Da war er die ganze Zeit. Herumturteln mit seiner Ex und die nimmt ihn auch noch zurück und was bleibt für mich?«

Ich kann nichts sagen. Mir fehlen die Worte. Ich kann Pierre einfach nur anstarren.

»Nix, nix bleibt für mich. Er bekommt die Kanzlei und die Frauen und er hat auch immer die ganze Liebe unseres Vaters bekommen und ich … Ich hab nix. Schau mich an.«

Ich will einfach nur nach Hause und mein Gesicht in mein Kissen werfen, um zu weinen.

Deshalb erhebe ich mich hastig vom Boden und entschuldige mich bei Pierre: »Ich … Das tut mir so leid, aber … ich muss jetzt.«

Als ich die Tür zum *Bonaparte* öffne, um an der Garderobe meinen Mantel zu holen, krache ich beinahe mit Miriam zusammen, die mir gefolgt ist, um nach mir zu sehen. »Alles okay bei dir?«

Entschlossen schüttle ich den Kopf und kämpfe mit heißen Tränen, die sich unbarmherzig ihren Weg aus den Augen bahnen.

»Nein, ich … Er wird nicht mehr kommen, weil er … Er ist wieder mit seiner Ex zusammen, denke ich.«

Da sind sie. Ich kann sie nicht mehr länger aufhalten, denn als es ausgesprochen ist, wird es plötzlich real und mein Körper kann sich der traurigen Wahrheit einfach nicht verschließen.

»Ja, das ist der André. Das Goldkind der Familie bekommt alles. Einfach alles wird ihm in den Arsch geschoben«, kann sich Pierre einen weiteren Kommentar nicht verkneifen.

»Dieser Wichser. Echt, ich kündige. Für so ein Arschloch will ich nicht arbeiten«, hält Miriam fest und streichelt mir dabei liebevoll über die Wangen, um mich danach in den Arm zu nehmen und an sich zu drücken.

»Miriam, bitte mach nichts Unüberlegtes. Du bekommst bald ein Baby und da kannst du es dir nicht leisten, arbeitslos zu sein.«

Meine Freundin ballt ihre Hände zu Fäusten: »Aber so einfach kann er doch nicht davonkommen.«

»Tja, daran wird wohl nichts, was du oder ich tust, etwas ändern. Aber ich will jetzt einfach nur nach Hause.«

»Richtig, niemand ändert etwas daran. Der André wird immer das Superkind sein. Immer. Egal, was er macht«, wirft Pierre lallend ein.

Miriam jedoch ignoriert ihn. »Alles klar. Dann begleite ich dich. Mir tun ohnehin schon die Füße weh.«

»Miriam, bitte versteh mich nicht falsch, aber ich wäre jetzt lieber alleine«, erkläre ich meiner Freundin und spüre dabei, wie mir der Kloß im Hals nahezu die Luft zum Atmen raubt.

»Alles klar. Das verstehe ich.«

Sie drückt mich noch einmal fest an sich, um mir ins Ohr zu flüstern: »Lass dich nicht unterkriegen!«

»Keine Sorge. Ich komm darüber hinweg«, schluchze ich und wünschte, mich könnte in diesem Moment jemand vom Wahrheitsgehalt meiner Aussage überzeugen. »Bin ich noch immer. Aber ich brauch einfach Zeit für mich, um das zu verdauen. Ich dachte … Oh Mann, ich dachte echt, er mag mich.«

»Mein Bruder mag jeden und jede und jeder und jede mag meinen Bruder. Ich …«

Als ich auf der Straße ein rettendes Taxi ausmache, kann ich nicht länger an mich halten und eile darauf zu. Ich signalisiere dem Fahrer, dass er anhalten soll, öffne die Autotür und steige ein. Das Letzte, was ich aus dem Gastgarten noch höre, ist ein lautstarkes Würgen von Pierre. Danach lasse ich diesen Albtraum von Abend hinter mir.

Kapitel 25

Okay, ich nehme alles zurück: Wenn es in einem Bereich des Lebens schlecht läuft, läuft es meistens auch in den anderen schlecht. Als wäre es nicht schlimm genug, dass meine neue Flamme mein Vorgesetzter ist und ich dabei zusehen musste, wie er sich nach einer Nacht mit mir wieder mit seiner Ex-Verlobten versöhnt, erhalte ich im Taxi auf dem Weg nach Hause ausgerechnet von Richard einen Anruf.

Nein, mein Exmann ist wirklich die letzte Person auf diesem Planeten, mit der ich im Moment sprechen möchte.

Deshalb lehne ich seinen Anruf ab und starre wie benommen aus dem Fenster. Die verschneiten Straßen sind menschenleer und es sind auch kaum Autos unterwegs, was den Heimweg deutlich erleichtert.

Mit Wehmut denke ich an das Wochenende zurück und verstehe die Welt nicht mehr. Was habe ich übersehen? Habe ich überhaupt etwas übersehen, oder war André von Anfang an ein wankelmütiger Mensch? Nein, ich mochte ihn. Falsch, ich mag ihn noch immer und dafür hasse ich ihn noch mehr und dieser Widerspruch zerreißt mich förmlich.

Tränen quellen aus meinen Augen. Endlich kann ich weinen. Kein Zurückhalten mehr. Nicht mehr so tun, als wäre alles gut, um den Schein zu wahren. Oh, wie ich es hasse, den Schein zu wahren.

Ein weiteres Mal meldet sich mein Handy mit einem Anruf von Richard zu Wort und wieder lehne ich den Anruf ab.

Lass mich doch endlich in Ruhe, verdammt noch mal. Schön, dass du dein Glück gefunden und jetzt auch noch unsere ältere Tochter für dich gewonnen hast. Mir bleibt bei all dem gar nichts mehr. Manno, wieso konnte ich nicht einfach einmal Glück haben? Ich muss in einem früheren Leben eine richtige Femme fatale gewesen sein, wenn mich dieses hier so straft. Wie kann es sein, dass ich mich in André so derart getäuscht habe?

Wieder läutet mein Handy und als ich erneut ablehne, erhalte ich postwendend eine Mitteilung von meinem Exmann, in der er mich auffordert, doch endlich ranzugehen.

Nein, ich will nicht! Ich will nicht! Ich will nicht! Stattdessen möchte ich mich in Selbstmitleid suhlen. Außerdem muss ich mir eine Strategie für die weitere Vorgehensweise im Büro überlegen.

So eine Scheiße! Daran habe ich ja noch gar nicht gedacht. Wie soll ich denn je wieder ohne Schamgefühl die Kanzlei betreten, geschweige denn mit André sprechen? Die Fahrt zur Arbeit und wieder zurück mutiert also in Zukunft zu einem periodischen Walk of Shame. Was habe ich mir auch bloß dabei gedacht, etwas mit meinem Vorgesetzten anzufangen? Ich hatte doch immer feste Prinzipien und …

Wieder läutet mein Handy.

Wutentbrannt nehme ich es zur Hand und hebe diesmal ab.

»Was denn?«, schnauze ich meinen Exmann unwirsch an.

Zu meiner Überraschung begrüßt mich Richard kleinlaut: »Hallo, Luisa! Ich hoffe, ich störe dich nicht, aber ist die Betti zufällig bei dir?«

»Nein. falls du es vergessen hast oder bereits dement bist, die ist bei dir eingezogen. Also warum sollte sie bei mir sein?«

»Na ja … ich fürchte …«

»Ja?«

»Wir haben uns gestritten.«

»Was für eine Überraschung.«

»Nun ja, ich weiß was du jetzt denkst und du hast auch irgendwie Recht. Ich war in der Tat etwas ungerecht zu dir.«

»Ach so, woher kommt denn diese plötzliche Erkenntnis?«

Ich kann förmlich sehen, wie sich Richard bei der Antwort windet: »Na ja, ich fürchte, ich hab Betti beim Klauen erwischt.«

Mir fällt beinahe das Mobiltelefon aus der Hand, ehe ich nachhake: »Nicht dein Ernst? Also das hätte ich ihr nicht zugetraut.«

»Also hat sie das bei dir noch nicht gemacht?«

»Nein, niemals. Sie bittet mich immer wieder mal um Geld, wenn sie etwas unternehmen will, aber selbst das kommt nur selten vor. Sie bekommt ja Taschengeld.«

»Das eh, aber ich schwöre dir, bei mir hat im Portemonnaie Geld gefehlt. Sicher hundert Euro, wenn nicht mehr.«

»Wahnsinn. Ich wusste zwar, dass die Pubertät kein Honiglecken wird, aber dass Betti klaut, hätte ich nie gedacht«, stelle ich geschockt fest und spüre, wie die Farce mit André allmählich an Gewicht verliert.

»Ich konnte es ja auch nicht fassen«, beteuert Richard. »Deshalb hab ich sie auch damit konfrontiert.«

»Und?«

»Du kennst doch unsere Tochter. Sie ist ausgerastet, hat etwas davon gefaselt, dass das eh klar war und ich doch nur nach einem Grund suche, sie wieder zu dir zurückzuschicken und so weiter. Dabei habe ich ihr sogar erlaubt, sich von ihrem unmöglichen Freund besuchen zu lassen.«

»Oh schön. Also hast du auch schon die Bekanntschaft mit Mäx gemacht?«

»Ja, und ich verstehe wirklich nicht, was sie an diesem Typen findet. So ein schlechter Vater war ich nun auch wieder nicht.«

Nein, ich berichtige ihn nicht. Warum sollte ich? Jahrelang musste ich mir anhören, was für eine unfähige Mutter ich bin. Insofern ist sein derzeitiges Leid nichts weiter als ausgleichende Gerechtigkeit.

Stattdessen stimme ich ihm zu: »Ich verstehe auch nicht, was sie an Mäx findet, aber das müssen wir ja auch gar nicht. Viel mehr interessiert mich, wo Betti jetzt ist? Bei dir scheint sie ja nicht zu sein, nachdem du mich nach ihrem Verbleib gefragt hast.«

»Ich hab keinen Plan, Luisa. Das ist es ja. Sie hat sich mit mir gestritten und ist danach einfach abgehauen. ich versuche sie seit mindestens einer Stunde zu erreichen, aber nichts. Ich meine, ich hätte sie ja sofort angerufen, aber ich dachte, sie beruhigt sich wieder und kommt freiwillig zurück.«

»Moment mal, Richie, wie lang ist die Betti schon weg?«

Schweigen am anderen Ende der Leitung.

»Richie!?«

Nochmal Schweigen und dann eine peinlich berührte Antwort: »Vier oder fünf Stunden?«

Ich schnappe nach Luft: »Oh mein Gott, Richard. Es ist Winter, draußen ist es kalt und sie ist ganz alleine in der Dunkelheit.«

»Danke, dass du mich darauf aufmerksam machst. Als hätte ich das nicht auch so schon gewusst. Was glaubst du denn, warum ich dich anrufe?«

»Und du kommst erst jetzt auf die Idee, dich danach zu erkundigen, ob unsere Tochter bei mir ist?«

»Ich … na ja … keine Ahnung.«

»Ja, keine Ahnung trifft es wohl am besten. Typisch Mann. Echt.« Ich atme tief durch und erläutere ihm schließlich meinen Plan: »Weißt du was, ich ruf jetzt mal meine Mutter an und frag sie, ob Betti in der Zwischenzeit zu Hause aufgetaucht ist.«

Richard zieht scharf die Luft ein: »Was heißt da, du rufst deine Mutter an? Bist du denn nicht zu Hause?

Oh bitte, sag jetzt nicht, dass du schon wieder mit diesem Typen abhängst!«

Aua … das war ein schmerzhafter Stich in mein Herz.

»Erstens geht es dich einen feuchten Dreck an, ob ich mit André abhänge oder nicht, aber falls es dich beruhigt, zwischen mir und ihm ist es vorbei. Ich hatte heute lediglich Weihnachtsfeier. Und zweitens: Was hat das alles mit Betti zu tun?«

Peinlich berührtes Schweigen, ehe Richard antwortet: »Eh nichts. Vergiss es. Tut mir leid. Ich bin einfach nur nervös und will wissen, dass es ihr gut geht.«

Ich versichere ihm, dass ich ihn kontaktieren werde, sobald ich mit meiner Mutter gesprochen habe und lege dann hastig auf. Zu meinem Glück sitzt meine Mutter noch vor dem Fernsehapparat, um sich in alljährlicher Tradition *Der kleine Lord* anzusehen, sodass ich sie nicht aus dem Bett geklingelt habe. Leider kann sie mir zu Bettinas Verbleib nicht weiterhelfen, da sie nicht wie erhofft bei mir zu Hause aufgetaucht ist. Und als wäre das nicht schon ausreichend, um mich in tiefe Sorge zu stürzen, erläutert meine Mutter zahlreiche Horrorszenarien, was meine Sorge um ein Vielfaches vergrößert. Deshalb fahre ich den Taxifahrer auch an, als er bei Grün nicht sofort losfährt, wofür ich mich sofort entschuldige.

Hastig wähle ich Richards Nummer, um ihn auf den aktuellen Stand zu bringen, woraufhin dieser vorschlägt: »Hannah meint, wir sollen mal ihre beste Freundin anrufen. Vielleicht ist sie da!«

Ich nicke: »Ja, das klingt nach einer guten Idee. Habt ihr die Nummer?«

Weil Richard verneint, schicke ich ihm den Kontakt von Dori und zur Vorsicht auch gleich alle weiteren möglichen Kontakte. Indessen beschließe ich die Straßen gemeinsam mit dem Taxifahrer nach meiner Tochter abzusuchen. Es fällt mir dabei schwer, einzuschätzen, ob sich der Fahrer freut, weil ich eine lukrative Einnahmequelle für ihn darstelle oder ob er sein Leben soeben innerlich verflucht, weil er die Nacht mit einer labilen besorgten Mutter zubringen muss.

Wir beginnen unsere Suche in der Umgebung meines Exmannes und als ich ein Mädchen auf einer Parkbank sitzen sehe, befehle ich dem Fahrer sogleich stehenzubleiben, erkenne dann aber noch vor dem Aussteigen meinen Irrtum, als sich das Mädchen erhebt und zielstrebig auf den heranfahrenden Bus zugeht.

Nein, das ist definitiv nicht Betti. Aber wo steckt sie dann, verdammt noch mal? Hoffentlich ist ihr nichts Schlimmes passiert! Oh mein Gott! Das würde ich mir niemals verzeihen. Ich hab sie doch so lieb!

Da ich keine Ahnung habe, wo ihr fester Freund wohnt, suchen wir auf gut Glück die Umgebung ihrer Schule und ihrer mir bekannten Freunde ab. Ja sogar den Umkreis ihrer Großeltern. Nichts. Nada. Keine Spur von Betti!

Schon wieder schießen mir Tränen in die Augen.

Mein kleines Mädchen! Wo ist sie bloß? Und warum verdammt nochmal macht sie so einen Blödsinn? Im Dunkeln einfach abhauen zu weiß Gott wem. Ich meine, warum hat sie denn nicht mich angerufen? Aus bloßer Sturheit. Von wem hat sie das bloß?

Mein Herz zieht sich schmerzhaft zusammen, als immer mehr Zeit vergeht und weder Richard noch ich eine Spur von Betti ausmachen können. Niemand weiß, wo sie ist. Nicht einmal ihre beste Freundin. Dori vermutet bloß, dass sie bei Mäx schläft, aber auch sie kennt seine Adresse nicht. Sie hat Richard allerdings seine Nummer weitergegeben. Leider reagiert Mäx auf die Anrufe und Nachrichten meines Exmannes nicht.

Schließlich erklärt mir mein Fahrer: »Wir waren jetzt beinahe in jedem Winkel von Wien und haben ihre Tochter nicht gefunden. Warum gehen Sie denn nicht einfach zur Polizei?«

Ich schüttle traurig den Kopf: »Weil die jetzt noch nicht nach ihr suchen.«

»Wissen Sie was. Ich fahr Sie jetzt nach Hause und dort legen Sie sich mal hin. Ich bin mir sicher, bis morgen Früh ist Ihre Tochter wieder da. Wahrscheinlich übernachtet sie bei ihrem Freund.«

»Und wenn nicht?«

»Sie wird da sein.«

»Wissen Sie, heute glaube ich an nichts Gutes mehr.«

»Das ist aber schade, weil gute Dinge immer dann passieren, wenn man schon drauf und dran ist, die Hoffnung aufzugeben.«

Nur äußerst widerwillig lasse ich mich von dem Fahrer nach Hause bringen und als der Mann den Wagen vor dem Weg, der in unsere Reihenhausanlage führt, anhält, traue ich meinen Augen kaum und muss zweimal blinzeln.

Da sitzt Betti auf dem Boden. Den Kopf in ihren auf den Knien abgestützten Armen vergraben.

»Oh mein Gott! Betti!«, rufe ich voller Glück und vergesse beim Ausstieg beinahe darauf, die horrende Taxirechnung zu begleichen. Als ich das mit meiner Bankomatkarte nachgeholt habe, meine ich zu sehen, wie der Fahrer erleichtert aufatmet. Danach eile ich auf Bettina zu.

»Betti! Wir suchen dich schon alle!«, begrüße ich meine Tochter überglücklich, woraufhin diese ihren Kopf hebt und von Tränen verschmiertes Mascara enthüllt.

»Oh Mama!«, sie erhebt sich schluchzend vom Boden und fällt mir in die Arme. »Es ist alles so scheiße! Ich hasse mein Leben.«

Dann sind wir schon zwei.

»Aber warum denn das? So schlimm ist das mit deinem Papa ja gar nicht.«

»Es geht ja auch nicht um Papa, sondern um Mäx.«

Kapitel 26

Nachdem ich Richard eine kurze Mitteilung über den Verbleib unserer Tochter habe zukommen lassen, erzählt mir Betti auf dem Weg nach Hause schniefend, dass sie nach dem Streit mit ihrem Vater schnurstracks zu Mäx gefahren ist, um zumindest für ein paar Tage bei ihm unterzukommen. Der war allerdings wenig erfreut über ihr plötzliches Auftauchen und hat ihr in einem ernsten Gespräch erklärt, dass er nicht mehr mit ihr zusammen sein möchte, weil sie ihm zu stark klammert. Ist das denn zu fassen? Er hat sich von meiner Tochter getrennt und nicht umgekehrt. Ich meine, nicht, dass ich mich nicht über den Sachverhalt an sich freuen würde. Dazu müsste ich schon lügen, aber hey, meinem Kind diesen Herzschmerz einer Trennung zuzumuten und dann auch noch von einem derartigen Idioten, grenzt schon an Majestätsbeleidigung.

»Wieso siehst du eigentlich wie Cinderella aus, Mama?«, fragt mich Betti, als wir vor der Gartentür Halt machen und ich in meiner Handtasche nach dem Hausschlüssel krame. »Und wieso hast du keinen Mantel an? Ist dir nicht kalt?«

Mit einem Seufzen ziehe ich den Schlüsselbund aus der Tasche: »Ich fürchte, das ist eine lange Geschichte, die dir vermutlich nicht gefallen wird.«

»Es geht um André, oder?«

»Ja«, erkläre ich mit einem Nicken und füge dann hinzu: »Ich erzähle dir auch gerne, was vorgefallen ist, aber ich würde es wirklich begrüßen, wenn wir dazu hineingehen. Ich bin schon halb erfroren.«

»Oh ja, klar«, stimmt mir meine Tochter zu.

Arm in Arm durchqueren wir den Vorgarten, und als ich soeben im Begriff bin, die Türe aufzusperren, kommt mir meine Mutter zuvor. Mit besorgtem Gesichtsausdruck reißt sie förmlich die Eingangstür auf und ich sehe, wie ihr beim Anblick ihrer Enkelin ein Stein vom Herzen fällt.

»Mah ... Gott sei Dank! Ich hab mir schon solche Sorgen um euch beide gemacht.« Ihre Augen gleiten auf meine absolut nicht wintertaugliche Kleidung. »Sag einmal, Luisa, bist du vollkommen irre geworden? Komm schnell rein. Du holst dir ja den Tod da draußen.«

❄ ❄ ❄

Eine Viertelstunde später sitze ich gemeinsam mit meiner Mutter und Betti in Jogginghosen und Pullover auf dem Sofa im Wohnzimmer. In der Hand halte ich eine heiße Tasse Tee, den meine Mutter gekocht hat. Auf dem Tisch steht ein Teller mit Weihnachtskeksen, an denen sich vor allem Betti gütlich tut. Anscheinend ist sie seit dem Vorfall bei Mäx wie betäubt

durch die Straßen geirrt, bis sie schließlich ihren auf-
keimenden Hunger in einem Fast Food Restaurant
stillen wollte, um dann an der Kassa festzustellen,
dass ihr Portemonnaie fehlt.

»So und jetzt erzählt einmal beide, was los war?«

»Wieso beide?«, hake ich nach.

Meine Mutter betrachtet mich mit mitleidigem
Blick: »Mein liebes Kind, so alt kannst du gar nicht
sein, dass du mir, deiner Mutter, etwas vormachen
kannst. Ich sehe doch, dass du unglücklich bist. Also
los. Redet euch euren Kummer von der Seele. Dafür
bin ich schließlich da.«

Ich hasse es, dass man vor ihr einfach nichts ver-
heimlichen kann. Wieso sind Töchter für Mütter wie
offene Bücher? Das ist ja beinahe so, als würde permanent die Erzeugerin im Kopf sitzen. Kann man denn
keinerlei Privatsphäre haben?

Nachdem meine Tochter und ich unsere Geschich-
ten vom Anfang bis zum Ende wiedergegeben habe –
okay, ich gebe zu, den One-Night-Stand nach dem Begräbnis habe ich ausgelassen – gibt meine Mutter ein
mitleidiges Seufzen von sich.

»Ach, meine Mädels, was soll ich euch sagen. Die
Liebe ist halt ein seltsames Spiel.«

»Mama, kannst du bitte aufhören, Liedtexte zu zitieren! Das ist überhaupt nicht hilfreich.«

Die Angesprochene zuckt mit den Schultern: »Aber
manchmal enthalten sie einen Kern Weisheit, der nicht
von der Hand zu weisen ist.«

»Aber was soll ich denn jetzt machen, Oma? Mein Leben ist vorbei!«, schluchzt Bettina verzweifelt, sodass meine Mutter ihre Enkelin zum Trost an sich drückt.

»Ach was, dein Leben ist doch nicht vorbei. Du bist jetzt traurig und das ist auch ganz normal, aber ehrlich, nach allem, was du mir über diesen Mäx erzählt hast, kannst du doch froh darüber sein, dass du ihn losgeworden bist.«

»Ich hätte nie gedacht, dass ich das je in Bezug auf Mäx sagen würde, aber ich versteh die Betti. So einfach ist das nicht. Das Herz fühlt, was das Herz fühlt«, erkläre ich mich solidarisch.

Meine Mutter schenkt mir ein liebevolles Lächeln und nickt verständnisvoll: »Wisst ihr was, ich kann euch besser verstehen, als ihr euch das vorstellen könnt.«

Skeptisch betrachte ich sie: »Ich bin mir auch nicht sicher, ob ich mir das vorstellen will.«

»Aber geh, ein bissi Offenheit hat noch niemandem geschadet.« Nach einer kurzen Pause setzt sie ihre Erläuterung fort: »Na ja … zu viel Offenheit ist in bestimmten Angelegenheiten aber auch nicht ratsam.«

»Was meinst du damit?«, fragt Bettina ihre Großmutter mit unschuldigem Blick und mir ist postwendend bewusst, dass die Frage ein böser Fehler war.

»Na ja, dein Vater war auch nicht immer so eine treuherzige Seele, wie du ihn kennst.«

Schockiert lege ich eine Hand auf mein Herz: »Waaaaaas? Was willst du damit sagen?«

»Kurz vor unserer Hochzeit – du weißt ja, du warst ein Hoppala, gell?«

»Ja, und ich liebe es, wenn du mich daran erinnerst«, antworte ich meiner Mutter bissig.

»Ich sag das nur dazu, weil dein Vater und ich damals von deinen Großeltern ganz schön unter Druck gesetzt wurden. Weißt eh, so einfach war das ja noch nicht wie heute. In meiner Jugend galt man als Paar, das unverheiratet ein Kind bekommt, beinahe als exotisch.«

Bettina wischt sich mit dem Ärmel ihres Pullovers die Tränen aus den Augen und pustet sich dann die Stirnfransen empört aus dem Gesicht: »Boah ... Das ist so was von oldschool. Was ist schon dabei, wenn man als unverheiratetes Paar Kinder hat? Man kommt ja nicht gleich in die Hölle.«

Ihre Oma schenkt ihr einen mitfühlenden Blick: »Wie gesagt, das waren andere Zeiten. Jedenfalls hat sich dein Opa kurz vor der Hochzeit in eine andere verliebt und dahintergekommen bin ich, weil ich ihr Höschen im Auto gefunden hab.«

»Ich glaub nicht, dass ich das hören will. Informationen dieser Art verzehnfachen meinen Kummer noch.«

»Luisa, man muss über alles reden, und wir Eltern sind halt auch nur Menschen«, wendet meine Mutter mit einem Schulterzucken ein.

»Ja, aber ich will mir euch nicht als Menschen vorstellen, verstehst du.«

»Ich will darauf hinaus, dass Beziehungen vielleicht nicht immer so laufen, wie man sich das vorstellt, aber schaut's mich und den Lorenz heute an! Wir sind noch immer zusammen. Schon ganze sechsunddreißig Jahre.«

»Ich versteh noch immer nicht so ganz, was du uns mit dieser Anekdote mitteilen willst«, hake ich verwirrt nach und greife nach meiner Teetasse, um daraus zu trinken.

»Ganz einfach: Es wird immer alles gut. Lasst den Kopf nicht hängen und gebt die Hoffnung nicht auf.«

»Soll das jetzt heißen, ich soll darauf hoffen, dass der Mäx wieder zurückkommt?«, fragt Betti verwirrt nach.

Oh mein Gott! Hoffentlich nicht.

»Nein, was den betrifft, solltest du froh sein, ihn losgeworden zu sein. Nichts von dem, was du erzählt hast, spricht für seinen Charakter, und wenn er dich nicht zu schätzen weiß, dann hat er dich eben nicht verdient.« Sie richtet das Augenmerk auf mich. »Das trifft übrigens auch auf dich zu, Luisa. Dieser André ist blind, wenn er nicht erkennt, was für eine tolle Frau du bist, es ist sein Verlust, nicht deiner.«

Der Kloß in meinem Hals wird nach den Worten meiner Erzeugerin immer mächtiger und dicke Träne kullern mir unaufhaltsam aus den Augen und sorgen dafür, dass sich mein Mascara allmählich auflöst. Dankbar umarmen Betti und ich meine Mutter.

»Mädels, macht euch keine Sorgen. Ihr werdet euer Glück noch finden und ihr wisst ja, auch andere Mütter haben schöne Söhne.«

»Ja, nur frag ich mich manchmal, wo sich diese schönen Söhne verstecken. Wenn das in meinem Leben so weitergeht, sterbe ich alleine.«

»Luisa, so was darfst du doch nicht sagen. Du wirst doch nicht alleine sterben. Schau dich doch mal in den Spiegel. Du bist eine wunderschöne Frau und ich bin mir ganz sicher, dass da draußen der richtige Mann auf dich wartet.«

»Wunderbar, er soll aber nicht warten. Er soll zu mir kommen«, entgegne ich trotzig. »Weißt du, die Niederlage mit Richard war schon hart genug. Und dann immer diese Kurzzeitbeziehungen oder Affären mit Männern aus der Online-Dating-Welt.«

»Mama, du sagtest doch gerade, dass man derlei Dinge von seinen Eltern nicht hören will«, ruft mich meine Tochter zur Raison.

»Tut mir leid. Es ist nur so furchtbar frustrierend, weil ich wirklich dachte, dass es diesmal anders ist. Dass André anders ist und jetzt stellt sich heraus, dass ich mir das alles nur eingebildet hab. Ich schwöre dir, wenn ich noch einmal etwas über diese Lola Love höre, raste ich aus.«

Als wolle mich mein Smartphone verhöhnen, meldet es sich just in diesem Augenblick mit einer Nachricht zu Wort.

»Pah ... Von dem will ich jetzt sicher nichts lesen«, verkünde ich wutentbrannt.

»Ist die von André?«

Ich nicke und wische die Nachricht beiseite, um danach den Chat stummzuschalten.

»Aber warum liest du sie denn nicht?«, hakt Betti weiter nach. »Vielleicht kann er ja alles erklären.«

»Schatz, ich will dich nicht enttäuschen, aber was soll er daran bitte erklären können? Nein, ich werde seine Nachricht gewiss nicht lesen. Ich hab doch keine Lust, dass er mir ein amouröses Abenteuer mit seiner Jetzt-wieder-Verlobten anbietet.«

Bettina hält sich die Ohren zu: »Du hast mich soeben für den Rest meines Lebens traumatisiert.«

»Außerdem: was ist denn so schlecht an Polygamie?«, hakt meine Mutter unbedarft nach.

»Ist das eine ernst gemeinte Frage?«

»Du, dein Vater und ich haben uns auch schon mal überlegt, in den Swingerclub zu gehen.«

»Mama, bitte«, gebe ich gequält von mir.

»Geh Luisa, jetzt stell dich nicht so an. Das ist doch das Natürlichste auf der Welt.«

»Äh … Nein, es ist nicht das Natürlichste auf der Welt, in einen Club zu gehen und dort mit verschiedenen Partnern Sex zu haben.«

»Also die Lola Love meint, dass es unreif ist, seinen Partner nur für sich haben zu wollen. In einem ihrer Podcasts stellt sie die Frage, was denn schon dabei ist, wenn ein Mann mehrere Frauen penetriert. Das ist doch nur ein biologischer Vorgang, meint sie und ähnlich dem, wenn sich zwei Freunde zum Golfen treffen. Und dagegen hat doch schließlich auch niemand was.«

Meine Tochter und ich starren meine Mutter mit offenen Mündern an, bis ich die bleierne Stille durchbreche: »Mal davon abgesehen, dass ich von dieser unsäglichen Lola Love, die übrigens Conny heißt, keinen Piep mehr hören will, kannst du doch die Intimste Sache der Welt nicht mit Golfen gleichsetzen, Mama. Und was dabei ist, wenn ein Mann mehrere Frauen penetriert, kann ich dir sagen: Geschlechtskrankheiten können sich schneller verbreiten, Viren können sich schneller verbreiten und so weiter und so fort.«

Betti zuckt mit den Schultern: »Außerdem sind wir Menschen doch vernunftbegabte Wesen und können im Gegensatz zu den Tieren unsere Triebe ein wenig im Zaum halten.«

»Ich korrigiere dich, Betti, auch im Tierreich gibt es Monogamie. Zum Beispiel bei den Pinguinen. Die binden sich ein Leben lang«, füge ich hinzu.

»Trotzdem finde ich es von erwachsenen Individuen etwas egoistisch, ihren Partner nur für sich haben zu wollen. Die Liebe muss schließlich frei sein.«

»Ja wirklich, diese egoistischen Pinguine«, wendet Bettina kichernd ein.

»Ja, ja, macht's euch nur über mich lustig. Darin seid ihr euch einig, gell!?«

Meine Tochter und ich nicken grinsend und beinahe gleichzeitig.

»Aber es ist schön, euch beide wieder lachen zu sehen. Vor allem aber finde ich es schön, dass ihr euch wieder vertragt.«

Bettinas Augen nehmen einen schuldbewussten Ausdruck an, als sie sich mir zuwendet: »Tut mir leid, was ich zu dir gesagt hab, Mama. Ich war einfach nur wütend, weil du den Mäx hinausgeworfen hast.«

Ich nehme meine Tochter in den Arm und hauche ihr mit feuchten Augen ins Ohr: »Mir tut's auch leid! Ich hab dich lieb und mir einfach nur Sorgen um dich gemacht, weil ich bei Mäx kein gutes Gefühl hatte.«

Bettina kuschelt sich erleichtert in meine Umarmung hinein und nach einer Weile des Schweigens lässt sie schniefend von mir ab und ich frage sie: »Wie heißt Mäx eigentlich wirklich? Oder ist das sein richtiger Name?«

Mein Kind verdreht die Augen: »Nein, es ist sein Künstlername. In Wirklichkeit heißt er Markus.«

»Künstler? Was ist denn dieser Mäx für ein Künstler?«, will meine Mutter wissen.

»Er ist ein Rapper. Also zumindest hält er sich dafür.«

»Ah ja … Irgendwie überrascht mich das nicht«, kann ich mir nicht verkneifen, füge jedoch postwendend hinzu: »Tut mir leid.«

»Kein Ding. Du hast ja Recht. Und auch wenn er sich für super talentiert hält, ist er in Wirklichkeit grottenschlecht und beleidigt ständig die Menschen um sich herum.«

»Na dann bleibt zu hoffen, dass das Karma Gerechtigkeit walten und ihn eines Tages an die falsche Person geraten lässt«, halte ich mit neu erworbenem Kampfgeist fest.

Meine Tochter strahlt mich an, um schließlich ihre Hand zur Faust zu ballen und mir zum Fistbump entgegenzustrecken: »Oh, yes, Mom. Du bist die Coolste, und deshalb ist dieser André einfach nur ein Arschloch.«

»Betti!«, ermahnt sie ihre Großmutter.

»Sorry, aber ich hab doch Recht. Weißt du, an deiner Stelle würd ich mir morgen den nächstbesten Schönling aufreißen und mit ihm gemeinsam im Büro erscheinen, damit dieser André leidet.«

»Wow, ich wusste gar nicht, wie hart du sein kannst«, stelle ich erstaunt fest.

»Tja, wer meine Mutter verletzt, legt sich mit mir an. Deshalb werd ich dieser Lola Love auch fix nicht mehr auf Instagram folgen.«

»Das sind meine Mädels!«, hält meine Erzeugerin voller Stolz fest und fügt dann hinzu: »Und jetzt sollten wir schlafen gehen, sonst können wir's bald ganz sein lassen.«

Kapitel 27

Zwei Tage später habe ich mir weder den nächstbesten Schönling aufgerissen, noch fühle ich mich wesentlich besser, dafür allerdings mehr als nur ausgeschlafen. Weil ich nicht die geringste Ahnung habe, wie ich André in die Augen sehen soll, ohne mich vollkommen dämlich zu fühlen, habe ich mir nämlich den Rest der Woche Urlaub genommen. Bisher allerdings eher wenig erfolgreich, denn der geringste Trigger genügt, um dafür zu sorgen, dass mir Tränen der Enttäuschung in die Augen steigen. Gestern Abend habe ich beispielsweise auf dem Sofa gesessen und mir *Bridget Jones* angesehen. Dabei musste ich unwillkürlich an André denken und habe mir schließlich eingebildet, dass meine Sitzgelegenheit nach ihm riecht. Voila, die Basis für das Meer aus Tränen ward geschaffen. Aus diesem Grund bin ich in die Küche gegangen, um meinen Frust mit Süßigkeiten zu mildern. Mein Vorhaben war allerdings beim Anblick der mit André gemeinsam gebackenen Kekse von wenig Erfolg gekrönt, was mich letztlich so wütend gemacht hat, dass ich die selbstgemachte

Backware unter den mitleidigen Blicken meiner Haustiere im Mülleimer entsorgt habe.

Wie konnte ich bloß so dämlich sein und annehmen, dass André in mich verliebt ist? Ausgerechnet in mich?

Okay, Luisa, reiß dich am Riemen. Heute ist schließlich der große Abend deiner Tochter und da musst du voll und ganz bei der Sache sein. Außerdem, was soll's, wahrscheinlich hätte das mit André ohnehin nie funktioniert. Insofern ist es doch besser, wenn die ganze Farce ein Ende nimmt, ehe sie richtig begonnen hat. Stellt sich allerdings die Frage, inwiefern etwas, dass noch nicht begonnen hat, überhaupt ein Ende nehmen kann?

»Na gut, ich werde mal zu deiner Mutter hineinschauen«, verkündet mein Vater, der gemeinsam mit Bettina und mir vor Charlottes Schulgebäude stehengeblieben ist, um noch eine Zigarette zu rauchen. Er dämpft die Zigarette in dem riesigen Aschenbecher aus, der an der Backsteinmauer für die nikotinsüchtigen Erziehungsberechtigten positioniert wurde.

Ich nicke meinem Vater mit einem Lächeln zu. Nach der Geschichte meiner Mutter werden ich ihn nie wieder mit denselben Augen sehen können. Nie wieder!

»Ich werde noch auf Miriam warten. Sie meinte, sie ist gleich da und ich will sie nur ungern allein hineingehen lassen, aber wenn du willst, Betti, kannst du deinen Opa schon begleiten und einen guten Platz vor der Bühne für mich reservieren!«, wende ich mich an meine Tochter, die ihre Hände in ihren Jackentaschen versenkt hat.

»Ich warte noch mit dir.«

»Alles klar«, erwidert mein Vater augenzwinkernd. »Dann sehen wir uns drinnen.«

Als mein Erzeuger vom Schulgebäude verschluckt wird, richtet Bettina das Wort an mich.

»Ich hab den Mäx heut wiedergesehen«, erzählt sie in schamerfüllt gebückter Haltung.

Oh mein Gott! Sie hat ihm mit Sicherheit verziehen und jetzt muss ich ihn den Rest meines kümmerlichen Daseins ertragen.

»Und?«, frage ich vorsichtig nach.

Sie zuckt mit den Schultern: »Na ja, wir haben geredet und er hat sich für sein Verhalten entschuldigt. Also zumindest teilweise. Er meinte, er sei einfach ein Freigeist und würde den Gedanken, nur eine Frau zu haben, schwer ertragen. Aber er meinte auch, dass ich etwas ganz Besonderes sei und er mich liebt.«

»Das klingt gefährlich nach einem Aber.«

»Na ja … Er hat mich gefragt, ob ich ein Problem damit habe, wenn er neben mir auch noch andere Mädchen datet. Natürlich wäre ich seine Nummer eins und es wären nur bei mir Emotionen im Spiel. Das mit den anderen wäre eine rein körperliche Sache.«

»Mit anderen Worten: er will eine offene Beziehung mit dir«, kürze ich Bettinas Erzählungen ab, woraufhin sie nickt.

»Bitte sag jetzt nicht, dass du dem zugestimmt hast. Denk doch an all die sexuell übertragbaren Krankheiten und an die Zeiten, in denen du weißt, dass er bei einem anderen Mädchen ist. Davon abgesehen: gelten dann dieselben Regeln für dich?« Nach einer kurzen Atempause halte ich entsetzt fest: »Oh mein Gott! Wie soll ich das bloß deinem Vater erklären!?«

Bettina verzieht ihre dunkelblau bemalten Lippen zu einem Lächeln: »Jetzt beruhig dich doch wieder, Mama. Ich bin doch nicht blöd und hab dem Vorschlag nicht zugestimmt.«

Erleichterung macht sich breit, sodass ich mich beinahe wie nach der Fahrt mit einer Achterbahn fühle.

»Das will er ja nur, weil ich noch nicht mit ihm geschlafen habe.«

»Nicht?«, hake ich erstaunt nach. »Ich meine, ich … Na ja, ich dachte, ihr hättet schon, weil du dir doch die Pille hast verschreiben lassen.«

Betti zuckt mit den Schultern: »Ich wollte ja auch wirklich lange, aber … na ja …Ich war noch nicht so weit und ehrlich gesagt, bin ich froh, dass es nicht dazu gekommen ist. Irgendwie ist das erste Mal doch etwas, das ich mit einem Jungen haben will, der mich wirklich liebt und zu schätzen weiß.«

Ich lege meinen Arm um meine Tochter und ziehe sie an mich, um ihr einen Kuss auf die Haube zu hauchen.

»Weißt du was: Ich bin stolz auf dich, meine Große. Und ich hab dich unglaublich lieb!«

Ein weißer Wagen hält auf der Straße an und als sich die Tür auf der Beifahrerseite öffnet, erkenne ich

Miriam, die ihrem nunmehrigen Verlobten noch einen Abschiedskuss gibt, um sich dann mit vor Aufregung rotglühenden Backen zu uns zu gesellen.

»Hallo, meine Lieben!«, begrüßt sie uns bereits auf dem Weg lautstark mit einem Winken.

Indessen macht ihr Verlobter keinerlei Anstalten, weiterzufahren, sodass ich meine Freundin frage: »Kommt der Tom auch mit zur weihnachtlichen Schulaufführung?«

Miriam schüttelt energisch den Kopf und verdreht dabei die Augen: »Ach nein, der wartet sicher nur, bis ich drinnen bin. Seit er weiß, dass ich schwanger bin, darf ich kaum noch einen Schritt alleine machen und er sorgt sich ständig. Wirklich ständig. Ihr habt keine Vorstellung davon, wie anstrengend das sein kann.«

»Ehrlich gesagt hätte ich gern eine Vorstellung davon«, wende ich mit hängenden Schultern ein, woraufhin mich Miriam an sich drückt.

»Och Süße, das tut mir so leid für dich. Aber ich versichere dir, er hat bekommen, was er verdient hat.« Sie klopft sich stolz auf die Brust: »Ich habe ihn gleich als Arschloch bezeichnet, als ich ihn gesehen habe.«

»Na, da hast du`s ihm aber gezeigt«, kann sich Bettina nicht verkneifen, wird aber von meiner Freundin überhört, die mir stattdessen von den Ereignissen auf der Weihnachtsfeier in meiner Abwesenheit berichtet.

Offensichtlich ist Pierre im illuminierten Zustand auf den neuen Lover seiner Johanna losgegangen, war dabei allerdings nicht besonders zielsicher, sodass das actionreiche Spektakel darin gemündet ist, dass Pierre mit blutender Nase zu Boden ging. Wenigstens ist in der Zwischenzeit sein älterer Bruder aufgetaucht und hat sich um den Verletzten gekümmert: Der wiederum war darüber wenig erfreut, sodass die beiden Brüder in einen biblischen Streit verfallen sind und die Nerven ihrer Mutter damit überstrapaziert haben. Letztlich ist es André gelungen, seinen widerspenstigen, von Alkohol benebelten Bruder in ein *Uber* zu verfrachten und den Heimweg anzutreten. Indessen hat sich Frau Lang peinlich berührt der Gäste angenommen und diese mit einer Entschuldigung nach Hause geschickt.

»Ach ja, bevor ich es vergesse«, beschließt Miriam ihre Erzählungen. »Ich hab ja noch dein Wichtelgeschenk von Johanna dabei.«

Verbissen wühlt sie in ihrer Handtasche und zieht schließlich ein hübsches kleines Päckchen mit einer roten Schleife daraus hervor, um es mir zu überreichen. Neugierig betrachte ich das Geschenk.

»Wow … Also hat Johanna meinen Namen gezogen. Wer hätte das gedacht. Ob ich das gefahrfrei öffnen kann?«

»Ich denke schon. So seltsam es klingen mag, aber sie scheint dich zu mögen. Insofern hat sie dir sicher ein schönes Geschenk gemacht.«

»Ich störe euch ja nur ungern, aber wollen wir nicht langsam hinein ins Warme. Mir friert allmählich der Arsch ab.«

»Bettina!«, gebe ich entsetzt von mir. »Deine Wortwahl.«

Sie zwinkert: »Was denn, ich habe eben die beste Lehrmeisterin. Da kann ich nur schwerlich anders reden.«

»Wo sie recht hat, hat sie recht«, stimmt meine Kollegin meiner Tochter zu und spricht dann weiter, ohne Anstalten zu machen, Bettinas Aufforderung nachzukommen: »Es gibt übrigens noch weitere Neuigkeiten.«

»Noch mehr Drama?«, hake ich ungläubig nach.

»Oder eine freudige Botschaft. Wie man es nimmt. Die GK hat nämlich gekündigt und wird für den reichen Sack arbeiten, den sie auf der Weihnachtsfeier kennengelernt hat.«

»Ich sage es nur ungern, aber ich gehe stark davon aus, dass sie für den nicht nur arbeiten wird.«

»Reine Definitionssache«, berichtigt mich Miriam mit einem Handwedeln.

»Und ihr wundert's euch, dass ich so rede, wie ich rede«, kann sich Bettina einen Einwand nicht verkneifen und wird augenblicklich von ihren zwei heranstürmenden Halbschwestern beansprucht, die hellauf begeistert vom nahen Spielplatz zurückkehren.

»Jedenfalls bringt es mir wenig, dass Johanna kündigt. Mir wäre es lieber, wenn ich André nicht mehr ins Gesicht sehen müsste«, setze ich das Gespräch fort.

»Na ja … Manchmal gehen Wünsche in Erfüllung«, wendet Miriam unter Kindergekreische ein und versetzt meinem Herz dabei einen aufgeregten Stich.

Beinahe atemlos frage ich nach: »Was soll das heißen?«

»André wird wieder zurück in seine alte Kanzlei kehren und hat die Kanzlei gänzlich seinem Bruder überlassen. Sprich: Du wirst ihn nie wiedersehen müssen.«

Schockstarre. Ein dicker Kloß in meinem Hals! Taube Hände und das nicht von der Kälte. Über das Rauschen meiner Ohren hinweg höre ich nur entfernt, was Miriam außerdem erzählt.

Frau Lang wird die Kanzlei ebenfalls verlassen, um sich den lang ersehnten Wunsch einer Kreuzfahrt zu erfüllen und Miriam und ich sollen eine Gehaltserhöhung bekommen. Außerdem hat Georgi wie immer unerträglich mit seiner Eroberung geprahlt. Aber das alles ist bedeutungslos, denn die einzige Information, die tatsächlich in Dauerschleife durch mein Hirn spukt, ist jene, dass ich André nie wiedersehen werde. Nie wieder!

❅ ❅ ❅

Mit den aufgeweckten Zwillingen im Schlepptau betreten meine Schwiegermutter, Miriam und Bettina, das bereits restlos überfüllte Schulgebäude, wo in der Aula vor einer Bühne zahlreiche Sitzreihen aus Stühlen aufbaut wurden.

Ehe ich in der Lage bin, dem Beispiel der anderen zu folgen, hält mich Hannah mit sanftem Druck am Arm zurück.

»Hast du vielleicht einen Augenblick, Luisa?«

Irritiert wende ich mich um: »Was gibt's?«

»Ich wollte nochmal mit dir wegen der Sache mit der Pille für Betti reden.«

»Ach, kein Problem. Das hat sich alles geklärt«, bemühe ich mich darum, die hochschwangere Hannah
zu beruhigen.

»Das ist es eben. Ich denke, es ist schon ein Problem. Ich hätte das wirklich nicht tun dürfen. Das tut
mir ehrlich leid, Luisa. Ich wollte mich niemals bei
euch einmischen, das musst du mir glauben.« Sie wirft
einen verlegenen Blick auf ihre auf dem Bauch liegenden Hände. »Es ist nur so, dass ich einfach auch
wollte, dass mich Betti mag. Ich weiß nicht, ich hatte
immer das Gefühl, dass sie mich ablehnt.«

Ich strecke meine Hand aus und lege sie sanft auf
Hannahs Schulter: »Sie hat dich abgelehnt, Hannah,
und das musste sie auch. Aus ihrer Sicht hast du ihr
den Vater und die intakte Familie gestohlen.«

Sie sieht mich mit ihren großen blauen Augen an,
als hätte ich sie soeben geohrfeigt, sodass ich rasch
weiterspreche: »Aber sie hasst dich nicht mehr. Ich
denke«, ich zwinkere Hannah zu, »sie mag dich sogar
richtig gern und findet dich cool.«

Ihr Gesicht hellt sich auf: »Wirklich?«

»Ja.«

»Du wirst nicht glauben, wie sehr mich das erleichtert. Weißt du wie schwer es für mich ist, mit dir mitzuhalten?«

»Moment Mal: Es ist schwer für dich mit mir mitzuhalten?«, hake ich ungläubig nach.

Hilflos zuckt Hannah mit den Schultern: »Du bist
so perfekt. Sieh dich doch mal an: Du hast einen tollen
Job, ein großes Haus in Wien und gut erzogene, liebe
Kinder. Man kann nicht anders, als dich gernzuhaben.

Kein Wunder, dass die Inge dich immer in den Himmel lobt.«

Ich runzle die Stirn: »Inge lobt mich in den Himmel? Echt?«

Hannah nickt.

»Aber das ist unmöglich, weil sie doch dich immer in den Himmel lobt und mich für alles kritisiert, was nicht ihrem Weltbild entspricht.«

»Wow … Das überrascht mich jetzt wirklich.«

»Ja, sieht ganz danach aus, als hätte uns die gute Inge gegeneinander ausgespielt«, erkläre ich schulterzuckend.

Hannah hält mit zusammengekniffenen Augen fest: »Hm… Dann bin ich dafür, dass wir uns gegen den Feind verbünden.«

Ich reiche der Frau meines Exmannes die Hand und besiegle damit unseren Bund.

»Wo ist eigentlich der Kerl vom letzten Mal?«, fragt mich Hannah schließlich vollkommen unbedarft.

»Der hat sich leider wieder mit seiner Exverlobten ausgesöhnt.«

Hannah reißt erstaunt die Augen auf: »Echt? Dabei hat er doch so verliebt gewirkt.«

»Tja, man kann halt nicht in die Menschen hineinsehen.«

Sie streichelt mir liebevoll über die Schulter: »Tut mir leid für dich, Luisa. Ich hätte es dir von ganzem Herzen gegönnt.«

»Es soll halt …«

Ingeborg reißt plötzlich die Eingangstür auf und unterbricht Hannah und mich unwirsch: »Kommt ihr dann mal und nehmt Platz. Die Brigitte kann schließlich nicht ewig die Reihe verteidigen.«

Hannah und ich werfen uns gegenseitig ein vielsagendes Augenrollen zu und folgen unserer Schwiegermutter ins Innere des Schulgebäudes. Zielstrebig steuert Ingeborg auf meine Mutter zu, die offenbar keinerlei Schamgefühl kennt. Zum Missfallen der anderen Gäste hat sie die gesamte zweite Reihe für unsere Familie reserviert. Die noch freien Stühle verteidigt sie dabei mit bewundernswertem Körpereinsatz.

Als ich an meinem von meiner Mutter mir zugedachten Platz einlange, streife ich meine kurze Jacke von mir, ehe ich mich hinsetze. Augenblickblich wendet sich meine Mutter mir zu.

»Hast du schon gesehen?«

»Was soll ich gesehen haben?«

»Na, der Mann da vorne.«

»Welcher Mann? Und kannst du bitte ein bissi leiser reden?«

»Na, der da!«, entgegnet meine Mutter lautstark und deutet mit dem Kinn auf einen dunkelhaarigen Muskelprotz im Anzug in der Reihe vor mir. »Der ist ohne Begleitung da.«

Unwillkürlich dreht sich der Angesprochene um, sodass ich vor Scham mein Gesicht in meinen Händen vergrabe.

»Mama, das ist sowas von peinlich, wirklich.«

»Aber geh, stell dich nicht so an. In deinem Alter darf man keine Möglichkeit verstreichen lassen, gell, Lorenz?«

Sie stupst meinen Vater an, der soeben mit meinem Schwiegervater in ein anregendes Gespräch über die Diskriminierung der indigenen Bevölkerung Amerikas vertieft war und sich nun fragend seiner Frau zuwendet.

»Was gibt's denn?«

»Na, die Luisa muss schon zuschauen, dass sie einen Mann findet. In ihrem Alter darf man keine Chance verstreichen lassen. Findest du nicht auch?«

Er wischt ihren Einwand mit einer Geste beiseite: »Aber geh. Dreißig ist das neue zwanzig und vierzig ist das neue dreißig. Also kein Grund zur Eile. Sie soll lieber schauen, dass sie einen abbekommt, der sie auch gut behandelt.«

»Soll das jetzt heißen, dass mein Richie-Bub die Luisa nicht gut behandelt hat!?«, mischt sich Ingeborg in das Gespräch ein und überlässt dabei die tobenden Zwillinge wieder ihrer Mutter.

Indessen werfe ich meiner Freundin und meiner Tochter einen hilfesuchenden Blick zu, den die beiden jedoch nicht registrieren, da sie soeben in ein Gespräch über Klimaschutz vertieft sind. Immerhin kann man Bettina nicht vorwerfen, sie würde sich nicht um ihr Umfeld sorgen.

»Nein, Inge, so war das natürlich nicht gemeint. Ich …« Weiter kommt mein Vater nicht mehr, da das Licht in der Aula gedämpft wird und damit den Beginn der Vorstellung einleitet.

Nach einer kurzen Rede der Direktorin folgt die Darbietung einer ersten Klasse zu »The little Drummer Boy«, danach kommt die Tanzeinlage einer vierten Klasse und ein kurzer Weihnachtssketch der Theatergruppe. Eine Gruppe Jungs spielt ein Playback zu den *Roten Rosen* und dann folgt das Krippenspiel von Charlottes Klasse. Unter dem Gemurmel der Zuschauer wird die Bühne rasch umgebaut, indem ein paar kräftigere Lehrer eine hübsche Holzkonstruktion, die eine Krippe darstellen soll, in der Mitte der Bühne positionieren. Drei Kinder, die als Schaf, Esel und Ochse verkleidet sind, betreten begleitet von Applaus die Bühne. Besonders erfreut zeigt sich eine Mutter hinter mir: »Das ist mein Sohn da vorne. Ist das zu fassen. Er hat so ein Talent. Ich glaube, eines Tages wird er den Oscar gewinnen.«

Die Scheinwerfer werden etwas gedämpft und dann betreten ein Junge und ein Mädchen aus Charlottes Klasse die Bühne. Die beiden sind wie Wirtsleute gekleidet. Am Treppenabsatz, der zur Bühne hinaufführt, stehen Maria und Josef mit einer Babypuppe im Arm bereit. Die Musik setzt ein und die Kinder auf der Bühne singen: »Wer klopfet an?«

Maria und Josef: »Oh zwei gar arme Leut!«

»Was wollt ihr dann?«

»Oh, gebt uns Herberg heut.«

»A so a Bledsinn«, hör ich meinen Vater mit meiner Mutter tuscheln und dabei den Kopf schütteln: »Man sollte die Kinder doch religionsneutral erziehen.«

»Lorenz, kannst du den Abend nicht einfach genießen?«

»Pssst …«, ermahnt die stolze Erziehungsberechtigte hinter mir meine Eltern.

Ist das peinlich. An Abenden wie diesen würde ich wirklich gern im Erdboden versinken.

»Ist dir eigentlich aufgefallen, dass deine Schwiegermutter die gleiche mit Sternen gemusterte Strumpfhose wie du trägt?«, fragt mich Miriam schließlich im Flüsterton und deutet dabei mit dem Kinn auf Ingeborg.

»Bitte erinnere mich nicht daran. Ich habe es bisher erfolgreich verdrängt. Außerdem hoffe ich inständig, dass ich besser in dem Teil aussehe als sie.«

Miriam zwinkert mir zu: »Klar doch.«

Das Krippenspiel neigt sich dem Ende zu, doch von Richard ist nach wie vor keine Spur zu sehen. Deshalb werde ich zusehends nervöser.

»Manno, ich hoffe, Richard schafft es noch rechtzeitig zu Charlottes Auftritt«, raune ich meiner Freundin zu.

»Wo ist er denn überhaupt so lange?«

Ich rolle mit den Augen: »Wichtige OP. Was sonst?«

Die Direktorin erscheint noch einmal auf der Bühne, um den letzten Teil, also meine Tochter, anzukündigen und zu erklären, dass für die Zeit nach der Vorstellung ein kleines Buffet bereitsteht. Danach werden die Scheinwerfer effektheischend abgestellt und Lotti betritt im Dunkeln die Bühne. Ein einzelner Scheinwerfer schaltet sich ein und hüllt meine Tochter in einen Lichtkegel. Ihr rotes Kleid mit den schwarzen Tupfen glänzt im Licht und sie sieht sich aufgeregt in der Menge um. Vermutlich, weil sie ihren Vater sucht.

Unsere Blicke treffen sich. Sie wirkt enttäuscht, doch plötzlich wird es unruhig in der Menge.

»Da, Richie-Bub. Ich hab dir einen Platz neben deiner Frau freigehalten«, höre ich Ingeborg rufen und als ich in Richtung Eingang blicke, sehe ich Richard hektisch auf den freien Platz zueilen. Meine Augen wandern wieder auf Lotti, die selig strahlt. Wärme breitet sich in meinem Bauch aus. Alles ist gut. Na ja, fast alles. Die Musik setzt ein und Charlotte beginnt zu singen und ich war in meinem Leben noch nie stolzer auf mein Kind als in diesem Moment. Am Ende gelingt es ihr sogar die Stimmung derartig aufzuheizen, dass die meisten Zuschauer mitsingen. Nachdem Charlotte sich verbeugt und den gebührenden frenetischen Applaus einheimst, bewegen sich die die Zuschauer allmählich Richtung Buffet. Mein Kind kommt indessen aufgeregt auf mich zugelaufen.

»Mama, warum hast du mir nicht gesagt, dass André auch da ist?«

Verwirrt starre ich meine Tochter an: »André ist doch nicht hier. Wie kommst du darauf?«

»Dann muss er einen Doppelgänger haben«, erklärt mir Lotti mit einem Schulterzucken. »Der da hinten steht.«

Ich wende mich um und muss zweimal blinzeln, weil ich meinen Augen kaum traue.

Das gibt es doch nicht. Da steht tatsächlich etwas abseits André und er hält meinen Mantel in der Hand. Wieso hält er meinen Mantel in der Hand?

Mein Herz macht einen riesigen Sprung und ich wende mich postwendend an Miriam: »Hast du das gewusst?«

Sie schüttelt den Kopf: »Nein, ich schwöre es, ich hatte keine Ahnung.

Ganz im Gegensatz zu meiner Tochter, die André stürmisch begrüßt, schreite ich wie in Trance auf den ungebetenen Gast zu und begrüße ihn schließlich peinlich berührt.

»Und wie hast du meine Vorstellung gefunden?«, fragt Lotti ihn mit erwartungsvoller Stimme.

»Super. Du warst wirklich klasse und musst unbedingt am Singen dranbleiben.«

»Danke.«

»Darf ich vielleicht einen Moment mit deiner Mutter alleine sprechen?«

Charlotte zwinkert ihm zu: »Klar doch.«

Nachdem sie sich zu Dany und Arwen gesellt hat, richtet André das Wort an mich: »Ich habe deinen Mantel mit. Du hast ihn auf der Weihnachtsfeier vergessen.«

»Ich …« ich zucke mit den Schultern. »Ich weiß. Ich hatte den Kopf irgendwie woanders.«

Er reicht mir den Mantel und ich greife danach.

»Luisa, also, du hast da …«

Weiter kommt André nicht, denn ein aufgeregtes Kreischen von Daenerys unterbricht uns.

»Wäh … Die Mama hat Lulu in die Hose gemacht!«

»Shit, ich glaube Hannahs Fruchtblase ist geplatzt!«, stelle ich nach einem Geistesblitz fest und schnappe mir meinen Mantel.

André scheint sich indessen nicht auszukennen: »Was?«

»Sie bekommt das Baby. Jetzt!«

Kapitel 28

Danach bricht in der Aula das Chaos aus. Richard, der der Ansicht ist, der Rettungswagen würde zu lange brauchen, beschließt kurzerhand, seine Frau selbst in die Geburtsklinik zu fahren und bittet seine Eltern darum, sich um Daenerys und Arwen zu kümmern. Das lässt sich Ingeborg von ihrem Richie-Bub nicht zweimal sagen, weshalb sie die Zwillinge unter Protestlauten in ihre Winterjacken zwängt und sich schließlich bei meinen Eltern verabschiedet. Diese bieten Betti und Lotti an, sie nach Hause zu fahren, damit ich noch mit André reden kann, was mir meine Mutter mit einem wenig dezenten Augenzwinkern zu verstehen gibt. Doch meine Töchter wollen unbedingt ihr neues Geschwisterkind kennenlernen, weswegen ich mich weichklopfen lasse, ebenfalls in die Klinik zu fahren, in der Hannah entbunden wird. Ich verabschiede mich von meinen Eltern und Miriam mit einer Umarmung und wende mich dann stotternd an André, der in all dem Chaos steht wie ein Fremdkörper.

»Tut mir leid. Aber danke für den Mantel. Ich hab ihn heute schon vermisst.«

»Luisa, ich wollte eigentlich noch mit dir reden.«

Ich zögere, ehe ich es meinen Eltern und meiner Freundin nachtue und mich Richtung Ausgang bewege: »Ich weiß nicht. Ich meine, gibt es denn noch viel zu reden?«

»Mama, jetzt sei doch nicht so«, bettelt Charlotte an meiner Hand.

»Lotti, misch dich doch nicht überall ein. Du weißt gar nicht, was vorgefallen ist«, kontert Bettina und wirft André schließlich einen bösen Blick zu. »Er hat die Mama nur als Lückenbüßer benutzt und will jetzt ihre Absolution. Wie mies ist das?«

André kratzt sich am Hinterkopf: »Aber so ist das ganz und gar nicht. Du hast da was falsch …«

»Du, ich hab jetzt wirklich keine Zeit und muss ins Spital fahren«, unterbreche ich André unwirsch.

Eigentlich entspricht das gar nicht der Wahrheit, denn ich glaube kaum, dass mich Richard oder Hannah in der Geburtsklinik vermissen werden, aber ich habe auch absolut keine Lust darauf, mich mit André über die Ereignisse auf der Weihnachtsfeier und sein Schweigen auszutauschen. Deshalb drehe ich mich auf dem Absatz um und ziehe Charlotte förmlich mit mir aus dem Ausgang. Bettina folgt mir nach einem scharfen Blick auf André zielstrebig.

»Mama, willst du dir denn nicht mal anhören, was er zu sagen hat?«, fragt mich Lotti gequält, als wir in die kalte Winterluft treten und die Stufen zum Gehsteig hinunterschreiten.

»Nein, Schatz, da gibt es nichts mehr anzuhören. Er ist wieder mit Lola zusammen und die beiden werden auch bestimmt glücklich werden. Da passe ich nicht hinein.«

»Wenigstens hatte er den Anstand zu kündigen«, kann sich Bettina nicht verkneifen, woraufhin ich zustimmend, aber wenig begeistert brumme. Ich weiß noch nicht, ob ich das gut finde.

Wir haben die Straße bereits überquert und befinden uns nur noch wenige Meter weit von meinem geliebten gelben Käfer entfernt, als die Tür zur Schule auffliegt und André ins Freie stürmt, um uns mit erhobenem Arm nachzulaufen.

»Wartet auf mich! Ich fahr mit!«

»Du willst mitfahren?«, frage ich ihn ungläubig und spüre ein weiteres Ziehen von meiner Tochter an meiner Hand.

»Jetzt mach schon, Mama. Nimm ihn mit.«

Bettina rollt mit den Augen, unterlässt es allerdings, einen Kommentar zu der Situation abzugeben.

Ich sehe von meiner kleinen Tochter zu André, der keuchend neben mir stehenbleibt und dann wieder zu Charlotte.

»Meinetwegen«, gebe ich mich schließlich geschlagen und öffne die Türen meines Autos. »Aber es ist ein kleines bisschen eng im Auto. Ich hoffe, das ist kein Problem für dich«, füge ich hinzu und bedeute Bettina, dass sie vorne einsteigen soll. Meine Tochter kommt der Aufforderung liebend gerne nach und André quetscht sich gemeinsam mit Lotti auf die Rückbank.

❄ ❄ ❄

Obwohl der Weg ins Krankenhaus rein geographisch kein langer ist, fühlt er sich dennoch wie eine Ewigkeit an. Mein Bauch rumort vor Aufregung und Unglauben. Dieses Rumoren vermag auch die friedlich-fröhliche Weihnachtsmusik, die aus dem Radio dröhnt, nicht zu verringern, sodass ich beim Fahren dieselbe Konzentrationsfähigkeit an den Tag lege wie beim Ansehen eines englischsprachigen Films nach einem intensiven Arbeitstag. Dabei ertappe ich mich immer wieder dabei, dass ich einen Blick in den Rückspiegel werfe, um mich zu vergewissern, dass André nicht nur ein Produkt meiner Fantasie ist. Doch da sitzt er immer noch und unterhält sich mit der lebhaften und überglücklichen Charlotte über ihre Zukunftspläne in der Musikbranche. Als sich unsere Blicke für einen Moment begegnen, wende ich meine Augen rasch ab und muss an einer roten Ampel beinahe eine Vollbremsung hinlegen.

Scheeeeeeiße!!! Ich muss mich beruhigen. Unbedingt.

Als hätte Betti mich verstanden, legt sie ihre Hand auf meine.

»Tief durchatmen, Mama!«

Ich lächle meiner Teenagerin dankbar zu und als wir das Krankenhaus endlich erreichen und ich den Wagen erfolgreich und ohne Auffahrunfall in der Tiefgarage eingeparkt habe, atme ich erleichtert auf.

Das wäre geschafft!

Nachdem sich alle aus dem engen Auto gequält haben, pilgern wir aufgeregt schwatzend zum Schalter der Geburtsklinik, um uns nach Hannahs und Richards Verbleib zu erkundigen.

»Frau Hinterndorfer also. Na, dann wollen wir mal sehen«, erklärt uns die diensthabende Schwester und befragt schließlich ihren Computer zu Hannahs Aufenthaltsort. Indessen wirft mir André ein bedeutungsschwangeres Grinsen zu.

»Hinterndorfer? Echt?«, fragt er mich schließlich im Flüsterton. »Hast du auch mal so geheißen?«

Ich will nicht über seine Hänseleien lachen. Er hat es nicht verdient, dass ich lache. Andererseits ist er nicht nur zu Lottis Auftritt gekommen, sondern auch noch mit mir in die Klinik zu meinem Exmann und seiner neuen Frau gefahren. Irgendetwas scheint ihm also doch an mir zu liegen. Trotzdem … Wieso hat er mir das nicht per WhatsApp gesagt, so wie das jeder moderne Mensch tut? Einfach so uneingeladen irgendwo aufzutauchen galt früher als romantisch, heute als toxisch. Ganz im Gegenteil zu mechanischen Mitteilungen übers Handy.

»Ja. Ich habe mal so geheißen. Na und? Was ist schon dabei?«, antworte ich patzig und verkneife mir ein Lächeln.

Richtig, er soll leiden, so wie ich gelitten habe.

»Ah ja, da haben wir sie ja schon. Sie müssen mit dem Lift in den ersten Stock fahren und da können sie dann im Wartebereich Platz nehmen.« Sie mustert meine Kinder mit einem freundlichen Lächeln. »Ich nehme an, das sind die Geschwister, nicht!? Und sie beiden sind vermutlich Tante und Onkel?«

Weil es mir zu kompliziert erscheint, ihr meine gesamte Familienkonstellation zu erklären, nicke ich zustimmend und eile dann mit André und meinen Kindern zum Fahrstuhl.

»Und, seid ihr schon nervös?«, fragt mein Begleiter meine Töchter, während der Lift förmlich nach oben kriecht.

Charlotte nickt eifrig: »Ja, voll. Ich hoffe wir bekommen noch eine Schwester.«

»Geh bitte, als wären wir nicht schon genug Mädchen«, kontert Betti mit ihrem typischen Augenrollen und einem genervten Stöhnen als Einleitung. »Ich fände einen kleinen Bruder cool.«

»Wissen sie denn gar nicht, was sie bekommen?«, richtet André das Wort an mich, woraufhin ich mit den Schultern zucke.

»Nein, die beiden wollten sich überraschen lassen.«

Er setzt soeben zu einer Erwiderung an, als die Fahrstuhltüren sich öffnen und den Blick auf einen für eine Klinik gemütlichen Wartebereich freigeben, in dem sich mein Exmann soeben an einem der Getränkeautomaten zu schaffen macht.

»Und, ist die Kleine schon da, Papa?«, ruft Charlotte ungeniert quer durch den Warteraum, in dem sich derzeit niemand außer uns aufhält.

Richard wirkt ehrlich erleichtert, als er seine Kinder und mich erblickt.

»Wieso die Kleine? Du weißt doch gar nicht, ob es ein Mädchen ist«, kann sich Betti nicht verkneifen und verschränkt dabei ihre Arme vor der Brust.

»Nein, Lotti. Das Baby ist noch nicht da. Die Hannah liegt noch in den Wehen und hat vorhin eine PDA bekommen«, erstattet mein Exmann seiner Tochter Bericht, nachdem er sie zur Begrüßung an sich gedrückt und ihr einen Kuss auf den Kopf gehaucht hat.

»Und wieso bist du nicht bei deiner Frau?«, frage ich Richard kurzerhand, der daraufhin hilflos mit den Schultern zuckt.

»Sie wollte mich nicht dabeihaben, weil ich sie nervös mache, meinte sie. Ich glaub allerdings, dass sie mir noch immer böse ist, weil ich in den letzten Tagen kaum mit ihr gesprochen hab.« Er rauft sich verzweifelt die dunklen, dichten Haare. »Was war ich bloß für ein Hornochse. Ich meine, sie hat es doch nur gut gemeint.«

Ich klopfe ihm freundschaftlich auf die Schulter: »Du, auch wenn ich dir hinsichtlich des Hornochsens zustimmen muss, bin ich mir ziemlich sicher, dass sie dir nicht mehr böse ist.«

»Das habe ich dann wohl verdient«, stellt er fest und öffnet die Halbliterflasche Cola. Nachdem er einen Schluck genommen hat, richtet er das Wort an Bettina: »Tut mir leid, Große. Ich wollte dich niemals des Stehlens bezichtigen, aber ich war mir sicher, dass ich dreihundert Euro in meiner Geldbörse hatte und dann war da plötzlich nur mehr ein Hunderter.«

Bettina wirft einen beschämten Blick auf ihre Hände: »Na ja … es könnte gut sein, dass es tatsächlich gestohlen wurde. Allerdings nicht von mir. Ich will ihn ja nicht beschuldigen, aber als ich Mäx zuletzt gesehen habe, hatte er nicht nur neue Chucks, sondern auch eine neue Bench-Jacke. Das wirkt dann doch ein kleines bisschen verdächtig.«

Richard streckt beide Arme von sich, um seine Tochter zu umarmen.

»Ach Betti, es tut mir leid. Ich hoffe allerdings, dass du mit dem Idioten endlich Schluss gemacht hast? Du hast als Tochter deiner Mutter nämlich wahrlich Besseres verdient.«

»Wow, das sind ja ganz neue Töne«, kann ich mir nicht verkneifen, und spüre plötzlich eine sanfte Berührung auf meinem Oberarm. Es ist André.

»Luisa, können wir reden. Bitte.«

Ich sehe in seine Augen, die mich so flehentlich anstarren, als würde es um Leben und Tod gehen.

»Also gut«, erkläre ich mich einverstanden und lasse mich von André etwas abseits ziehen.

Bettina und Charlotte nehmen indessen neben ihrem Vater auf einer der gepolsterten Sitzgelegenheiten Platz und bemühen sich darum, diesen abzulenken.

»Was hast du mir so Dringendes zu sagen, dass du sogar in die Klinik mitgefahren bist?«, frage ich André schließlich.

»Du bist noch immer wütend und ich kann das auch verstehen, aber alles, was du gesehen hast, ist nicht so, wie du denkst, dass es ist. Du hast da was grundlegend missverstanden.«

»Ich habe also missverstanden, dass du mich magst, oder wie?«

»Oh nein, ganz und gar nicht«, erklärt er rasch und umfasst dabei meine Schultern, um mir tief in die Augen zu blicken. »Es ist eher das Gegenteil der Fall.«

»Und deshalb hast du beschlossen, wieder mit deiner Exfreundin zusammen sein zu wollen, oder wie?«, bleibe ich unnachgiebig.

»Ich bin nicht mit Conny zusammen. Das ist das Missverständnis.«

»Nun ja, aber das Foto, das mir dein Bruder gezeigt hat, war eigentlich ziemlich unmissverständlich«, kontere ich und verschränke dabei demonstrativ die Arme vor der Brust.

»Das Foto, das dir mein Bruder gezeigt hat, ist drei Jahre alt.«

»Und warum stand dann etwas von Versöhnung drunter?«

»Conny hat das Foto beim Durchstöbern ihrer Galerie gefunden und weil sie in letzter Zeit Follower verloren hat, hat sie es in der Hoffnung auf neuerlichen Zuwachs gepostet. Als Pierre mich am Morgen nach der Weihnachtsfeier damit konfrontiert hat, war ich zunächst auch etwas verwirrt und hab sogar vermutet, dass Conny Photoshop zu Rate gezogen hat, aber …«

Er greift in seine Jackentasche und zückt sein Mobiltelefon, um mir nach einer kurzen Suche das angesprochene Foto zu präsentieren und auf eine weiße Stelle an seiner Schläfe zu deuten. »… siehst du das da? Den weißen Fleck?«

Ich nicke: »Ja, aber ich verstehe noch immer nicht ganz.«

»Das ist ein Pflaster«, erklärt mir André schulterzuckend und zoomt dabei näher an die betreffende

Stelle heran. »Ich hab mir vor drei Jahren eine Schnitt-
wunde an der Schläfe zugezogen, weil ich durch eine
etwas zu gut geputzte Glastür laufen wollte.«

Weil ich lautstark kichere, schlage ich mir rasch die
Hand auf den Mund. Tatsächlich befindet sich auf
Andrés Schläfe ein Wundnahtstreifen, wie man ihn im
Krankenhaus bei Schnittwunden erhält. Er tippt sich
indessen an die Schläfe, wo sich eine Einkerbung ab-
zeichnet.

»Die Narbe hab ich noch immer und ich kann mich
sogar noch an den Tag erinnern, an dem das Foto ent-
standen ist. Nur, wie gesagt, liegt dieser drei Jahre zurück. Ich hab Conny gleich angerufen und ihr die
Hölle heiß gemacht, indem ich ihr erklärt habe, dass
sie nicht einfach ein altes Foto von uns nehmen und
auf Instagram posten kann, um Falschinformationen
zu verbreiten. Sie meinte, das sei nach allem, was passiert ist, ihr gutes Recht. Als ich ihr dann erklärte, dass
wir diese Frage auch gern vor Gericht klären können,
hat sie den Beitrag mit dem Bild gelöscht und eine Be-
richtigung geschrieben.«

Wieder tippt er auf seinem Smartphone herum,
doch ehe er mir den entsprechenden Beitrag zeigt,
halte ich ihn auf.

»Das ist nicht notwendig. Ich glaube dir auch so.
Aber was ich noch immer nicht verstehe, ist, warum
du mich den ganzen Tag lang angeschwiegen hast?«

Er atmet tief durch: »Rocky ging es in der Früh
nicht gut. Er hat sich nach dem Fressen irgendwie
merkwürdig benommen, war unruhig und hat so ko-

misch gehechelt und gewürgt, konnte aber nicht erbrechen. Deshalb bin ich mit ihm in die Tierklinik gefahren.«

Entsetzt schlage ich mir die Hand auf den Mund: »Oh mein Gott! Hoffentlich ist alles gut ausgegangen.«

»Ja, wir hatten noch mal Glück. Rocky hatte eine Magendrehung und musste dann notoperiert werden und na ja, ich hätte mich bei dir gemeldet, vor allem auch, weil mir dein seelischer Zuspruch sicher gut getan hätte, aber ich Idiot hab in der Panik mein Handy zu Hause vergessen. Deine Nachricht hab ich erst gelesen, als ich vollkommen fertig nach Rockys OP zu Hause angekommen bin. Deshalb hab ich mich dann so schnell wie möglich umgezogen, um noch bei dir sein zu können.«

»Aber du hast mich verpasst«, vollende ich die Erzählung des Dramas.

»Ja, ich hab nur noch meinen betrunkenen Bruder vorgefunden und deine Kollegin, die mich wüst beschimpft hat, was mich irgendwie restlos verwirrt hat.«

»Es tut mir so leid, André. Wirklich. Ich wollte dir nicht unrecht tun«, rechtfertige ich mich mit hängendem Kopf.

»Mir tut es auch leid, Luisa. Ich hatte keine Ahnung, wie du dich mit meinem Schweigen fühlst, und ich wusste nichts von der Instagram-Story.«

Er umfasst mein Gesicht mit seinen weichen, warmen Händen und sieht mich eindringlich an.

»Eigentlich wollte ich dir nur sagen, dass ich mich Hals über Kopf in dich verliebt habe, und zwar vom ersten Moment an, als ich dich in dieser Bar gesehen habe.«

Ich halte inne: »Moment Mal. Sagtest du: in dieser Bar?«

Er nickt und in seine Augen stiehlt sich ein verschmitztes Funkeln.

»Du kannst dich also erinnern.«

Wieder ein Nicken: »An jedes Wort und jede Berührung. Ich weiß, unser Kennenlernen war nicht unbedingt romantisch und ich hab mich in dieser Nacht angestellt wie der erste Mensch, aber niemals hätte ich dich vergessen können. Dein Lachen, als du mit deinen Freunden an der Bar gestanden hast, die Freundlichkeit und die Lebendigkeit in deinen Augen, dein unvergleichlicher Humor und die Dinge, die du gesagt hast. All das fand ich unglaublich anziehend. Du bist unglaublich anziehend.«

»Aber warum hast du nie etwas gesagt?«

Er zuckt mit den Schultern: »Keinen Plan. Ich denke, ich habe mich für mein Verhalten in dieser Nacht geschämt. Ich habe mich benommen wie ein brunftiger Stier und dich sichtlich damit verschreckt. Du bist immerhin vor mir geflüchtet.«

Beschämt senke ich den Kopf: »Das tut mir leid. Aber ich habe dich echt für einen Psycho gehalten.«

»Das versteh ich, aber vielleicht verstehst du jetzt auch, warum ich einen Reset wollte. Du solltest mich mit anderen Augen sehen als in dieser Nacht.«

»Und warum hast du gekündigt?«, hake ich zweifelnd nach.

»Deinetwegen, Luisa. Ich habe deinetwegen gekündigt. Weil ich wollte, dass das zwischen uns eine echte Chance bekommt, und als dein Chef wäre das zutiefst unprofessionell. Außerdem wollte ich meinem Bruder die Möglichkeit bieten, sich endlich von mir abzunabeln. Das hat er verdient. Auch das habe ich begriffen, nachdem ich mit dir in diesem Kaffeehaus gesprochen habe.«

Er kommt meinem Gesicht dabei so nahe, dass sich unsere Nasenspitzen beinahe berühren und endlich lasse ich den Widerstand fallen und lege meine Arme vorsichtig um Andrés Nacken.

»Ich denke, ich muss dir ebenso ein Geständnis machen«, hauche ich ihm ins Ohr. »Ich habe mich auch in dich verliebt!«

Mit diesen Worten ziehe ich André sanft zu mir und küsse ihn so tief und innig, dass man meinen könnte, es sei unser erster und zugleich auch letzter Kuss. Die Welt um mich herum versinkt in einer rosafarbenen Wolke, die sich nur langsam auflöst, als eine Hebamme ins Wartezimmer tritt und verkündet: »Es ist ein Junge, Herr Hinterndorfer!«

Stille Nacht

Ich sitze in Andrés Armen gemeinsam mit der gesamten Familie im Wohnzimmer meines Reihenhauses und betrachte begleitet von »Stille Nacht« in dieser alles andere als stillen Nacht voller Stolz meinen geschmackvoll geschmückten Weihnachtsbaum. Der Duft von Tannennadeln, Kerzen und Zimt liegt in der Luft und im Fernseher prasselt ein gemütliches Kaminfeuer. Ich werfe einen Blick auf Ingeborg, die ihre Hände im Schoß gefaltet hält und mit Tränen in den Augen ihr mangelndes Gesangstalent unter Beweis stellt, während die Zwillinge neben ihr unruhig auf dem Sofa zappeln und dabei die Geschenke unter dem Weihnachtsbaum mit begehrlichen Blicken mustern. Meine Mutter läuft wie ein aufgescheuchtes Huhn durch das Zimmer und schießt Fotos von den Anwesenden. Dabei liegt ihr Fokus allerdings weniger auf ihrer geliebten und auch einzigen Tochter, sondern vor allem auf dem neugeborenen Baby, das friedlich in Hannahs Armen schläft und eine gewisse Ähnlichkeit zum Jesuskind aufweist. Zumindest hat meine Schwiegermutter diese Ähnlichkeit während der nachmittäglichen Weihnachtsjause festgestellt und damit für eine Grundsatzdiskussion zwischen ihr und meinem Vater gesorgt, der die Existenz von Jesus Christus leugnet und in ihren Augen einen Ketzer darstellt.

Hoffentlich hat sie noch nicht bemerkt, dass in der kunstvoll aus Holz gefertigten Krippe unter dem Weihnachtsbaum ein Jesuskind aus Lego liegt.

Als das traditionelle Weihnachtslied endet, bricht die anwesende Meute in frenetischen Applaus aus und Daenerys und Arwen wird gestattet, die brennenden Kerzen auf dem Baum auszublasen.

Wie üblich kommt Dany ihrer devoten Zwillingsschwester zuvor und bis auf eine bleiben die züngelnden Flammen nicht von ihrem feurigen Atem verschont. Das wiederum kratzt mächtig am empfindlichen Ego der kleinen Wutprinzessin, weshalb die Halbschwester meiner Kinder dicke Krokodilstränen weint und dabei von Arwen vollkommen verständnislos angestarrt wird.

»Die Kerze geht nicht aus. Ich will, dass die Kerze ausgeht. Die soll ausgehen«, unterstreicht Dany ihren emotionalen Ausbruch mit einem ohrenbetäubenden Brüllen und sorgt damit dafür, dass der genesene Rocky mit eingezogenen Ohren das Weite sucht.

»Aber geh, Schatzi. Das ist doch nur halb so wild«, bemüht sich Richard darum, seine Tochter zu beruhigen. Ein Vorhaben, das von wenig Erfolg gekrönt ist, denn den Tränen der Verzweiflung folgen Tränen der Wut und weil jetzt auch Arwen an die Wichtigkeit der

Kerzen glaubt, stimmt sie in das Gebrüll ihrer Schwester mit ein, sodass sich Charlotte, die als pflichtbewusstes Engerl die Geschenke an die Anwesenden verteilt, die Ohren zuhält.

In seinem üblichen Pragmatismus entzündet mein Schwiegervater ein weiteres Mal die Kerzen und spielt ein weiteres Mal über Spotify »Stille Nacht« ab. Leider gelingt es Dany und Arwen auch beim zweiten Mal nicht, alle Flammen auszublasen, weshalb die Tortur noch zwei weitere Male durchexerziert wird, bis nach vollendeter Tat alle halbverhungert in die Hände klatschen. Dann dürfen unter den Begeisterungsrufen der Kinder endlich die Geschenke ausgepackt werden.

Natürlich wird das Spektakel, beim dem eigentlich nichts schief gehen kann, von meiner Mutter und Inge mit der Handykamera festgehalten. Die Betonung liegt auf eigentlich. Denn als die Zwillinge die von mir so sorgfältig ausgewählten Barbiepuppen auspacken, folgen dicke Tränen der Enttäuschung.

»Aber wo bleibt mein Tonie?«, fragt Arwen mit gefährlich zittriger Stimme.

Ihre Zwillingsschwester zeigt sich indessen weniger zurückhaltend und fordert mit der Vehemenz ihrer Namensvetterin: »Genau. Ich will einen Tonie. Tonie.«

Bedauernswerterweise habe ich nicht die geringste Ahnung, worum es sich bei »Tonie« handelt, weshalb ich mich an meinen Exmann wende: »Ich wusste gar nicht, dass die beiden nicht nur nach Fantasyfiguren benannt sind, sondern sich auch noch ein Beispiel an diesen nehmen und einen persönlichen Haussklaven fordern.«

Richard beginnt zu kichern: »Luisa, ein Tonie ist eine kleine Figur für die Toniebox. Das ist so eine Art Stereoanlage für Kinder, mit der man verschiedene Hörbücher, aber auch Musik abspielen kann.«

Zu unserem Glück eilt meine engelsgleiche Charlotte ihren Geschwistern zur Hilfe und entdeckt ein winziges Päckchen, das die beiden bisher übersehen haben.

»Schaut doch mal da hinein. Vielleicht ist da ja ein Tonie drinnen«, fordert sie Dany und Arwen auf. Sofort schnappt sich Erstere das Präsent und reißt es ungeduldig auf. Zum Vorschein kommen eine Schneewittchen- und eine Eisköniginfigur. Leider stellt sich nicht der erwartete kalmierende Effekt ein. Stattdessen bricht Daenerys in Tränen der Wut aus. »Das ist nicht der richtige Tonie. Ich will einen Winnie-Puuh-Tonie. Nicht das. Das ist kein Winnie-Puuh-Tonie. Ich will einen Winnie-Puuh-Tonie.«

Es dauert nicht lange, bis auch ihre Zwillingsschwester in das tränenreiche Gebrüll einstimmt und die beiden mich an den Rand des Wahnsinns treiben.

Memo an mich: André klar machen, dass er von mir keine weiteren Kinder erwarten kann, außer er kümmert sich allein um die Erziehung.

Mein Blick fällt auf Hannah, die mit dem Baby im Arm das Spektakel amüsiert beobachtet. Ihr Gatte bemüht sich in der Zwischenzeit darum, die gemeinsamen Kinder zur Raison zu rufen und mutiert dabei zum Objekt des Hasses. Verzweifelt weicht er dem

Bombardement aus Geschenkpapier aus und versucht sich über das Gebrüll hinweg Gehör zu verschaffen. Dieses Vorhaben trägt erst Früchte, als er seinen Kindern mit einem Krampusbesuch im nächsten Jahr droht.

Nachdem Betti ihrem Vater für den Piercing-Gutschein gebührend gedankt hat und ich André für das liebevoll gestaltete Buch »Alles, was du über mich wissen musst« um den Hals gefallen bin, wandern die Gäste ins Esszimmer, um sich am Raclette gütlich zu tun.

Bedauernswerterweise hält die friedliche Stille während des Essens nicht lange an, da Daenerys mithilfe von Ketchup einen kriegerischen Angriff gegen ihre große Schwester unternimmt, die daraufhin empört bei ihren Erziehungsberechtigten interveniert. Indessen verschluckt sich meine Schwiegermutter beinahe an ihrem Hühnerfleisch, als sie dieses etwas zu schnell hinunterwürgt, um schließlich vollkommen von sich überzeugt zum Besten zu geben: »Also das hätte sich mein Richie-Bub niemals erlaubt. Eine gsunde Watschn würd diesem verzogenen Fratz wirklich nicht schaden.«

Richard wirkt entsetzt ob der harten Worte seiner Mutter: »Mama, bitte. Das sind Kinder. Die sind halt lebhaft.«

»Ja, außerdem stammen diese Erziehungsmethoden aus einem anderen Jahrhundert. Eine g'sunde Watschn gibts nämlich nicht«, eilt meine Mama ihrem Schwiegersohn zur Hilfe und funkelt Ingeborg dabei wütend an.

Diese zeigt sich von der Allianz zwischen ihrem Sohn und meiner Mutter nur wenig beeindruckt und entgegnet: »Wenigstens hat es in diesem Jahrhundert noch wohlerzogene und ruhige Kinder gegeben, die ihre Eltern nicht terrorisiert haben.«

»Du willst doch nicht sagen, dass du den Richard geohrfeigt hast?«, mischt sich nun mein Vater in das Gespräch ein und wird postwendend von Ingeborgs Gatten beschwichtigt.

»Aber nein. Wo denkst du hin.« Er streichelt seiner Gattin über den Rücken. »Mein Schatzi klingt zwar sehr erbarmungslos in Sachen Erziehung, aber in Wirklichkeit ist sie bei Kindern weich wie ein Pudding.«

»Und wozu braucht man auch physische Gewalt, wenn man den Kids mit Horrorgestalten drohen kann, von denen sie angeblich nachts heimgesucht werden?«, gibt André unbedacht zum Besten, woraufhin Ingeborg ihn mit terminatorreifem Blick mustert.

Yeah ... Sie hat ein neues Opfer gefunden.

»Du musst erst noch Kinder bekommen, um hier mitreden zu können. Bis dahin wäre es besser, wenn du nichts dazu sagst.«

Ich komme nicht mehr dazu, etwas zu erwidern, da mich ein Flüstern Hannahs neben mir unterbricht: »Ich sag's dir, manchmal würde ich sie gern vergiften und dann in einem sehr, sehr tiefen Gewässer versenken.«

»Hannah, was ist los mit dir? Das ist das Fest der Liebe. Heute muss man alles vergeben und jeden lieben. Zumindest sagte das Jesus Christus.«

Sie schüttelt vehement den Kopf: »Ja, der kannte aber auch unsere Schwiegermutter nicht.«

Zum krönenden Abschluss des Abends gibt Charlotte ein exklusives Konzert mit ihrer vom Christkind überbrachten Karaoke-Maschine, für das sich meine Stubentiger VIP-Plätze in den Ästen des Christbaumes sichern.

Vier Flaschen Wein und eine Flasche Sekt später verabschieden sich die Gäste nach und nach und hinterlassen einen Berg an zerknülltem Geschenkpapier, den André und ich nur mit sehr viel Mühe in den Mülleimer vor der Tür stopfen. Danach schotten sich meine Kinder in ihren Zimmern ab und wir machen es uns auf dem Sofa bequem.

»Und bist du dir noch immer sicher, dass du mit mir zusammen sein willst? Ich meine, nach dem Abend würde ich verstehen, wenn du die Flucht ergreifst«, richte ich das Wort an meinen Freund.

André lächelt mich an: »Bist du verrückt. Das ist doch wunderbar. Ich habe noch nie ein schöneres Weihnachtsfest erlebt und okay, deine Familie ist etwas verrückt und auf jeden Fall sehr unkonventionell. Aber sie ist ein Teil von dir und damit liebe ich sie genauso, wie ich dich liebe.«

Er beugt sich zu mir und haucht mir einen Kuss auf die Lippen. Ein wohlig warmes Gefühl breitet sich in mir aus. Ich kuschle mich in seine Arme und fühle mich so geborgen wie schon lang nicht mehr.

Ja, so muss sich Weihnachten anfühlen. Merry Christmas!

Nachwort

Es war schon immer ein Traum von mir, einen Weihnachtsroman zu schreiben. Vor allem, da ich diese Zeit im Jahr am meisten genieße, hat sie doch etwas Magisches an sich. Leider war es gerade in diesem Jahr besonders schwer für mich, in positiver Stimmung zu bleiben, um auch am Roman arbeiten zu können, da ich nicht nur meine Oma, sondern auch meinen siebzehnjährigen Kater betrauern musste. Deshalb gilt mein besonderer Dank den warmherzigen und liebevollen Menschen, von denen ich umgeben bin und die mir in dieser harten Zeit Trost gespendet haben. Schön, dass es euch gibt. Ich möchte euch nicht missen!

Ich bedanke mich außerdem bei meiner Lektorin, der es gelungen ist, das Lektorat noch vor Weihnachten fertigzustellen und die ein scharfes Auge fürs Detail hat.

Bleibt eigentlich nur noch eines zu sagen: ich hoffe, der Roman konnte Dir die düsteren Wintertage etwas erhellen. Wenn mir das gelungen ist, dann würde ich mich über eine Rezension von Dir wirklich freuen!